真実の航跡

伊東　潤

集英社文庫

真実の航跡

目次

インド洋作戦関連地図
南シナ海
ペナン
マレー半島
ブルネイ
シンガポール
リンガ島（リンガ泊地）
ボルネオ島
スマトラ島
バンカ島（バンカ泊地）
バンカ海峡
ジャワ海
バタビア（現ジャカルタ）
スンダ海峡
ジャワ島
スラバヤ
ココス島
インド洋
ダートマス号
発見場所
敵船団
通過予想航路
作戦海域外
オーストラリア
パース

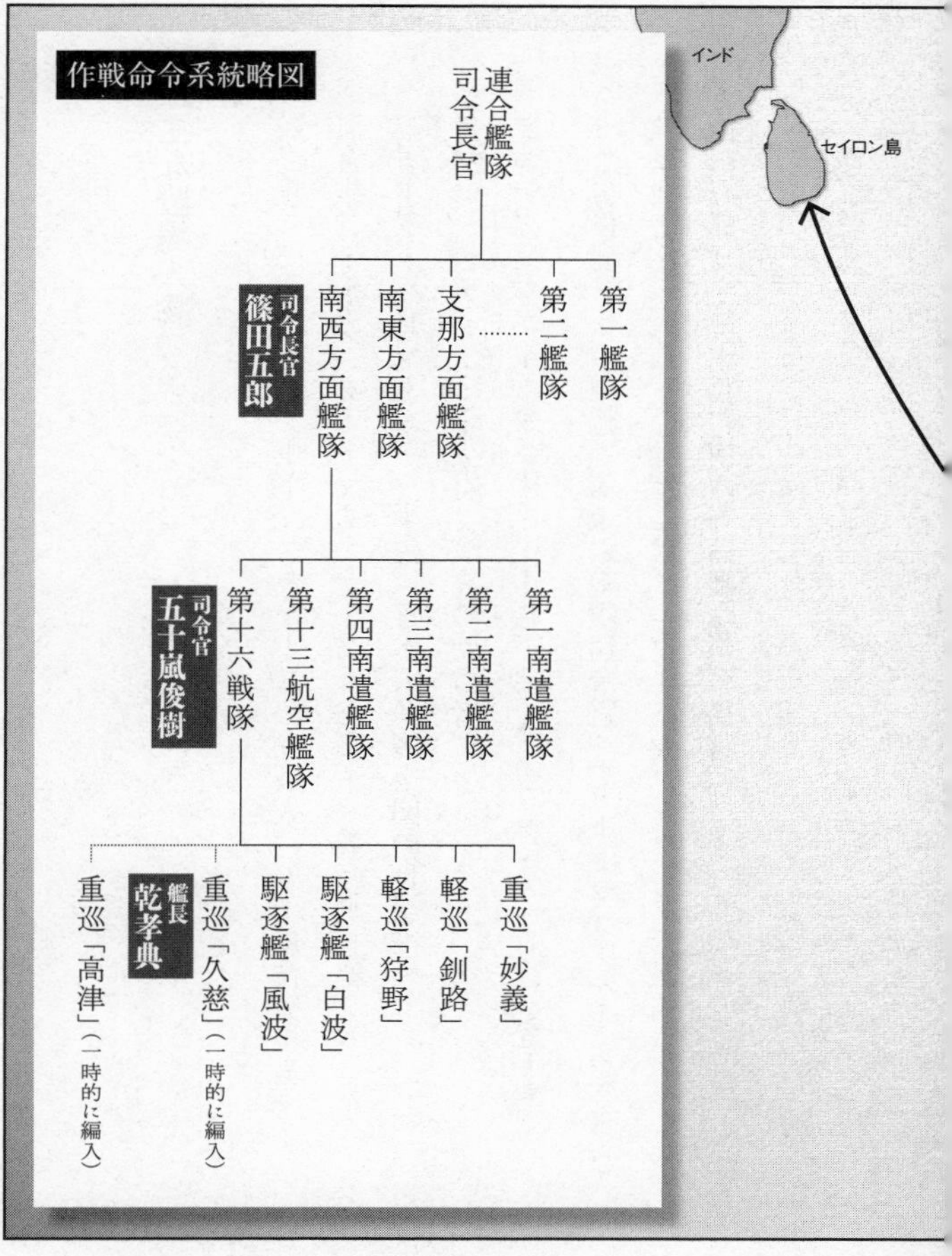
作戦命令系統略図
連合艦隊司令長官
第一艦隊
第二艦隊
支那方面艦隊
南東方面艦隊
南西方面艦隊
司令長官 篠田五郎
第一南遣艦隊
第二南遣艦隊
第三南遣艦隊
第四南遣艦隊
第十三航空艦隊
第十六戦隊
司令官 五十嵐俊樹
重巡「妙義」
軽巡「釧路」
軽巡「狩野」
駆逐艦「白波」
駆逐艦「風波」
重巡「久慈」（一時的に編入）
艦長 乾孝典
重巡「高津」（一時的に編入）
インド
セイロン島

主な登場人物

鮫島正二郎……「ダートマス・ケース」弁護人。五十嵐俊樹担当。
河合雄二……「ダートマス・ケース」弁護人。乾孝典担当。
ジョージ・バレット……少佐。日本人弁護士団の世話役。
アマン・ナデラ……少尉。鮫島の助言者。
アンディ・ロバートソン……中佐。「ダートマス・ケース」裁判長。
五十嵐俊樹……中将。第十六戦隊司令官。「ダートマス・ケース」被告人。
乾孝典……大佐。「久慈」艦長。「ダートマス・ケース」被告人。
篠田五郎……中将。南西方面艦隊司令長官。

小山賢司……中将。南西方面艦隊司令部参謀長。
加藤伸三郎……少将。第十六戦隊先任参謀。
藤堂恭一……大佐。「妙義」艦長。
河野忍……大佐。「高津」艦長。
柳川孝太郎……中佐。「久慈」副長。
赤石光司……大尉。「久慈」高角砲指揮官。事件当日の衛兵司令。
名越五助……兵曹。「久慈」見張員。

真実の航跡

プロローグ

「艦長、あと三時間ほどでバンカ海峡に差し掛かります」

航海長から報告を受けた重巡洋艦「久慈《くじ》」艦長の乾孝典《いぬいたかのり》は、それを聞くと「少し休んでくる」と言って艦橋を後にした。

艦長休憩室に向かう間、強い悪寒を感じ、突き上げるような吐き気に襲われた。

——もはや、猶予はない。

艦長従兵の敬礼に答礼し、艦長休憩室に入ってドアを閉めると、背中に冷や汗が流れていることに気づいた。

乾は倒れ込むように椅子に座ると、頭を抱えた。

昭和十九年（一九四四）三月十八日、連日吹き続いていた北西からの季節風もやみ、海が穏やかな夜だった。先ほどまで橙色《とうしょく》だった夕日も、今は真紅となってスマトラ島の山の端《は》に消え入ろうとしている。

艦の横腹に打ち付ける波の音さえ、決断を促しているように聞こえる。「久慈」艦長になった記念に、同期一同から贈られた腕時計の刻む音も焦燥感を煽《あお》る。

バンカ海峡に入ってしまうと、潮流が複雑になるので、〝これから処分するもの〟が沿岸に流れ着いてしまう危険性がある。〝これから処分するもの〟は、どうしてもジャワ海に沈んでもらわねばならない。

——どうすべきか。

——だが私は、クリスチャンではなかったのか。

軍人の使命とクリスチャンの良心がせめぎ合う。

思い出が次々と脳裏によみがえってきた。

猛勉強の末、海軍大学校に合格した時のこと、米国駐在武官に指名された時のこと、そしてイギリスの学会で、自らの砲術理論を英語で発表した時のこと、その中でも、ことさらうれしかったのは、「久慈」艦長に抜擢《ばってき》された時のことだ。

それまで乾は、重巡「新鷹《あらたか》」と戦艦「葛城《かつらぎ》」の副長を経て飛行艇母艦「八千代《やちよ》」の艦長を務めてきたが、特筆すべき功績はなかった。そのため、突然の抜擢に喜びよりも戸惑いを感じたのを覚えている。

重巡の艦長は日本海軍の花形ポストで、海軍兵学校（海兵）出身者なら誰もが憧れる職だった。しかしハンモックナンバー（海兵の成績順位）が中ぐらいの乾では、そのポストに就くまでには、時間がかかるはずだった。

実はこの人事の背景には、激戦の連続による人材の損耗という日本海軍の深刻な問題が存在していた。とくに昭和十九年に入ると、戦況は日増しに悪化し、乾の所属する海兵四十七期にも戦死者が出始めていた。

「久慈」の艦長になった時から、乾は死を覚悟していた。「久慈」と「高津《たかつ》」は、艦隊の前衛を成すために造られた最新型の航空巡洋艦で、艦隊決戦ともなれば、他艦に比べて損害が大きくなるはずだからだ。

乾は、どうせ死ぬなら戦艦の艦長ないしは戦隊司令官として敵に砲撃戦を挑み、悔いのない死に方をしたかった。

——だが、これまで私の主張は否定されてきた。

すでに世は航空戦の時代で、大艦巨砲主義は時代遅れだとされていた。

それでも乾は持ち前の粘り強さによって、「空母重視を廃し、艦隊決戦を実行すれば勝てる」ということを主張し続けた。

——いつの日か、「大和《やまと》」か「武蔵《むさし》」の艦長になり、そのことを証明したい。

それが乾の次なる目標になった。

しかし「久慈」の艦長となって初めての作戦で、このような困難な状況に追い込まれるとは思ってもみなかった。

──主よ、あなたは私に、なぜこれほどの苦しみを与えるのか！

机の上に頭を叩《たた》きつけても、この苦境からは脱せない。

上長にあたる五十嵐俊樹《いがらしとしき》第十六戦隊司令官は、「南西方面艦隊司令部から、『敵の人的資源を断て』という命令が出ている。反論の余地はない。命令に従うだけだ」と言っていた。

──それがいかなる経緯で出された命令かは知らないが、それなら捕虜となった者たちを収容所に入れれば済む話ではないか。

乾はインド洋作戦の開始にあたる会議で、五十嵐第十六戦隊司令官から「船舶の拿捕《だほ》および情報を得るために必要最低数の捕虜を除く、すべての捕虜を処分すること」という命令を受けた時、猛然と反対しなかったことを悔いていた。

──まさか、こんな立場に追い込まれるとは思わなかった。

クリスチャンの乾には、「処分」などという残虐な行為はできない。しかし捕虜を連れ帰れば、抗命罪に問われるかもしれないのだ。

一昨日、寄港地のバタビア（現ジャカルタ）で第十六戦隊先任参謀の加藤伸三郎《かとうしんざぶろう》少将から告げられたのは、「君の行為は命令違反にあたる」という言葉だ。そうなれば「大和」や「武蔵」の艦長どころか、収監されることさえ考えられる。

──すべては、こんな理不尽な命令を下した五十嵐司令官のせいだ。

しかし五十嵐を恨んだところで、この苦境から脱することはできない。

その時、ふと机の中にしのばせていた自決用の拳銃のことを思い出した。艦を沈めねばならない時、乾は艦と運命を共にすべく、艦長休憩室に拳銃を持ち込んでいた。恐る恐る机の引き出しを引くと、浜田式自動拳銃がそこにあった。

手に取ってみると、いつもより重く感じる。

むろんクリスチャンは自殺などできないが、沈没の際、下手をすると艦から放り出され、救出されることも考えられる。帝国軍人として、それだけは耐えられない。それゆえ乾は、クリスチャンとしての信条に反しても、総員退艦を下命した直後に自殺するつもりでいた。

――だが、そうした場合以外に自殺などできない。

帝国海軍の軍艦を預かる艦長が、何事かを決断できずに自殺するなど前代未聞だ。

時計の針が刻一刻と時を刻む。

――待てよ。すでに「久慈」は十六戦隊の指揮下を離れ、シンガポールの第二艦隊第七戦隊への復帰を命じられている。つまり七戦隊司令官に判断を委ねてしまえばよいではないか。

しかし本来所属する隊の上官に、前の作戦の事後処理を押し付けるのは心苦しい。海軍には、「新たな職場に前任の仕事を持ち込まない」という不文律があり、それを破った者には居場所がなくなる。

その時、ノックが聞こえた。

「入れ」

艦長従兵が開けたドアから入ってきたのは、衛兵司令の赤石光司《あかいしこうじ》大尉だった。

衛兵司令は艦内の軍紀と風紀を取り締まり、様々な儀式や催事を行う際の実行責任者となる。

「どうした」

「捕虜たちが、飯が食えないと言って騒いでいます」

「何を出した」

「われわれと同じものです」

「というと白米に沢庵《たくあん》を付けたものか」

赤石が「はい」と言ってうなずく。

「欧米人が、そんなものを食べるか」

「では、何を出しますか」

「パンとかコーヒーがあるだろう」

「士官調理室に聞いたのですが、そうしたものは士官用の朝食に少しあるだけで、それをやってしまうと、明朝の分がなくなるそうです」

——奴《やつ》らにとって「最後の晩餐《ばんさん》」になるかもしれない。

乾の脳裏に、ダ・ヴィンチの描いたキリスト教絵画が浮かぶ。

「構わない。奴らがほしがるものをやれ」

「分かりました。失礼します」

そう言うと赤石は敬礼して出ていった。

——あっちの連中は捕虜になっても意気盛んだ。

すでに勝利が見えてきているからか、敵国の人々は捕虜になっても元気がよく、平然と待遇改善を要求する。その勇気には見上げたものがある。

——勇気か。

乾は、海軍兵学校時代に言われた言葉を思い出していた。

乾は身長が百五十四センチメートルしかなく、四十七期生の中で最も小柄だった。体も弱く、幼い頃から食あたりなどの病気によくかかった。

入校後、練習艦に乗せられて航海に出た時、パラチフスに罹患《りかん》して流動食しか喉を通らないことがあった。なんとか江田島《えたじま》の海軍兵学校に戻れたものの、休む間もなく翌日から体育訓練が始まった。乾は無理を押して参加したが、いつもは軽く跳べた跳び箱が、どうしても跳べない。足に力が入らないのだ。

その時、跳び箱の上で尻餅をつく乾を見ながら、教官は言った。

「お前には、軍人として最も必要な勇気がない」

その時の嘲るような教官の顔が、今でも思い出される。

——甲板の上に整列させても、奴らは横柄な態度で日本人の悪口を言っていた。

乾が英語を解するとは知らず、捕虜たちは日本人のことを口汚く罵っていた。ジュネーヴ条約により、捕虜の命が保障されているのを知っているからだ。

捕虜たちが、乾を嘲笑《あざわら》っているような気がする。

笑い声と英語での悪態が、次々とよみがえる。

気づくと額から汗が滴っていた。それを袖で拭うと、乾は鋭い声で従兵を呼んだ。

「赤石を呼んでこい！」

「はい」と言って走り去る従兵の靴音が、脳を抉《えぐ》るように刻まれた。

第一章
運命の海峡

一

昭和二十二年（一九四七）六月、復員庁第二復員局（旧海軍省）の依頼を受けた鮫島《さめじま》正二郎《しょうじろう》は、大阪弁護士会の九人の仲間と共に長途の旅に就いた。

仕事の内容は英軍管轄下の戦犯裁判の被告人弁護と聞かされたが、先に出張している東京弁護士会の知人から入ってきた情報では、公平な裁きなど望むべくもなく、被告には形式的に弁護人が付けられるだけだという。

その主たる仕事は、無罪を勝ち取ることや量刑を軽減することではなく、被告に寄り添い、処刑を納得させることらしい。

そうしたことから、ベテランの弁護士たちは病気や公判中の仕事があるという理由で軒並み断ってきた。そのため、ようやく十人がそろったのは出発直前だった。しかも皆、二十代から三十代の若者ばかりで、全員が英語に堪能《たんのう》というわけでもない。それでも弁護士十人に、通訳が十一人も付くという態勢を取ってくれるというので、「それなら」

と言って引き受ける者もいた。

二十七歳で独身の上、英語に堪能だったこともあり、鮫島は躊躇《ちゅうちょ》なく引き受けることにした。尤《もっと》も鮫島にとって日本を離れられるなら、どんな仕事でもよかった。

出発直前の説明会では様々な質問や懸念が飛び交ったが、大阪弁護士会の会長をはじめとした要職にある人たちも何一つ詳しいことを知らされていないのか、「詳細は現地で聞いてくれ」の一点張りだった。

ただ最後に一言、「皆、無駄な努力になるかもしれないが、何としても死刑を避けるよう頑張ってくれ。死刑さえ避けられれば、日本が国家主権を取り戻した時、外交努力で量刑を軽減できるので、被告たちは生涯を刑務所で過ごすことにはならない」と付け加えた。

また今回の弁護士団は戦後になってから初の海外渡航者となり、その品行次第で日本人全般の海外渡航制限が緩和されると聞かされたので、責任の重さを痛感させられた。

大阪弁護士会の任地は、イギリスの管轄するシンガポールと香港の二カ所だという。もちろん個々の弁護士の希望は一切考慮されず、どちらかの任地が一方的に割り当てられた。

鮫島はどちらでもよかったが、香港行きとなった。どうせなら日本から遠いシンガポールの方がよいと思ったが、香港なら香港で構わない。

シンガポール行きとなった仲間の中には、「東洋の真珠と呼ばれる香港に行きたかった」と愚痴を言う者もいた。というのも狭い市街地を一歩出れば、ジャングルが広がっているだけのシンガポールに比べ、香港は人口百八十万の大都市だからだ。

六月十九日、大阪から進駐軍特別列車で呉《くれ》港まで行った弁護士と通訳一行二十一人は、そこで船を待つことになったが、同じ船に戦犯容疑者たちが乗せられると聞かされ、旅行気分が吹き飛んだ。

桟橋に着くと容疑者たちがいた。彼らは優に五十名はおり、全員手錠をはめられていた。その顔は前途の不安からか一様に暗く、船に乗る際にも、鮫島たち弁護士に一瞥《いちべつ》もくれなかった。顔を上げたり、目を合わせたりすると殴りつけてくるという連合国軍兵士たちに怯《おび》えているのだ。現に兵士たちは銃剣の先で容疑者の尻をついたり、蹴り上げたりしながら笑い声を上げている。それとは対照的に、容疑者たちは羊のようにおとなしく船に乗せられていく。

これが、その武勇を世界に誇った帝国軍人の一団かと思うと、敗戦という二文字の重みが、今更ながらのしかかってくる。

今回の戦争はこれまでの戦争とは違い、敗戦国は富も名誉もすべてを取り上げられ、最低国のレッテルを貼られて地獄の底に落とされた。負けたらそういう目に遭うと分かっていたら、当時の内閣や軍部も開戦に慎重になっただろう。しかしその反面、日本が地獄を見ることで、戦争を始めた者への見せしめになることも確かなのだ。そして連合国軍兵士の多くは、戦争犯罪者をみじめな目に遭わせることで、その犯罪を繰り返させないという大義を掲げている気になっているに違いない。

――だが彼らは容疑者であり、まだ罪人ではない。

そうは言っても、法律にかかわる者以外にそれを理解するのは難しい。しかも、どれだけ容疑者を痛めつけても、連合国軍兵士には何の罰も科されないのだ。

――これが戦勝国と敗戦国の現実なのだ。

鮫島は、初めから厳しい現実を突き付けられた気がした。

船は一万総トンクラスの商船で、弁護士と通訳は五人一部屋の船室をあてがわれた。イギリス海軍の水兵たちと同等の扱いなので、文句を言う筋合いはない。

一方、容疑者たちは窓一つない貨物用の船倉に閉じ込められ、酷暑の太平洋を行くことになる。

船旅は快適とはいかないまでも不快ではない。弁護士たちは自由に散歩することが許されていたし、船上でのクリケットにも参加できた。水兵たちは、弁護士の一団には礼を尽くすよう船長から指示されているのか、様々な便宜を図ってくれた。

鮫島はイギリス総領事館で四年も働いた経験があるので、慣れてくると積極的に彼らに話し掛けた。英会話ができると知ると、彼らはフレンドリーに接してくれた。そこから分かったのは、彼らは、罪のない日本人に対する差別意識がさほどないということだ。それが連合国、とくに米国政府の方針なのは明らかだった。彼らの次なる敵はソ連であり、日本を早急に復興させて友好関係を築き、太平洋の防波堤に育てたいのだ。それゆえ戦争直後の過酷な対応が嘘《うそ》のように、このところ政治から経済まで、日本の自主性を重んじることが多くなってきている。

鮫島にとって心強かったのは、法律学校の同期生で、同じ大阪弁護士会で親しくしていた一つ年上の河合雄二《かわいゆうじ》が、共に香港まで行くことだった。

鮫島は京都市内の生まれだが、父親は京都府北部の宮津《みやづ》の出で、河合がすぐ近くの福井県の小浜《おばま》出身だったことも、親しくなるきっかけとなった。

呉港を発《た》って数日後、デッキに出た二人は壮大な落日を眺めていた。

どこまでも続く海を見ていて、鮫島はある感慨を抱いた。

「ほんの数年前、この海を越えて帝国海軍の艨艟《もうどう》たちは南に向かったのだな」

艨艟とは、艦の大小を問わず軍艦に対して使われる。

鮫島の言葉に、河合が紫煙を風になびかせながら答える。

「そうだ。艦橋から周囲の海を睥睨《へいげい》していた将官たちも、今では船倉に閉じ込められて豚のような扱いを受けている」

「降伏したからといって、それで戦争が終わるわけではないんだな」

「負けた事実はもう変えられない。われわれは敗戦から学び、それを新しい日本に、いかに生かしていくかを考えるだけだ」

河合は戦中も反戦的な姿勢を隠そうとしなかったが、戦後になって堂々と政府や軍部の批判を始めた。というのも河合の兄は召集《しょうしゅう》され、満州のどこかで行方不明になっていたからだ。

河合は、吸い口ぎりぎりまで吸った煙草《たばこ》を海に投げ捨てると言った。

「君は、今回の仕事にどういう姿勢で臨むんだ」

「どういう姿勢と言われても、法の正義を貫くだけだ」

「法の正義か。でも実際はどうなんだ。海外に行けるから手を挙げたんじゃないのか」

「まあ、それもないとは言えない」

もちろん海外を見ておきたいという気持ちはあるが、鮫島には日本から逃れたいという気持ちの方が強かった。

「君は正直でいい。俺にも、それがないと言ったら嘘になる」

「では、君はどういう姿勢で臨む」

河合は寂しげな顔で煙草をもう一本取り出すと、火をつけた。そして煙草の箱を鮫島に示したが、鮫島は首を左右に振った。

「戦犯容疑者がしたことを究明し、罪があるなら刑に服させ、無罪なら全力でそれを勝ち取るだけだ」

「突き詰めれば、それが法の正義を貫くってことじゃないか」

「まあ、そうだな」

二人が苦笑いを漏らす。

「だが、その正義ってやつが正しく執行されるかどうかは分からない」

河合が真顔になる。

――確かにその通りだ。

この船に乗せられた容疑者たちの大半は、有罪になるはずだ。それゆえ連合国軍の兵士たちは、すでに罪人同然に扱っているのだ。

「君は――」と言って、河合が眉間に皺《しわ》を寄せる。

「これからどのような仕事をさせられるか分かっているのか」

「どのような仕事って、法廷での弁護じゃないのか」

「ふふふ」

河合は鼻で笑うと、吐き捨てるように言った。

「形式的な裁判に付き合わされるだけだ。すでに判決は出ている」

「その噂《うわさ》は俺も聞いている。でも、それならそれでいいじゃないか。やれるだけのことをやるだけだ」

「気楽なもんだな。被告は死ぬか生きるかなのだぞ」

鮫島にもそれは分かっていた。だがあらためて河合に指摘され、この旅が単なる物見《ものみ》遊山《ゆさん》ではなく、死に赴く人間と間近に接しなければならない緊迫した仕事だということを思い出した。

「では、この一連の裁判に法の正義は存在しないというのか」

「それは分からん」

「俺がイギリス総領事館に勤めていた頃に出会ったイギリス人たちは皆、法の正義を信じていた」

「その立場ならそうだろう。しかし日本軍と戦い、親族や友人を殺された者たちにとって、法の正義よりも大切なものがある」

「それは何だ」

「恨みを晴らすことだ」

「そんなことはない」

そこまで言って鮫島は口をつぐんだ。

伝え聞いたところによると、すでに始まっている極東国際軍事裁判でも、被告側に有利な書証や証言は次々に却下されているという。

「それが現実だ」

河合はニヒリズムを漂わせるように自嘲した。

「それでは聞くが、君はそんな空《むな》しい仕事を、なぜ引き受けたんだ」

「日本人だからだ」

河合が言下《げんか》に言い切る。

「どういう意味だ」

「たとえ形式的な裁判であろうと、日本人だから日本人の死に水を取ってやる。それで納得して死んでいけるなら、われわれの仕事は価値のあるものになる」

それだけ言うと、河合は憤然とした面持ちで去っていった。

──河合は河合なりに、この空しい仕事に折り合いをつけようとしているのだ。

だが鮫島自身、見ず知らずの容疑者を救おうなどという義侠心《ぎきょうしん》から、この仕事を引き受けたわけではない。あることによって日本にいたくないという個人的な事情から、引き受けたのだ。

──俺は法の正義を盾に戦えるのか。それともおざなりの仕事だけして、物見遊山の旅を終えるのか。

鮫島は自分に問うたが、答えは見つけられなかった。

二

六月末頃、昼食後にデッキを散歩していると、前方に人だかりができているのに気づいた。何事かと近寄っていくと、船員が船の進行方向を指差している。その方角に目を向けると、鮫島にも水平線上に小さな黒い染みのようなものが見えてきた。

「Arriving Hong Kong!」

イギリス人船員が陽気な声を上げる。

——いよいよ着いたか。

鮫島は楽しみと不安が相半ばした複雑な思いで、前方をにらんでいた。

午後三時、船は香港の埠頭に横付けにされた。ここでシンガポール組とはお別れとなる。双方は別れを惜しみながら健闘を誓い合った。

結局、香港で船を下りたのは、弁護士六人に通訳五人の十一人だった。

——ここが香港か。

言うまでもなく、鮫島にとって初めての海外渡航になる。

まず目に入ったのが、香港の象徴と言えるビクトリア・ピークだ。その山容は険しく、海からは切り立った崖のように見えるが、中腹や山頂の平場部分には西洋風の瀟洒《しようしや》な邸宅がちらほらあるので、実際はなだらかなのかもしれない。

迎えに来ていた中国人の案内役に従って、イギリス軍戦犯部の手配した車に向かう途中、無数の苦力《クーリー》や人力車夫とおぼしき男たちが近寄ってきた。人や荷物を運ぼうというのだ。彼らは一様に顔色が青黒く、着ているものも襤褸《ぼろ》同然だ。それを中国人の案内役が怒鳴りつけ、道を空けさせている。

案内役によって花道のようにできた空間を縫うように行くと、二台のジープが停《と》まっていた。そのうちの一台に寄り掛かるようにして、抜けるように白い肌の若い将校が待っていた。

それがバレット少佐との出会いだった。

ほかの弁護士と五人の通訳と共に挨拶すると、バレットは笑みを浮かべて「Welcome to Hong Kong」と言い、手招きで二台の幌《ほろ》付きジープに乗り込むよう指示した。

鮫島と河合の乗った車の助手席に、バレットが乗り込んできた。そこで互いに自己紹介を済ませると、ジープが走り出した。

バレット少佐はケント州出身の二十五歳で、日本軍のシンガポール攻略時に捕虜となり、台湾俘虜《ふりよ》収容所で長らく虜囚の生活を送ったという。その後、日本の敗戦と同時に解放されたが、日本軍の蛮行を糾弾するため、帰国せずに香港で法学を学び、今は検事助手として検事たちを手伝っているとのことだった。バレットは弁護士たちには丁重に接するが、「日本人は嫌いです」とダイレクトに言った。

河合は嫌悪をあらわにして横を向いたが、鮫島は「あなたの率直な態度に敬意を表します」と流暢《りゆうちよう》な英語で答えたので、バレットの方が呆気《あつけ》に取られていた。

香港の空はどんよりと曇り、とても蒸し暑かったが、たまたま降り出したスコールが、涼風を伴ってきた。その風には路上の湿った土砂の臭《にお》いと、何かが腐ったような独特の異臭が含まれていた。しかしそれは決して不快なものではなく、異国に来たことを感じさせるものだった。

——ここは香港なのだ。

雨に逃げ惑う中国人たちを見ながら、鮫島は「よくぞこんな遠くに来たものだ」という思いに浸った。

ビクトリア湾に面した海岸通りを東へ十五分ほど走り、湾仔《ワンチヤイ》と呼ばれる商業地区を抜けると、車は閑静な官庁街兼高級住宅地に差し掛かった。どの建物にも、土塀で囲まれた庭がある。その中の一軒に二台の車は入っていった。

——ここが裁判所か。

その厳《いか》めしい建物の造りから、法廷だとすぐに分かる。

車寄せでジープから降りると、一行十一人を前にして、バレットが「ここが皆さんの仕事場兼宿舎となる第五、第七戦犯法廷です」と英語で告げた。

見上げると、「No.5 and No.7 War Criminal Court」と書かれた真鍮《しんちゆう》製の看板が掲げられている。香港に法廷は複数あるが、戦犯専門の法廷はここだけらしい。

「ここが俺たちの戦場か」

河合がそう言った時、短機関銃や小銃を肩に掛けた多くの兵が、こちらに向かって走ってきた。鮫島たちが日本人だと気づき、過度に警戒しているように見える。

憲兵たちは緊張した面持ちで銃を構えようとしている。

すぐにバレットが双方の間に入った。

「心配ない。彼らは日本人弁護士だ」

すると憲兵隊長らしき人物が進み出た。バレットと同じ少佐の階級章を付けている。

「日本人には、身体検査をする決まりになっている」

「何を言っているんだ。彼らは容疑者でも証人でもない。連合国軍の依頼に応じ、来てもらった弁護士たちだ」

「弁護士だろうと、日本人に変わりはない」

バレットの顔色が変わる。

「彼らは仕事で来た。屈辱的な仕打ちを受ける理由はない」

「駄目だ。日本人は全員身体検査をするよう命じられている」

「それは容疑者に限られることだ。戦犯部から、弁護士たちを丁重に扱うよう指示を受けているはずだ」

「そんなことは聞いていない」

二人の言い合いは次第に激しくなっていく。

――致し方ない。

今回の弁護士団に代表や団長という者はいない。それゆえ船内では、最も英語に堪能な鮫島が交渉役を務めることが多かった。

「バレット少佐、ありがとうございます。われわれは身体検査を受けます」

その言葉を聞いたバレットの顔には、謝意が表れていた。

「指示の不徹底によって不快な思いをさせてしまいますが、お許し下さい」

弁護士と通訳は一列になると、両手を挙げた。それに対して憲兵たちが荒々しくチェックする。バッグの中身も引っ張り出された。若い兵士は褌《ふんどし》を広げて不思議そうな顔をしている。

それを見て河合が笑った時だった。

一人の兵士が進み出ると、銃床で河合の腹を突いた。

「うっ」と言って河合が前かがみになる。

「何をするんだ！」

鮫島たちが河合を気遣う。それで列が乱れたため、憲兵が色めき立った。

「何をやっている！」

離れた場所で立ち話をしていたバレットは走ってくるや、顔を真っ赤にして暴力をふるった憲兵を怒鳴り付けた。

「この男が抵抗したのです」

「嘘だ。私は何もやっていない」

腹を押さえて片膝をついた河合が、苦しげに言う。

「何事だ」

憲兵隊長が横柄な態度でバレットに問う。

「君の兵が、理由もなく弁護士の腹を銃で突いたのだ」

「何かしたからだろう」

河合が口惜《くや》しげに言う。

「何もしていない。ただ笑っただけだ」

「嘘をつくな。ジャップは弁護士まで嘘をつくのか」

その瞬間、鮫島の正義感が頭をもたげた。

「われわれは素直に身体検査を受けることを承諾した。にもかかわらず、この仕打ちはどういうことだ。謝罪がなければ戦犯部に報告する」

残る日本人は唖然《あぜん》として鮫島を見ていたが、イギリス人気質を知る鮫島は、こうした場合には、しっかりと筋を通すことが大切だと知っていた。

憲兵隊長が鮫島の胸倉を摑《つか》もうとするのを制して、バレットが鮫島に言った。

「いいから、この場は任せて下さい」

バレットは鮫島を背後に押しやるようにすると、憲兵隊長に正式な抗議を申し入れると言った。だが隊長は何も見ていないと言い張り、いつの間にか暴力をふるった憲兵も消えていた。

それでも報告されては困るのか、隊長は憲兵たちに本来の配置に戻るよう命じた。

ようやく緊張から解放された日本人一行は、河合を助け起こした。

「バレット少佐、ありがとうございました」

鮫島の言葉にバレットが答える。

「こちらこそ申し訳ありませんでした。しかしこれが、ここの現実だということを忘れないで下さい」

口惜しげな顔をしているバレットに、河合がたどたどしい英語で言う。

「この件は不問に付して下さい。その方が今後のためにいい。われわれは、これくらいのことは覚悟してきました」

その言葉に、バレットは救われたような顔をした。

日本人弁護士団の部屋は、建物の二階にいくつかある個室で、寝室と仕事場が仕切りによって隔てられただけの簡素なものだった。唯一の救いは、どの部屋からもビクトリア・ピークの頂上まで見渡せることだ。一階の部屋は通訳と証人たちの居室にあてられ、弁護士の主戦場となる法廷は半地下にあった。

翌日から仕事開始かと思いきや、バレットの案内で戦犯部の関連部署などを挨拶回りしただけで、午後からは自由の身となった。バレットは「香港島を案内しましょう」と言い、弁護士や通訳をジープに乗せて島内を回ってくれた。

短機関銃を持った憲兵が二人付けられたのには驚いたが、バレットによると、地元民の日本人に対する憎悪は根強く、どんな目に遭うか分からないからだという。

鮫島は「いまだ戦争は終わっていない」ことを実感した。

日本人にとって今回の戦争は、欧米の植民地となったアジア諸国を解放することが目的の一つだった。現に統治者が日本人になって恩恵を受けた者も多くいる。しかし香港におけるイギリスの浸透は、日本の比ではない。イギリスは日本が江戸時代の頃から香港を、東アジア貿易拠点としていた。そうした歴史がイギリスに通じる人々を数多く生んでいたことに、日本の軍部は気づかなかった。

——だがイギリスは、ここでひどいことをやってきた。

イギリスで茶葉の需要が高まり、清国との貿易赤字が増大すると、イギリス人はインドで栽培した阿片《あへん》を清国に蔓延《まんえん》させることで、貿易赤字の解消に努めた。ところが清国は、阿片の流入が甚大な損害を及ぼすことに気づいて規制をしたので、阿片戦争が勃発した。その結果、清国は敗れて一八四一年には香港島を占拠され、翌年に締結された南京条約によって、香港島は永久割譲された。これにより阿片の流入はいっそう深刻化し、中毒患者は軽い者も含めて数十万人に及んだ。

だがイギリスの占領も、昭和十六年（一九四一）十二月の日本軍の侵攻によって終了し、約四年の間、香港は日本の統治下に置かれた。

その間、日本軍の憲兵隊によって、地元民のスパイ活動が次々と摘発されていった。というのも日本軍が雇った使用人たちは、平然と日本軍の重要書類を盗み、イギリス側へと売り渡してしまうからだ。それはイギリス人への親しみというより、阿片を餌に買収されているからだった。そのため憲兵隊の取り締まりは苛烈になり、中国人に対する拷問や処刑が公然と行われるようになった。それが結局、香港島での戦犯の多さにつながっていく。阿片の蔓延は、日本軍の占領政策の足枷《あしかせ》にまでなっていたのだ。

すでに、日本軍占領時代の憲兵司令官をはじめとした憲兵隊幹部たちには、軒並み絞首刑が言い渡されていた。

観光地めぐりにも飽きてきた七月五日、ペニンシュラ・ホテルにある戦犯部起訴係に呼び出された日本人弁護士団は、いよいよ仕事を言い渡された。

鮫島と河合を除く四人の弁護士たちが先に呼び出され、元憲兵隊下士官らの裁判を担当することになった。一方、鮫島と河合には、全く別の事件が託された。

三

四人に続いて鮫島と河合の二人が戦犯部起訴係に入っていくと、当番兵が一つのドアの前まで案内してくれた。その丁重な扱いに感謝しつつ、「失礼します」と言って入室したが、起訴係の責任者の大佐は、机の上に広げた書類に目を落としたまま一言も発しない。しかも目前に二つの椅子があるにもかかわらず、「座れ」とも言わないので、二人は黙って立っていた。

五分ほどそんな状態が続いた後、ようやく大佐が顔を上げた。

「君たちには、『ダートマス・ケース』を担当してもらう」

突然、担当する事件を申し渡されたが、何のことだか分からない。それは河合も同じらしく、不思議そうな顔で首をかしげている。

「どうやら、この事件について何も知らないようだな」

大佐は大儀そうに背後に手を回すと、書類の束を机の上に放り投げた。

「君らの同胞が、捕虜となった六十九人のイギリス人とインド人を殺害した。これは、ほかのケースと違って冤罪《えんざい》の余地はない。二人の男が、その責任を問われることになった」

大佐によると、ほかのケースが中国人らの曖昧な証言によって断罪されるのと違い、このケースは紛れもない殺人事件だというのだ。

鮫島が丁重な態度で問う。

「それは、どのような事件なのですか。二人の男とはいったい――」

「今日と明日でこれを読め。それぞれの役割は明後日、通達する」

大佐が書類の山を前に押す。乗客や乗組員の宣誓供述書や被告二人の陳述書といった調査書類らしい。

「東京から新たな弁護士が来ると聞いている。それゆえ君たちは二人一組で、どちらかの被告を担当する。東京から来る者たちは、もう一方の担当だ」

「分かりました」

「分かったら行け」

大佐が蠅《はえ》を払うように手を振る。そこには、日本人に対する差別意識が露骨に漂っていた。

大佐の態度に憤然としながらも、鮫島と河合は手分けして書類の束を抱えると、仕事場に向かった。

河合の執務室で向かい合った二人は、「ダートマス・ケース」に関する取り調べ記録と宣誓供述書を読み始めた。英語にさほど堪能でない河合のために、鮫島は声に出して読みながら、逐一、日本語に訳していった。

資料を読み進めるうちに、事件の概要が摑めてきた。

時をさかのぼること、わずか三年半ほど前の昭和十九年（一九四四）二月、日本軍の南西方面艦隊司令部は、インド洋における連合国軍の交通線（通商路）破壊と輸送船の拿捕を目的とするインド洋作戦を発令した。その背景には、インド洋の制海権の獲得と輸送船不足を補うという二つの目的があった。

この作戦を下命されたのが第十六戦隊司令官の五十嵐俊樹海軍中将だった。第十六戦隊は旗艦の重巡「妙義《みょうぎ》」を中心に、同じく「飯縄《いいづな》」、軽巡「釧路《くしろ》」と「狩野《かの》」、そして駆逐艦二隻（「白波《しらなみ》」「風波《かざなみ》」）から成る部隊で、ジャワ島のバタビアを本拠としていた。

ところが作戦開始の直前になって、「飯縄」が別部隊に所属を変更されたため、一時的に航空巡洋艦の「久慈」と「高津」が加わることになった。

この二艦は帝国海軍が最後に造った重巡洋艦で、若い士官たちの間で「船に乗るなら久慈・高津」と言われるほどの憧れの的だった。しかも甲板後部にカタパルトを備え、水上偵察機を六機も搭載しているので、索敵《さくてき》には好都合な艦だった。

　第十六戦隊は三月三日早朝、ジャワ島とスマトラ島の間のスンダ海峡を南下し、ジャワ島西部の北岸にあるバタビアから五百四十海里（約一千キロメートル）ほど南西にあるココス島を目指した。

　この海域では帝国海軍はもとより、イギリス東洋艦隊、オーストラリア海軍、またドイツのUボートまで出没しており、両陣営の通商破壊戦は激化の一途をたどっていた。

　翌四日、給油艦を帰らせると、いよいよ重巡三隻による索敵が始まった。「妙義」を中央に、左に「高津」、右に「久慈」といった隊形だ。

　五日は、ココス島の東、百五十海里（約二百七十八キロメートル）まで進出し、水上偵察機を使って索敵したが、敵船を見つけられなかった。

　実は、イギリス東洋艦隊では日本軍の暗号文を解読しており、インド洋の船舶の航行ルートを西方に大きく移していたのだ。

　翌六日から八日にかけては快晴だったが、海が荒れて水上偵察機を発艦できない状況に陥った。

　九日、各艦では焦りが募っていた。燃料の重油が不足しているにもかかわらず、これだけ長い距離を三艦で走り、全く収穫がないからだ。しかも残存燃料は帰投にぎりぎりの量になっており、この日の午後には作戦を切り上げざるを得なくなっていた。

十一時半、「久慈」では名越五助《なごえごすけ》という若い兵曹が見張りに就いた。かつて名越は視界の悪い中、トラック基地の近海に不時着水した艦載機を発見しており、「久慈」見張員の切り札的存在だった。見張長が最後の数時間を名越に託したのだ。

名越が大望遠鏡に取り付いてから四十五分後、水平線に立ち上る煙のようなものを見つけた。雲よりもやや色が濃いだけなので、常の見張員なら見つけられなかったはずだ。

「右四十三度の方角に煤煙《ばいえん》発見！」

艦内に名越の絶叫が響く。距離にして約四十キロメートル西だ。

「総員、配置に就け！」

喇叭《らっぱ》の甲高い音が鳴り響き、「久慈」艦内が一瞬にして色めき立つ。

第二戦速二十二ノットで追撃が始まった。

旗艦「妙義」に報告はしたものの、二艦の距離は六十キロメートル以上も離れており、拿捕は「久慈」一艦で行わねばならない。

第三戦速の二十八ノットに速めると、瞬く間に船影が見えてきた。この時点で、敵船とは二十七キロメートルほどの距離になっている。

名越が伝声管に向かって叫ぶ。

「煙突が見えます。大型商船！」

さらに近づくと、名越から詳細な報告が艦橋に入った。

「一万トンクラスの商船。最新型の貨物船と認む！」

艦長の乾が冷静に命じる。

「軍艦旗を下ろしてアメリカ国旗を掲げよ。艦首の菊の御紋に覆いを掛けよ」

これらは拿捕の手順として、事前に決めていたものだった。実は乾は国際法の専門家でもあり、こうした行為が違法行為にあたらないのを知っていた。

「合戦準備。主砲、高角砲、左砲戦用意！」

この時、乾の脳裏によぎったのは、かつてインド洋で敵タンカーと遭遇し、拿捕しようと無防備に近づいていき、砲撃を食らって沈没した特設巡洋艦のことだった。しかも、たまたま当たった一発が弾薬庫に命中し（貨客船を改造した特設艦なので弾薬庫の防御壁が薄い）、自滅に等しい沈没をしたのだ。それ以来、相手が商船であっても油断しないように近づけという通達が、軍令部から出されていた。

十二時五十四分、「久慈」から最初の発光信号が送られた。

「当方、アメリカ合衆国巡洋艦。貴艦に伝えたい重要事項あり。無電を使用せず、信号しやすき距離に接近せよ」

だが敵商船からは何の反応もなく、なおも約十五ノットで北上を続けている。

その時、名越の目に敵の装備が見えてきた。

「艦首および後部に、八ないしは十センチ砲を二門装備！」

これを聞いた艦内に緊張が走る。

八ないしは十センチ砲だと敵の最大射程は九千メートルになり、警戒を要する。

続いて乾は停船信号を送ったが、依然としてなしの礫《つぶて》だった。

距離九千メートルまで近づいた時、乾は米国国旗を軍艦旗に戻し、菊の御紋の覆いも取らせた。国際法上、射撃の前には、こうした偽装を取り払わねばならないからだ。

そして十三時十七分、威嚇の砲弾が敵船の進行方向上に放たれた。それに驚いたのか、敵船はRRR《スリーアール》（緊急救難信号）を打ち始めた。それでも停船はしない。

敵船の行動は不可解だった。彼我の速度差から逃げ切ることは不可能で、「久慈」が本気になれば、砲撃で沈めることもできる。

唯一、逃げ切れるとしたら、友軍の重巡以上の艦船が近くにいるか、スコールの中に身を隠すかぐらいだろう。だが艦船は水平線まで見渡してもおらず、スコールの雲が迫ってきていることもない。

――いったい何を考えているのだ。

敵船長の考えは全く理解に苦しむ。

「拿捕しましょう」

副長の柳川孝太郎《やながわこうたろう》中佐の声が乾の耳に届いたが、乾はこれを無視して航海長に尋ねた。

「現在の位置は」

「ココス島の南、二百二十二海里（約四百十キロメートル）です」

「二百海里（約三百七十キロメートル）以内は拿捕、それ以上は撃沈だったな」

「会議では、そういう話も出ましたが――」

柳川が煮え切らない口調で言う。

「ここはココス島から二百海里以上も離れている。曳航《えいこう》は無理だ」

日本軍の制海権下にある安全海域に達するまでには、敵潜水艦や航空機による攻撃があり得る。拿捕した船を曳航していると、本来の速度が出せず、回避行動も緩慢になるので、たいへん危険な状態に陥る。

「艦長、それは決定事項ではありません」

柳川が言い切る。

乾は、その話が曖昧に終わったことを思い出した。

――どうすべきか。

だが乾は、ある誘惑に駆られていた。

――撃ちたい。

砲術を専門とする者の本能なのか、乾は居ても立ってもいられないぐらい撃ちたくなっていた。

これから遠くない未来、連合艦隊は「大和」と「武蔵」を中心とした主力決戦を行うつもりでいる。その時に、最新鋭重巡の「久慈」は艦隊の先駆けとして、切り込み隊長の役割を担わされる可能性が高い。実戦での砲撃の経験があるとないでは、そこで大きな差が出る。しかもこの場合、警告や威嚇という手順を踏んでおり、国際法に照らしても砲撃することに非はない。

——四基八門の主砲から四十発撃てば、最悪でも四発は当たる。この距離なら確実に沈められる。

誘惑が波のように押し寄せる。

「拿捕しましょう。それからのことは、『妙義』の判断を仰げばよいことです」

航海長が進言する。この発言は艦橋にいる面々に記憶され、場合によっては航海日誌に記録として残る。

——やはり拿捕するか。

拿捕するとなると、敵に従順になってもらわねばならない。だがこの商船の船長は、まともな判断力を持っていない気がする。商船の船長には、「ナイトキャップ」といって就寝前に酒を飲む者がいる。しかし仮に非番だったとしても、「ナイトキャップ」には、いささか時間が早すぎる。

——砲撃される可能性もある。

一対一で商船に後《おく》れを取ることはないはずだが、万が一、撃沈された例の特設巡洋艦のように一発食らいでもしたら、乾の評価はガタ落ちになる。

「拿捕しましょう」

今度は副長の柳川が進言してきたが、乾はそれも無視した。

――俺は艦長なのだ。

これまでのキャリアで、乾は艦橋にいて艦長に何かを進言したことが山ほどあった。だが艦長たちは、その多くを聞き流した。中には後に酒の席で、「乾副長はうるさい。何かあった時、責任を取るのが私なのを忘れるな」と釘《くぎ》を刺されたことさえあった。

その時、敵船が速度を落とし、ほぼ停止した。

「よし、『拿捕される意思あるや』と発光信号を出せ」

すぐに発光信号が出されたが、敵からは何の返答もない。

ほぼ同時に、名越から報告が届いた。

「敵船はカッター（小船）を下ろしているようです」

名越は、敵船が「久慈」の死角になる反対舷（左舷）からカッターを下ろしているのを見逃さなかった。

――どういうことだ。

敵に拿捕される意思がなく、乗客を退避させようとしているということは、「交戦する意思がある」ことを意味する。

「砲撃準備！」

乾の一言で、艦全体に緊張がみなぎる。

——やはり撃つべきだ。

もはや乾に迷いはなかった。だがカッターを下ろす作業を妨げたくなかったので、乾は十五分ほど待ってから命じた。

「撃ち方始め！」

続いて砲術長の号令が聞こえた。

「撃《て》ーっ」

次の瞬間、二十・三センチ主砲と高角砲が火を噴いた。轟音《ごうおん》と振動が艦全体を覆う。

「命中！」

すぐに見張員の声がした。最初の斉射《せいしゃ》で直撃弾を見舞えた。しかし直撃弾は船の横腹に当たっただけで、浸水はごくわずかのようだ。

副長の柳川と航海長が口をそろえる。

「艦長、この状態なら敵船は沈没しません。拿捕隊に臨検させましょう」

「曳航が困難でも、船内を捜索し、機密書類や暗号表を押収することはできます」

「いや、もう手遅れだ。敵船は傾斜している」

そうは言ってみたものの、敵船がさほど傾斜していないのは誰の目にも明らかだった。

「取《と》り舵《かじ》いっぱい。今度は右舷に撃たせる」

乾は、左舷だけでなく右舷の砲手たちにも撃たせようとした。先々どこであるか分からない砲撃戦を想定してのことだ。

「右舷高角砲、煙突下部の水面辺りを狙え」

すでに敵船は傾き始め、反撃できる状態にない。そのため距離を三千メートルまで縮め、敵船の機関部を狙って右舷の高角砲だけに撃たせた。

二基の高角砲から、四十五発もの通常弾が発射された。今回は実験射撃として、爆発時間などのセット時間をいろいろ変えてみた。これにより様々なデータが得られ、乾は得意満面になっていた。

敵船はキングストン弁を抜いたらしく、傾きがいっそう激しくなる。

そして三月九日の十三時五十三分、敵船は赤い船底を見せて左舷から転覆した。船底は平底に近く、二本の巨大なスクリューが空転している。やはり最新型の大型輸送船だった。

煤煙を発見してから一時間三十八分が経過していた。

「久慈」は沈没地点の距離六百メートルまで近づき、この有様を克明に映像記録に残した。瞬く間に敵船は海中に没し、周囲には様々な浮遊物が漂うだけになった。

その中でもひときわ目立つ二隻のカッターからは、しきりに救助を求めて手が振られていた。そのカッターに必死に泳ぎ着こうとする人影も見える。だが波は高く、カッター自体がいつ転覆してもおかしくない状況にある。

「艦長、どうしますか」

データに気を取られていた乾は柳川の声でようやくわれに返ったが、判断に迷って沈黙していると、航海長が続けた。

「ここは荒海で有名なインド洋です。潮の流れからすれば、カッターは南に流されていくでしょう。南はさらに荒れ狂っている海域ですので、ほどなくしてカッターは転覆します。先ほど救難信号を打電したとはいえ、間もなく夜になり、敵の哨戒機《しょうかいき》が迅速にあの二艇のカッターを見つけるのは至難の業です」

つまり、救助するなら今しかないというのだ。

柳川が話を替わる。

「艦長、ここで救助することとは砲撃したことと矛盾します。われわれの目的は敵船の拿捕であり、人命を救うことではありません。だいいち軍令部からの『口達覚書《こうたつおぼえがき》』には、『船舶の拿捕および情報を得るために必要最低数の捕虜を除く、すべての捕虜を処分すること』とあります。この意味は、どう考えても『撃沈した場合、救助してから殺すのではなく、見て見ぬふりをしろ』ということです」

日本軍では、命令書だけで伝えきれない補足事項を口達書という形で下達《かたつ》していた。ちなみに「口達覚書」は、書面になっていても正式なものではない。「命令」ではなく「覚書」という用語を使っていることからも、それは明らかだ。基本的に署名や捺印《なついん》もないので、後々まで軍令部が出したという証拠にはならない。すなわち一種の責任回避術なのだ。

——こんな紙切れ一枚で、民間人を殺せるか。

乾は軍令部という組織の卑怯《ひきよう》を知り、強い反発を覚えたが、「口達覚書」が命令書と同等の重みを持つのも事実で、それに反すれば海軍で冷や飯を食わされることになる。

——だいいち私はクリスチャンではないか。

クリスチャンである限り、正規の軍事行動以外で人を殺すことはできない。敵対行為をしていない民間人ならなおさらだ。

——どうしたらいいんだ。

乾の懊悩《おうのう》は深まった。

現在の東京都品川区にある呉服商の次男として生まれた乾は、両親共にクリスチャンではなかったが、道徳を学ばせようと考えた母親の勧めで、近所の日曜学校に通わされた。その影響で中学二年の時、仲間と一緒に軽い気持ちから洗礼を受けた。それ以来、敬虔《けいけん》とは言えないにしても、キリスト教の信条に反しないように生きてきた。「海軍将校になりたい」と思い立ったのは、中学の先輩が帰郷して、その制服姿に憧れたからだ。当時は、クリスチャンであることと軍人であることに何ら矛盾を感じなかった。欧米の軍人の大半がそうだからだ。しかし日本軍は、クリスチャンとしての生き方や信条など全く考慮してくれなかった。

乾が黙っていると、柳川が再び口を開いた。

「彼らの救助は敵に託しましょう」

ところが「口達覚書」には、「情報収集に必要とする者を残して、その他は処分すべし」と書かれている。つまりそれを盾にすれば、全員を救っても咎《とが》められることはないように思われた。

――目の前で苦しんでいる者たちを見捨てられるか。

「救おう」

乾は決断した。もはや副長の柳川も航海長も何も言わなかった。帝国海軍において、それだけ艦長の判断は絶対なのだ。

早速、救助活動が行われたが、海が荒れているため手間取り、一時間四十分も掛かってしまった。すべてが完了した時、時計は十六時を指していた。

後部飛行甲板に並ばされた捕虜たちは、一様に濡《ぬ》れ鼠《ねずみ》になって震えていた。そんなことに頓着せず、拿捕隊員は捕虜たちを後ろ手に縛っていく。その時に協力的な態度を取らなかった者には、容赦なく鉄拳が見舞われた。

「イギリス人とオーストラリア人四十四、うち女性二人！」

拿捕隊指揮官の言葉を聞いた乾は、震える二人の女性に目を向けた。さすがに女性は縛られていないが、憎悪の籠《こ》もった視線を乾に向けている。

――人の気も知らないで。誰が助けてやったと思っているんだ。

乾は鼻白んだが、逆の立場になれば当然のことだと思い直した。

「婦人たちを別室に案内し、着替えを用意しろ」

「はっ、しかし女性物の着替えは艦内にありません」

「何でもよいから、今、着ているものが乾くまで着せていろ！」

早速、二人の女性が連れていかれた。それに対して「手荒な真似《まね》はするな！」と叫ぶイギリス人がいたが、下士官の一人が鉄拳を見舞うと大人しくなった。

拿捕隊指揮官が報告を続ける。

「白人四十四人のほかに救い上げたのは、インド人六十八人の合計百十二名です」

――随分と多いな。

乾は舌打ちした。これだけ多いと問題に発展しかねないからだ。

「死亡または行方不明は何人だ」

「三人だ」

拿捕隊指揮官が答える前に、イギリス人の一人が英語で答えた。恰幅《かっぷく》がよく白い髯《ひげ》を蓄えた初老の男だ。どうやら多少の日本語は分かるらしい。

「君が船長か」

「そうだ。お前らのせいで、罪もないインド人船員が三人も行方不明になった」

——やはり酒を飲んでいたのだな。

その赤ら顔の船長の息は酒臭かった。

「君は酒を飲んでいる。私はそんな男とは話をしない」

「何だと、このジャップめ！」

汚い言葉で罵る船長を無視して、乾は船員や乗客を手分けして尋問するよう命じた。

その結果、まず撃沈した船がメルボルン発ボンベイ行きのイギリス船籍「ダートマス号」だと分かった。「ダートマス号」は最新の貨客船で七千トンもあり、積み荷は羊毛、牛肉、小麦などの穀類、グリースといった生活物資だった。これらの物資は日本軍にとって喉から手が出るほどほしいものだったが、もはや後の祭りだった。

河合のため息が聞こえてきた。

「この艦長の行動は矛盾に満ちている」

「おそらくクリスチャンと帝国軍人の間を行き来していたんだな」

「そういうことになる。その決断には一貫性も大局観もなく、その場その場で、眼前に置かれた選択肢のよいと思う方を選んでいるだけだ」

鮫島は黙って窓際まで行くと、ビクトリア・ピークを眺めた。その中腹には、教会らしき建物が立っている。

――ここに連れてこられた時、乾氏はあの教会に向かって祈っただろうか。

鮫島が独り言のように言う。

「人は、その信条と折り合いをつけながら生きていかねばならない。だが複数の信条を持つと、こういうことになる」

帝国軍人として命令は絶対だ。しかし、その命令自体がすべての事態を想定しているわけではなく、現場の判断に委ねられることが多い。その時にクリスチャンという一面が顔を出せば、一貫性のない矛盾に満ちた決断と行動になってしまう。

「だが鮫島よ、お前や俺が彼の立場であれば、人道的な意味で救助したかもしれんぞ」

「その通りだ。しかし砲撃すれば、こうなることは分かっていたはずだ。二手も三手も先を読めと言っているのではない。一手先を読むだけだ」

「まあな。しかし、その一手先さえ読めない者がいる。彼はその典型だろう」

世の中には、頭は人並みかそれ以上でも、自らの行為が及ぼす影響を見通せない人間がいる。犯罪者はその典型だ。そうした人々を日々見てきている法曹関係者は、先を読むことの大切さが身に染みて分かっていた。

「それが最悪の事態を招いたのだな」

「そういうことだ。さて――」

河合は資料のファイルを閉じると、大きく伸びをした。

「今日は、ここまでとするか」

「そうだな。俺たちには、まだ明日一日あるからな」

鮫島は自らの部屋に向かうべく、暗い廊下を歩いていった。

――このケースでは、二人の男が罪に問われているという。一人は乾だろう。もう一人は誰だ。

自室に戻った鮫島がファイルをめくっていくと、初老とおぼしき人物の写真が出てきた。そこには乾と同じように、「Suspect（容疑者）」という青い印鑑が捺《お》されていた。

――五十嵐俊樹海軍中将か。

五十嵐も、すでにこの島の刑務所に収監されているはずだ。

――彼らの紡いだ複雑な織物を、俺たちはどう解いていくことになるのか。

期待と不安が入り混じった複雑な感情が、鮫島の脳裏を駆けめぐっていた。

四

翌日も河合の部屋に閉じ籠もり、この事件、いわゆる「ダートマス・ケース」の背景や概要を把握する作業が続いた。

河合は桜井《さくらい》という通訳を同席させ、彼に英文の素読をさせてから日本語訳をさせた。鮫島も英文に疲れてきたので、一緒に聞くことにした。

今日は、重巡洋艦「妙義」に座乗する第十六戦隊司令官・五十嵐中将の取り調べ記録と宣誓供述書を読むことになった。

桜井がすでに知っていたかのように言う。

「昭和十八年（一九四三）九月、五十嵐俊樹中将は、海軍省人事局から南西方面艦隊に所属する第十六戦隊司令官に任命されました」

「昭和十八年といえば日米開戦から二年か」

河合が口を挟んだが、桜井は構わず続けた。

「主に水雷を専門としていた五十嵐中将は、これまで戦艦の通信長、水雷戦隊参謀、同司令官、舞鶴《まいづる》鎮守府参謀長といった役職を歴任してきました」

つい経歴書の先を読んでしまった鮫島が、独り言のように言う。

「開戦時はタイ国大使館附武官としてバンコクに駐在し、タイ国に入ってくる連合国の情報を集める任務に従事していたのか。いわゆる諜報《ちょうほう》活動を担当していたんだな」

河合がうなずきながら言う。

「だが、優秀な上に実戦経験のある五十嵐を、後方でのんびりさせているわけにもいかず、前線に出したというわけか」

昭和十七年（一九四二）六月のミッドウェイ海戦での敗北以降、日本軍の旗色は悪くなり、翌年二月には日本軍の一大拠点にしようとしていたガダルカナル島が陥落するなどして、戦況は悪化の一途をたどっていた。

そうした中、マレー半島北西部のペナンに司令部を置く南西方面艦隊は、ジャワ海、アンダマン海、インド洋という、これまであまり戦闘のない海域を担当していたこともあり、南方の島々への兵員・物資の輸送と警戒が主な任務だった。そのため「遊覧艦隊」などと揶揄《やゆ》されていたが、戦況の悪化に伴って連合国軍の侵攻を受けるのは必至となり、急速に艦船と人員の強化がなされようとしていた。タイ国での諜報活動で顕著な業績を上げた五十嵐も、その方針に沿って抜擢されたのだ。

――つまり、諜報活動どころではなくなっていたわけか。

諜報活動がいかに大切か、また諜報活動にこそ最も優秀な将官を配置すべきことは、当時の海軍も分かっていたはずだが、背に腹は代えられなくなったのだ。

河合がため息交じりに言う。

「つまり五十嵐中将は、後方からポンと前に出され、この事件に遭遇したんだな」

桜井が珍しく私見を挟む。

「どうやらそのようです。不運な方ですね」

鮫島が書類を置くと言った。

「ここからは事件の核心だな。桜井君、続けてくれ」

「はい」と答えるや、桜井が取り調べ記録を読み始めた。


第十六戦隊司令官拝命後、五十嵐は日本を発ち、台北、マニラ、シンガポールを経て、南西方面艦隊司令部のあるペナンに着いた。

南西方面艦隊司令長官の篠田五郎《しのだごろう》中将は、欧米風に両手を広げて五十嵐を迎えてくれた。同艦隊司令部参謀長の小山賢司《こやまけんじ》中将も一緒だ。

「お久しぶりです」

五十嵐は二人とは旧知だった。

「君が来ると聞いて、うれしかったよ」

篠田が人のよさそうな笑みを浮かべる。同じ中将ながら篠田は海兵三十五期で、四十期の五十嵐よりも五期上となる。

「君なら安心だ」

小山も満面に笑みを浮かべる。小山は三十七期だった。

篠田は五・一五事件の判士長（裁判長）を務めた時、一人も刑死者を出さなかった温和な人物として知られていた。それ以前、四年近い駐英武官の経験によって親米英派となっていた篠田は、開戦に断固反対したことから、「柱島《はしらじま》艦隊」と呼ばれた第一艦隊司令長官、続いて「遊覧艦隊」と揶揄された南西方面艦隊司令長官に追いやられていた。

ちなみに「柱島艦隊」とは、旧式戦艦中心のため作戦行動の機会が少なく、柱島泊地に停泊したままだった第一艦隊を揶揄した呼び名だ。

参謀長の小山が、事前に五十嵐に送っていた「作戦命令」を補足する。

「海軍の補助艦艇および輸送船舶は、開戦から二年で百八十万トンも沈められた。それゆえそれらの艦艇は必要数の三分の一にまで減っている。海上部隊が印豪間の海上交通線を破壊し、敵の補給を弱めると同時に、輸送船や貨物船といった艦艇の不足をカバーするため、敵船の拿捕をしてもらうことになった。むろんお目当ては船だけではない。船に載せてある物資もいただく」

インド洋には、オーストラリアのパースから英領セイロンを結ぶ交通線があり、それが援蔣《えんしょう》ルート（中国の蔣介石軍を支援する輸送路）を支えていた。

――ようやく前線に帰ってこられたと思ったら、こんな仕事か。

落胆を隠しつつ、五十嵐が確認する。

「つまり敵の交通線を破壊すると同時に、敵商船を拿捕するということですね」

「そうだ。ここペナンにはドイツ軍のUボートの補給基地もできた。彼らとの共同作戦も目前だ。だが潜水艦では商船の拿捕はできない。Uボートに沈められる前に、一隻でも多く敵の艦艇をいただいておこうというのが、軍令部の思惑だ」

ドイツ軍は日本軍と共同してインド洋制圧を画策しており、ペナン島にUボートの補給基地を設営するほど力を入れていた。日本軍も同島に大規模な潜水艦基地を造り、日独の共同作戦が現実味を帯び始めていた。

「この『作戦命令』によると、『敵船ハ之ヲ拿捕シ 状況ヤムヲ得ザル場合之ヲ撃沈スベシ』とありますが、『状況ヤムヲ得ザル場合』とは、具体的にどのような場合を想定しておられるのですか」

しばし考えた末、小山が言った。

「敵が抵抗したり、逃走を図ったりした場合だろうな」

「敵の商船は巡洋艦に捕捉されても、逃げ切れると思っているのですか」

「それは分からん。近くに味方の艦船がいる場合を除いて、そんなことはあり得ないと思うが」

「しかし作戦海域は、ココス島の二百海里（約三百七十キロメートル）も南ですね。敵の交通路は、さらに南になるはずです。そんなところで拿捕しても、敵船を曳航してくるのは至難の業ですよ」

インド洋は世界でも屈指の荒海として知られており、曳航作業の困難さは想像に難《かた》くない。仮にうまくいったとしても、敵の交通線の近くでは、潜水艦の攻撃を受ける可能性が高い。

篠田の言葉に感情が籠もる。

「それは分かっている。だが軍令部は机上で作戦を立てており、現場の苦労など知るよしもない」

その一言で、この作戦に無理があると思っているのは五十嵐だけではないと分かった。

命令書を眺めていて、さらに疑問がわいた。

「ここに『捕虜ハ努メテ之ヲ獲得スルモノトス』とありますが、拿捕した場合は当然ですが、撃沈した場合、捕虜を救助するということでよろしいですね」

何げなく聞いた質問だったが、二人の顔に当惑の色が浮かんだ。

「その件については、別に『口達覚書』というものが出ている」

小山が別の書類を差し出す。

それを一読した五十嵐は愕然《がくぜん》とした。

そこには、「船舶の拿捕および情報を得るために必要最低数の捕虜を除く、すべての捕虜を処分すること」と書かれていた。

「ここにある『処分』という言葉は、いかに解釈すべきですか」

小山の口調が突然厳しいものに変わる。

「『口達覚書』に書かれていることも軍令部の命令であり、われわれは抗《あらが》うことはできない」

「それは、もちろんですが――」

篠田が補足する。

「この作戦の眼目は敵の交通路を破壊し、インド洋を制圧することにある。そのためには様々な手段を講じねばならない」

――二人は、建前で押し通そうとしているのか。

だが五十嵐は、これだけは確かめておかねばならないと思った。

「ですから『処分』という言葉の意味は――」

「いわば、われわれの成果如何《いかん》によって、極めて厳しい戦況を打開できるのだ」

「それは分かりましたが、捕虜は国際法に則《のっと》って『処分』するということでよろしいですね」

篠田の顔が落胆の色に包まれる。

「それは、軍令部の意図するところではない」

小山が不機嫌そうに言う。

「では、何を意図しているのですか」

篠田は立ち上がると、窓際まで歩んでいった。

――まさか「読んで字のごとし」というわけではないだろうな。

五十嵐の背筋に寒気が走る。

しばしの間、沈黙していた篠田が、おもむろに口を開く。

「私も小山参謀長を東京に派遣し、このことを確かめた。そこで言われたことは『処分とは読んで字のごとし』とのことだ。そうだな、小山君」

「はい。そのように聞きました」

「要するに捕虜を殺せということですか」

重い沈黙が漂う。

――何ということだ。

五十嵐は暗澹《あんたん》たる気分になった。

「こんな命令は承服できかねます。このような命令は前代未聞であり、帝国軍人として恥ずべきことです」

五十嵐は立ち上がると、篠田の傍らまで迫った。

「国際法に則って戦わねばならんことは、軍令部も分かっている。だが、あいつらから強い要請があったらしいんだ」

「あいつら――」

篠田の視線の先には、入港しようとしている一隻の潜水艦があった。

「あれはUボートですか。つまりドイツの要請ということですか」

小山が話を引き継ぐ。

「東京に行った際、軍令部にいる同期から聞き出したことだが、どうやら外交ルートを通じてドイツから、『敵の人的資源を断ってほしい』という要請が出ているそうだ」

「人的資源を断つ、と――」

五十嵐は言葉を失った。

――そんな馬鹿なことがあってたまるか。

戦争とは外交交渉で問題が片付かない場合に、その延長線上で行われる行為であり、敵の人的資源を断つための戦争など聞いたことがない。

「そうしなければインド洋での共同作戦はできないと、ドイツは言ってきているそうだ」

ドイツとのかかわりは共同作戦の遂行だけではない。ドイツは作戦遂行にあたり、日本軍の潜水艦の性能の向上が不可欠だと思っており、Uボートの技術情報の提供をちらつかせていた。

海軍軍令部としては、喉から手が出るほどその情報がほしいため、ドイツの言いなりにならざるを得ないのだ。

「馬鹿馬鹿しい」

五十嵐が吐き捨てる。

「五十嵐君」と言って、篠田が向き直る。

「私も、こんな非人道的な命令は承服しかねる。だが私にも立場がある。命令は命令として受け取ってくれないか。だがな――」

篠田の顔が柔和なものに戻った。

「何事も現場の判断次第だ。拿捕がうまくいけば、どこからも文句は出ないはずだ」

――そういうことか。

ようやく五十嵐は、篠田の意図がのみ込めた。

「分かりました。それだけ聞ければ十分です」

「よかった。君ならきっと分かってくれると思っていたよ」

二人は席に戻ると、小山も交えて内地や互いの家族のことに話題を転じた。会談は終始、和やかに進み、これからの作戦もうまくいくように思われた。

河合がため息をつく。

「つまり、何事も阿吽《あうん》の呼吸で行えということか」

こうした日本人特有の曖昧さが今回の事件の最大の要因であり、ひいてはそれが日本の敗戦の一因になっていることに、鮫島は気づいた。

「そういうことだろう。何事も上意下達が軍隊の基本だ。だが、うまく忖度《そんたく》していけば、抜け道などいくらでもある」

「その通りだ。だが命令系統の中に忖度できない堅物《かたぶつ》がいたらどうなる」

「そこだよ。今回の事件の核心は」

軍人を目指す者は兵学校という閉鎖的な場所で三年から四年にわたって起居を共にすることで、互いの気持ちを察することができるようになる。

鮫島が机の上にファイルを置くと、河合が言った。

「昼飯にするか」

「そうだな」

三人は階下の食堂へと下りていった。

五

昼食を済ませ、再び三人は河合の部屋に籠もり、事件の経緯を追うことにした。

昭和十九年（一九四四）に入ると、アメリカ軍の反攻が本格化してきた。一月末に中部太平洋のマーシャル諸島へ上陸したアメリカ軍は主要な島々を制圧し、日本軍の一大拠点であるトラック島への空襲を可能とした。

これに対して連合艦隊は、トラック島に停泊していた戦艦「長門《ながと》」や「扶桑《ふそう》」などをパラオへと退避させたが、案に相違せず二月中旬、トラック島は大空襲に襲われ、基地機能が再建不能になるほどの損害を受けた。

その翌日のことだった。シンガポールのセレター軍港内に停泊する重巡「飯縄」内に置かれた第十六戦隊司令部に、篠田と小山がやってきて「飯縄」の編制替えを通達してきた。日本の北端の千島列島がアメリカ軍の攻撃を受ける可能性が高まり、急遽《きゅうきょ》、「飯縄」を第五艦隊に編入させるのだという。

連日、汗だくになって拿捕作戦の訓練を重ねていただけに、「飯縄」の艦長をはじめとした乗組員の落胆は大きく、五十嵐ら司令部も出鼻を挫《くじ》かれた格好になった。

だが篠田は「一時的に七戦隊の『久慈』と『高津』を回してもらえることになった。この作戦に懸ける軍令部の期待が大きいからだ」と言って五十嵐を励ました。

「久慈」と「高津」といえば、それぞれ六機もの水上偵察機を搭載する最新型の重巡洋艦だ。その点に文句はないのだが、これまで「飯縄」と「妙義」を中心に行ってきた拿捕訓練が水泡に帰したことと、「飯縄」の艦長と艦橋で時間を共にすることで、命令の微妙な意味を理解させてきたことが無駄になったことは残念だった。

これで司令部も「妙義」に移ることになる。それは問題ないのだが、「久慈」と「高津」の艦長が、どれほど「口達覚書」の意味を理解してくれるかは分からない。

五十嵐は二人と面識はなかったが、乾とは砲術理論のレポートを通して知っていた。

篠田は「『高津』艦長の河野《こうの》は実戦派だが、『久慈』艦長の乾は学究肌の堅物だ」と言っていた。確かに乾のハンモックナンバーには見るべきものはないが、専門分野における成績や実績は抜群で、いわゆる「専門馬鹿」の匂いがする。

——こうした奴ほど厄介だ。

これまでの軍人としての経験から、五十嵐は軍人には二種類あると思っていた。大半の軍人は上官の意を汲《く》んで命令を忠実にこなす。だが一部に、命令がすべてをカバーしきれないのをいいことに、自分なりの解釈を下す者がいる。そうした人間には、何かの分野に突出した知識を持つ者が多い。

むろん将官としての適性に疑問が持たれた場合、さほど出世はできないのだが、専門的な分野で顕著な実績を収めていれば、多少の独断専行癖には目をつぶられる。しかも戦局の悪化に伴い、優秀な人材が次々と戦死してしまい、さほど出世の早くなかった乾のような人材まで、要職に抜擢されるようになってきていた。

——まあ、取り越し苦労はしないことだ。

五十嵐は、そう自分に言い聞かせた。

「妙義」がバタビアからリンガ泊地に移動すると、「久慈」と「高津」は先に泊地に入っていた。

三艦がそろった日の夜、三人の艦長とその幕僚たちを「妙義」の司令官公室に集めた五十嵐は、作戦命令を伝えた。

「作戦の概要は以上だ。われわれは二月二十八日にバンカ泊地に移動し、三月初めに出撃する。出撃日は天候を見て判断する。航路はスマトラ島とジャワ島の間のスンダ海峡を通り、ココス島の南を目指す。この作戦で敵の船舶を一隻でも多く拿捕することを、篠田司令長官は望まれている」

「やりましょう」

「ご期待に沿えるよう頑張ります」

「高津」艦長の河野と「妙義」艦長の藤堂《とうどう》が力強く答えたが、乾は考え込んだままだ。

「乾艦長、何かあれば言ってくれ」

「質問があります。拿捕すると言っても、その位置にもよります。あまりに離れていては曳航が難しいのでは」

「その通りだ。遠い海域からの曳航となると、われわれが襲われる危険性も高くなる」

「では、拿捕可能な目安をお聞かせ下さい」

「基本的にはココス島の南二百海里を目安とするが、その時の状況にもよるので、最終的な判断は私が下す」

　敵はインド洋北部に日独の潜水艦が出没していることから、交通線をココス島の二百海里以南に移しているという噂だった。尤も拿捕艦隊の帰途の安全や燃料を考慮すると、二百海里が限界なのも確かだった。

　そのため索敵を強化すべく、三艦がココス島を基点として東・西・南に分かれて別行動を取ることも検討されたが、敵艦隊と遭遇した場合に一隻では取り逃がす可能性があり、また頻繁に無線を使うことになり、敵を引き寄せてしまうことから却下された。

　結局、三艦は五十から六十キロメートルの距離を取って並行し、通信手段は発光・手旗・旗旒《きりゅう》に限り、互いに視界で捉えられない場合のみ、出力の低い隊内無線を手短に打つことになった。

　乾が問う。

「二百海里以南で敵船を見つけ、降伏しなかった場合、砲撃してもよろしいのですか」

「砲撃も一つの手段だが、できるだけ拿捕するように」

「先ほどの命令とは矛盾しますが」

　——やけに細かいことにこだわる奴だな。

五十嵐は次第に不快になってきた。だが司令官として、そうした気持ちをあらわにはできない。

どう答えるか迷っていると、河野が助け船を出してくれた。

「乾艦長、戦場には不確定要素が多い。ここで議論していても始まらない。その場の判断は司令官に任せましょう」

実戦経験のない乾は、駆逐艦長や駆逐隊司令として豊富な実戦経験を持つ河野には、一歩譲るところがあった。

「分かりました」

乾が同意したので、五十嵐はあらためて言った。

「敵船舶の撃沈は、やむを得ざる場合を除き司令部の指示を待って実施すること。つまり私の判断を仰いでもらう。それでいいな」

「はい」と言って、河野と藤堂がうなずいたが、乾だけは腑《ふ》に落ちないのか、首をかしげている。

「乾君、まだ何かあるのか」

「拿捕した場合の捕虜の扱いについてですが――」

「それについては、『口達覚書』がある。回覧してくれ」

最初に「口達覚書」を渡された乾は、それを次席の河野に回しつつ言った。

「ここに書かれている『処分』という言葉ですが――」

「そこに書かれている通りだ。それ以上の解釈は控えたい」

「待って下さい。それでは、どうしてよいか分かりません」

重い沈黙が垂れ込める。それを破るように河野が問う。

「つまり捕虜を救命ボートに乗せて、海上に置きざりにせよということですか」

それを聞いた乾が色をなす。

「インド洋は名だたる荒海だと聞きます。救命ボートなど、すぐに転覆してしまいます」

四人の中で唯一、インド洋を航行したことのある藤堂が発言する。

「その通りです。あれほど荒れた海は太平洋にありません」

インド洋は太平洋と大西洋と並ぶ三大洋の一つで、北にインド、北西にアラビア半島、西にアフリカ、北東にマレー半島、東にオーストラリア、そして南に南極という陸地に囲まれた広大な海だ。とくに南に行けば行くほど海は荒れ、船舶の行き来は皆無に近い。

河野が妥協策を提案する。

「では、捕虜を救命ボートに乗せて洋上で放棄すると同時に、敵に無線で捕虜を放棄した地点を伝えたらいかがでしょう」

「そんなことをすれば、われわれの位置を知らせることになり、帰途に敵潜水艦の待ち伏せを食らいます」

乾の言うことは尤もだが、河野は反論した。

「敵は捕虜の救出を優先するはずです。その間に逃げ切れますよ」

こうした議論は概して堂々めぐりになる。なぜかと言えば、その場になってみないと分からないからだ。それゆえ命令書には基本的な作戦目標だけが記され、多くのことは現場に託される。

三人やその幕僚たちが侃々諤々《かんかんがくがく》の議論を始めた。五十嵐は彼らが議論するのに任せて沈思黙考していた。それが逃げであるのは分かっている。だが司令官として、軍令部の命令に反することを言ったり、勝手な解釈を下したりすることはできない。

「司令官、この命令は矛盾しています」

乾が結論のように言う。

こうなっては無言を押し通すことはできない。

「乾君は兵学校を出ているな」

「もちろんです」

「だったら軍隊というものが、どういうものか分かっているはずだ。君も命令を受ける立場なら、私も命令を受ける立場だ。命令を受ける立場にないのは天皇陛下だけだ」

「それは分かっています」

「ここに『船舶の拿捕および情報を得るために必要最低数の捕虜を除く、すべての捕虜を処分すること』と書かれている限り、われわれは、それに従わなければならない」

「ですから――」

「つまり不要な者は、状況に応じて処分するということだ。これは艦隊司令部も納得しており、篠田司令長官も了承していることだ」

二人の間に険悪な空気が流れたので、河野が仲を取り持つように言った。

「分かりました。いずれにせよ判断は、五十嵐司令官に委ねるということでよろしいですね」

「それでよい。ほかに質問はあるか」

皆、黙ったままだ。

「よし、これで閉会とする」

最後に「口達覚書」が回収され、皆は三々五々、司令官公室を後にした。しかし乾だけは、いかにも納得できないという顔をして席を立とうとしない。

――扱いにくい奴だな。

乾の第一印象は決していいものではなかったが、五十嵐は上に立つ者として、鷹揚《おうよう》なところも見せておくべきだと思った。

「乾艦長、そう深刻になるな。今夕は出撃前の壮行会だ。すべてを忘れて飲んでくれ」

「は、はい」

それでも乾は、釈然としない面持ちをあらわにしていた。

気づくと夕日がビクトリア・ピークの陰に隠れようとしていた。空気が澄んでいるせいか、南国の夕日は鮮烈な色を放っている。

河合が、出入り商人から手に入れたというハバナ葉巻をくゆらせながら言う。

「桜井君、もういいよ。ありがとう」

通訳の桜井が「それでは失礼します」と言って部屋を出ていった。うれしそうにしているのは、解放されることを待ち望んでいたからに違いない。通訳は弁護士たちと微妙な距離を保ちつつ香港での日々を満喫していた。戦犯裁判という重苦しい仕事に携わりながらも、被告に寄り添わねばならない弁護士とは重圧が違うのだろう。

「奴は、まだ若いな」

「ああ、二十一だと」

「これからの世代だな」

鮫島と河合とて二十代だが、若さに溢《あふ》れた桜井という青年を見ていると、敗戦が現実のことだと思えなくなってくる。

河合がぽつりと言う。

「これから、日本はどこへ行くんだろう」

「分からんが、桜井のような若者が舵を取っていくのだろう」

「おいおい、われわれはどうする」

「そうだったな。何とかわれわれも、新生日本の担い手の末席には連ねさせてもらえそうだ」

「となると、戦争生き残りの老人たちは置き去りにされていくんだろうな」

河合の言うことは現実のものになりつつあった。復興の担い手は五十歳以下の世代となり、それより上の世代は、産業界でも閑職に追いやられつつある。

河合が気の毒そうに言う。

「五十嵐さんは五十七か。故郷でのんびりしたかっただろうな」

「そうとは限らない。将校は責任感が強い。逆に戦死できなかったことを悔やんでいるかもしれないだろう」

その心中は憶測するしかないが、五十嵐が戦犯という現実にどう向き合っているのか、鮫島には想像もつかない。

「いずれにせよ五十嵐司令官は、厄介なのを引き受けちまったようだな」

河合の言葉が乾を指すのは明らかだ。

「そうとは言い切れんさ。乾さんは真面目な人なんだ」

「やけに肩を持つじゃないか。まさか君はクリスチャンじゃないだろうね」

「残念ながら違う。だがクリスチャン以上に、われわれ法に携わる者は、こうした日本人特有の曖昧さを嫌うんじゃないのか」

河合がうなずく。

「確かにな。こうした『阿吽の呼吸』とか『空気を読め』といったものは、われわれ法曹関係者には理解できんね」

「軍隊では、とくにこうした忖度が多い。どうしてなんだ」

「それは簡単なことさ」

河合は葉巻の灰を落とすと、再び深く吸った。ハバナ葉巻特有の強い臭いが鼻をつく。

「海軍のルーツが薩摩《さつま》にあるからだよ」

「どういうことだ」

「明治政府ができた頃、海軍は薩摩閥で占められた。薩摩藩は維新前から船乗りの育成に力を入れていたからだ。問題は薩摩隼人《はやと》が議論を好まないことだ。昔から薩摩には、何事も肚《はら》で分かり合うのが男だという文化があった。薩摩人は、おしゃべりや議論好きを『議者《ぎしゃ》』と呼んで蔑《さげす》んだという。こうした伝統は東郷平八郎《とうごうへいはちろう》元帥に引き継がれ、海軍では寡黙こそ黄金に値するというおかしな文化が生まれたんだ」

「そういえば、五十嵐さんも鹿児島県出身だったな」

鮫島にも、この問題の地域文化的背景が見えてきた。

「そうだ。だからすべてを語らず、『肚で分かれ』という方針だったに違いない」

「ところが東京出身でクリスチャンの乾は、そうしたことが理解できない。そこで齟齬《そご》を来したってわけか」

「そういう見方もできるだろうな」

河合の吐き出す強烈な葉巻の臭いに耐えられなくなり、鮫島は窓際まで行ってカーテンをめくり、窓を開け放った。新鮮な空気と共に、深紅に近い西日が室内に満ちた。

——美しいな。

山の端に隠れた夕日が、わずかに紅色の光彩を残して消え入ろうとしている。すでにビクトリア・ピークの形は一部しか分からず、香港に夜の帳《とばり》が下りようとしていた。

「いよいよ佳境だな」

河合が葉巻をもみ消すと言った。

「ああ、楽しいものではないが、これも仕事だ」

鮫島は取り調べ記録に目を落とした。

六

三月二日の午前七時、いよいよ拿捕艦隊はバンカ泊地を出撃した。

索敵隊列は「妙義」「高津」「久慈」の順で、その後方に軽巡二隻および駆逐艦二隻が付く。重巡三隻への補給をスマトラ西岸で済ませた後、軽巡と駆逐艦はリンガ泊地へと戻り、拿捕艦隊は重巡三隻だけになるという計画だ。

本来なら対潜哨戒のため、軽巡と駆逐艦も随行させたいところだが、重油が底をつき始めており、対潜哨戒能力に優れた三隻の重巡だけの編制となった。そうしたこともあって作戦期間は十四日間と限られ、その期間内に収穫がなかった場合、すみやかに撤収し、次の出撃命令を待てということだった。

艦隊は、速力十四ノットの巡航速度で南下を開始した。

三日の午前四時にスマトラ島とジャワ島の間のスンダ海峡を通過すると、急に波が高くなり風も強くなってきた。

――これが名にし負うインド洋か。

「妙義」の艦橋から荒れ狂う海を見ながら、五十嵐は「帝国海軍は遂にここまで来たか」という感慨を抱いていた。

この日も天気は曇りで視界は利かず、しかもピッチング（縦揺れ）とローリング（横揺れ）がひどいため、水上偵察機の発艦はできても回収は困難という報告が入った。

空母と違って巡洋艦などの偵察機はフロートで海面に降り立つため、海が荒れていると回収できないことがある。

四日、重巡三隻だけでの索敵が始まった。「妙義」を中央に、左に「高津」、右に「久慈」といった隊形だ。

五日は、ココス島の東百五十海里（約二百七十八キロメートル）まで進出し、水上偵察機を使って索敵したが、敵船は見つけられなかった。

翌六日から八日にかけては快晴だったが、海が荒れて水上偵察機を発艦できない。

九日も同様の天候で、いよいよ残存燃料は帰投ぎりぎりの量になってきた。そのため五十嵐は決断を迫られていた。

——もはや猶予はない。

巡洋艦三隻を走らせ、貴重な燃料を無駄に消費しただけに終わったが、それでも燃料を切らして、インド洋で立ち往生するよりはましだ。

五十嵐は肚を決めた。

「各艦に伝えよ。本日一三〇〇《ヒトサンマルマル》をもって帰投する」

ヒトサンマルマルとは午後一時のことだ。

五十嵐は収穫がなかったことに対する落胆と、ややこしい事態を招かなかったことに対する安堵《あんど》が相半ばした気持ちだった。

艦内に弛緩《しかん》した空気が漂い始めた十二時十五分、突然、通信室から連絡が入った。

「『久慈』から報告が入りました。『水平目測距離約四〇〇《ヨンマルマル》（四十キロメートル）に敵商船らしき煤煙を発見。針路は北西。速力は十ノット』とのこと」

その報告に「妙義」の艦橋は色めき立った。

艦長の藤堂が弾んだ声で言う。

「パースからセイロンに向かう商船でしょう。積み荷が満載されているはずです」

「よし、『久慈』の後を追え。『高津』にも続くよう打電しろ」

大きく面舵《おもかじ》が切られ、「妙義」は北北西に針路を取った。

しかし十三時を回っても、「久慈」を視界に捉えることはできない。「久慈」からも、あれから無線連絡が入らない。

それから十数分後、艦橋上の見張員から「砲声らしきものが聞こえました」という報告が届いた。それによって「妙義」の艦橋は緊張した。「久慈」の見つけた船が商船ではなく特設巡洋艦だったら、あるいは敵が艦隊を組んでいたとしたら、「久慈」は単艦で戦っていることになる。

気持ちは焦るが、最大船速を出せば帰途の燃料が危うくなる。

「速力は十六ノットを維持せよ！」

その直後の十三時十七分、通信室から連絡が入った。

「緊急救難信号を受信！」

「『久慈』のものか、敵船のものか」

　しばらくして回答があった。

「敵船のものと認む！」

「誰か、敵航空基地からの来襲時間を調べよ」

　五十嵐の指示に従い、参謀らが海図を広げて距離を測定する。

「来襲可能な敵航空基地は、マダガスカル、セイロン、オーストラリア北部の三カ所。マダガスカルが最も近く、最短で二時間半ほどでここに着きます。しかし――」

「しかし何だ！」

　緊張からか、五十嵐も気が立ってきている。

「われわれが得た情報によると、マダガスカルに敵は爆撃機を置いていないはずです。となるとオーストラリアからですが、そこからだと三時間半ほど掛かります」

「分かった。それまでの勝負だ」

　むろん近くに敵の空母がいたら、その前にやってくる可能性もある。そうなれば援護してくれる航空兵力のない三隻の巡洋艦は、相応の損害を覚悟せねばならない。

「対空警戒を厳となせ！」

　その命令が艦内に伝えられると、「早くしろ！」という怒鳴り声と走り回る足音が四方から聞こえてきた。

「『久慈』は、いったい何をやっているんだ」

「なぜ、何も知らせてこない」

藤堂や先任参謀らが苛立《いらだ》ちをあらわにする。

これまで、あらゆるケースを想定して演習をしてきた。だが実戦では、不測の事態が起こるのが常なのだ。

五十嵐は神経を集中し、何事も瞬時に判断できるよう身構えた。

依然として「妙義」は北北西に進んでいた。左舷から差してくる日は次第に赤みを帯び、日没が近づいてきていることを知らせてくる。

十五時二十二分、待ちに待った一報が見張員から入った。

「『久慈』らしき艦影を発見！」

「敵商船はどうした」

「見えません。見えているのは『久慈』一艦です」

「久慈」からも「妙義」を認めたらしく、発光信号が送られてきた。

「『久慈』からの発光信号、『一三五七《ヒトサンゴーナナ》（十三時五十七分）、砲撃処分終了』とのこと」

——砲撃処分終了だと！

これで「久慈」が、敵商船を拿捕せずに撃沈したことが明らかとなった。

——あれだけ念を押したのに、どういうことだ。

「久慈」の乾艦長は五十嵐の意向を確かめもせず、独断で敵船を沈めたことになる。胸底から沸々《ふつふつ》と怒りがわいてくる。だが五十嵐は冷静を装って命令した。

「捕虜はいるのか聞け」

「妙義」から発光信号が送られると、すぐに返事が返ってきた。

「百十二名の敵国人を救助せり、とのことです」

——まさか、撃沈しておいて乗員や乗客を救ったのか。

五十嵐には乾の行動が理解できない。それは藤堂や先任参謀も同じらしく、「どういうことだ」「分かりません」といった会話を交わしている。

すでにインド洋に夜の帳は下り、空襲の危険性は去った。だが潜水艦の攻撃は夜間でもあり得る。五十嵐は、この海域から迅速に離脱すべきだと思った。

発光信号で「久慈」に帰投するよう伝えると、「妙義」は反転した。そして詰問調の発光信号を送った。

「拿捕せず撃沈した理由を知らせよ」

これに対して、しばらくしてから「久慈」から状況報告があった。要点は「停船指示に従わずRRRを打ち始めた上、交戦の意思が明らかなるため撃沈せり」というものだった。さらに「本艦の位置は、回航可能範囲より大きく外れたるゆえ、たとえ無損害のまま拿捕し得ても、曳航は極めて困難と認む」と返してきた。

発光信号なので詳細までは分からないが、そうした理由が重なり、撃沈という決断に至ったことだけは理解できた。

だが最後に蛇足のように、「よしんば拿捕せりといえども、司令官は撃沈を命じたはずである」と付け加えられているのには、司令部一同啞然とした。

「ふざけるな！」

先任参謀が憤ると、藤堂も怒りをあらわにして言った。

「拿捕か撃沈かの判断は五十嵐司令官が下すと、あれほど言い聞かせていたのに、何を考えているんだ」

「だいいち撃沈しておいて、乗っていた敵国人を収容するというのは矛盾しています」

「司令官は、『とくにやむを得ざる場合を除き、司令部の判断を仰いでもらう』とおっしゃったはずだ。これはどう考えても、『やむを得ざる場合』に当てはまらない」

「『司令官は撃沈を命じたはず』とは、何を根拠に言っているのか」

二人が怒るのは無理もない。だが五十嵐は司令官という立場上、一緒になって文句を言うわけにはいかない。

「もうよい。乾艦長にはバタビアに帰ってから状況を説明させる」

その間も「久慈」からは、戦訓のようなものが発光信号で次々と送られてくる。だが、こうした場合に送ってくるような内容ではない。

撃沈を正当化しているような気がして、五十嵐は次第に不快になってきた。

しばらく経《た》っても送ってくるので、さすがの五十嵐も堪忍袋の緒が切れた。

「信号をやめさせろ」

しばらくして「高津」も合流し、三隻は転進予定位置で北北東に針路を取り、帰途に就いた。それでも敵商船と遭遇する可能性はゼロではない。五十嵐はなおも索敵態勢を取らせていた。

やがて空が白んできた。

――捕虜についてどうするか。

朝を迎え、「久慈」が厄介な代物を乗せていることを思い出した。

――捕虜をバタビアに連れ帰らせるにしても、命令だけは確認させておくか。

五十嵐は筋だけでも通しておこうと思った。

「以下の発光信号を『久慈』に打て」

「はっ」と言って当直士官がメモの用意をする。

「捕虜は必要最小限の者を除き、既定の方針通り、直ちに処分せよ」

その声が聞こえた者たちの間に緊張が走る。だが誰も何も言わない。

当直士官が伝声管を通じて信号兵へと指示を出す。

――まさか処分はすまい。

それが五十嵐の本音だった。三隻で隊形を組んで巡航中に処分するとなると、「久慈」は停船に近いほど速度を落とさねばならなくなる。それは隊形を崩すことになり、何らかの報告があるはずだ。よしんば報告がないとしたら、「隊形を維持せよ」と告げればよい。

——すでに夜は明けた。処分はできまい。

万が一、「久慈」から命令を実行する旨の信号が届いたら、五十嵐は「中止」を命じるつもりでいた。

——さすがの乾も、そこまで空気が読めないことはあるまい。

五十嵐にも司令官としての立場がある。そのため命令の徹底を促さねばならない。

——そのくらいの肚は読んでもらわないと困る。

案の定、しばらくして返信があった。

「捕虜は洋上で処分することなく、白人は飛行基地の設営に、インド人は機帆船の船員として使役するを有利と認む」

——それでよい。

とは思いつつも、念だけは押しておこうと思った。

「当直士官、『久慈』に対して、『捕虜は処分が妥当だと思うがいかが』と伝えろ」

それに対して、すぐに「いまだ尋問終わらず」という返信があった。

五十嵐はそれ以上、何も言わなかった。こうしたものは形式的だが記録として残るので、捕虜を「やむなく連れ帰る」ためには必要なやりとりだった。

それでも五十嵐が乾に責任を押し付けた形になり、後ろめたさは感じた。だが商船を拿捕せず撃沈した上、捕虜を収容したのは乾の責任であり、五十嵐としては責任逃れをしているわけではないという思いもある。

こうした隊形のまま十一日と十二日も索敵を続けたが、日本軍の勢力範囲に近づいていることもあり、敵の商船を発見できる可能性は極めて低かった。

十二日の二十一時、五十嵐は索敵態勢を解除し、作戦を終わらせた。バタビアへの帰途は、嘘のように空は晴れて波も穏やかで、これ以上はないほどの索敵日和だった。

五十嵐は無念だったが、天気ばかりは致し方ない。しかも燃料は底をつき始めており、洋上補給を要請せねばならないほどなのだ。

十四日、スマトラ西岸で待ち受けていた軽巡二隻から給油してもらった重巡三隻は、翌十五日、スンダ海峡を通過してバタビアへ入港した。

七

「ということだ」

鮫島が分厚いファイルを閉じる。

半ば眠っていたかのように瞑目《めいもく》していた河合が、葉巻に火をつけた。

「この作戦は、あらゆることが齟齬を来しているな」

「ああ、珍しいぐらいだ。同じ兵学校を出ていながら、五十嵐中将と乾大佐は全く噛《か》み合っていない」

「海軍の価値観からすれば、乾が異端なんだろう」

それについて鮫島には何とも言えないが、乾の行動が矛盾に満ちていることだけは間違いない。

河合が突然、話題を転じた。

「そういえば、夕食を食べ損ねたな」

鮫島も腹が減っていることに気づいた。

「オーダリーに頼んでみるか」

「いや、彼らも疲れていて可哀想《かわいそう》だ」

弁護士や通訳の身の回りの世話は、オーダリーと呼ばれる元日本兵が引き受けていた。宿舎内の炊事、洗濯、掃除などの雑用を受け持つ彼らは、戦犯裁判で無罪判決を受けた者や、こちらに連れてこられてから証拠不十分などで不起訴処分となった者たちから成っている。

彼らは無罪や不起訴なので、法的には何の拘束力もないはずだが、イギリス人は彼らを奴隷のようにこき使っていた。不当な扱いを申し立てることもできるのだろうが、そんなことをすれば、日本に帰る船賃もない無一文の状態で放り出される。つまり街角で途方に暮れているうちに、中国人に袋叩きにされるかもしれない。そのため彼らはイギリス人たちの機嫌を損ねないように、びくびくしながら働いていた。

河合が元気よく立ち上がった。

「行くか」

「行くかって、どこに」

「湾仔だ」

「もうレストランは閉まっているだろう」

腕時計を見ると十時を回っている。

「この街は眠らない」

「門衛が出してくれるはずあるまい」

「いや、われわれは自由人だ。頼んでみるに越したことはない」

河合がにやりとした。

正門まで行き当直のイギリス兵に事情を話すと、責任者らしき下士官が出てきて、懐中電灯で顔を照らした。彼らは東洋人の顔が判別しにくいらしく、じっくりと見た末、「出ていくのは構わんが、自己責任だぞ」と念を押した。

「分かっています」と答えると、ノートに日付と時刻、そして「すべての行動は自己責任です」と書かされた上、サインをさせられた。

これで外に出ることはできたが、出てみたら出てみたで心細くなってきた。しかし河合は臆せずどんどん進んでいく。

宿舎となった裁判所前の電車通りを南に歩いていくと、約二十分で香港一の歓楽街・湾仔に着く。ここには、戦時中まで日僑《にっきょう》と呼ばれていた日本人の店も相当あったらしいが、敗戦と同時に焼き打ちなどに遭い、今は日本人が一人もいないという。

湾仔のメインストリートのヘネシー・ロードでは、いまだ多くの店が開き、多くの人々が行き来していた。

風がないので蒸し暑さは格別で、じっとりと汗がにじんでくる。前を歩く河合の首筋が光っているのも、汗のせいに違いない。

昼と見まがうばかりに明るいエリアに入った。

こんな遅くに買い手がいるのかと心配になるくらい、露天商たちは日用品を路上に広げていた。固定店舗の店先にも、獣の腸、羽をむしられた鶏や鴨、豚の頭や足、奇妙な形の熱帯果実が並べられている。

花柳《かりゅう》病に罹《かか》った性器の写真を飾り、得体の知れない薬を売っている露店、何事か大声で口上を述べながら、手品のようなものを見せて怪しげな軟膏《なんこう》を売る者、胡弓《こきゅう》を奏でて男を惹《ひ》きつけ、背後の宿に引き込もうとする売春婦などは、日本では決してお目にかかれない商法だ。

そんな中、筮竹《ぜいちく》をじゃらじゃらさせながら、何十人もの易者たちが並んで店を出していたのには驚いた。どうやらまとまって店を出した方が、客の入りがいいらしい。しかし客の取り合いなのか、怒鳴り合いをしている者もいる。

——皆、生きるのに必死なのだ。

香港の中国人たちにとって、すでに終わった戦争などどうでもよいことで、とにかく生きていくために、今日の糧を得ねばならないのだ。

ふと脇の路地に目を向けると、阿片によって廃人となったとおぼしき人々が、何をするでもなく、しゃがんで表通りを見つめていた。その顔は決まって土気色をしており、着ているものは汗染みの浮いた薄汚いもので、彼らが過酷な日々を送っていることを物語っていた。

——彼らに比べれば、日本ははるかにましだ。

どういうわけか日本人の多くは勤勉で、都市という都市が焼け野原にされても、凄《すさ》まじい速度で復興に邁進《まいしん》している。横浜や神戸には阿片も流入してきていると聞いたが、その流行は一部の労働者や売春婦などにとどまっているという。

――日本人とは何とも奇妙な民族だ。

日本人が茫然《ぼうぜん》自失になったのは、敗戦後の極めて短い期間であり、その後は七千万人余の国民が一丸となり、必死に生活の再建をしている。おそらく十年後には、戦争の傷跡も一掃されていることだろう。

――だが、ここは違う。

日本とイギリスの狭間《はざま》で翻弄された香港人たちは、阿片に逃げるしかなかったのだ。

湾仔にはイギリス海軍の水兵の姿も多く見られ、そのおかげで鮫島たちは、客引きにも目を付けられずに済んでいた。

だが河合は、頭上の看板を眺めては首をかしげている。

「おい、どうした」

「一度連れてきてもらったことのある『銅鑼餐館《トンローチャヤングン》』というレストランに行こうと思っているんだがね」

「ああ、あの店ならメインストリート沿いだろう」

「いや、一本中に入った通りじゃなかったっけ」

河合が脇道にそれた。脇道には独特の饐《す》えた臭いが漂い、あばら骨を見せた犬たちが路上に捨てられた何かをあさっている。そんな光景を見ていると食事をする気も失《う》せてくる。

「明日からはたいへんだ。どこかに早く入ろう」

「ああ、分かっている」

「こんなところで日本人だとばれたら、袋叩きに遭うぞ」

「日本語で話し掛けなければ、日本人だとは気づかれないさ」

だが二人とも白い開襟シャツを着ており、行き来する人々との違いは歴然だった。

鮫島は河合の度胸に恐れ入ったが、河合はのんきに周囲を見回しながら「おかしいな」などと言っている。

「表通りに戻ろう」

鮫島が河合の袖を取った時だった。前方を遮るように三人の男が立っているのが見えた。慌てて振り向くと背後にも人がいる。

「どうやらまずいことになったな」

それでも河合は落ち着いている。

「河合、何があっても手を出すなよ。相手に怪我《けが》をさせれば、俺たちがジェイル入りとなる」

相手は六人だが、痩せていて背も低いので突破できないこともなさそうだ。だが、こんな深夜に日本人弁護士が暴力事件を起こせば、日本人の信用は失墜し、海外渡航解禁は先延ばしされるかもしれない。

「逃げるか」

河合が聞いてきたが、鮫島は首を左右に振った。

「走って逃げようにも、闇雲に走れば道に迷い、もっとまずいことになるぞ」

「じゃ、やられるしかないってわけか」

殴られるに任せたとしても、下手をすると命を失いかねない。

――やはり抵抗するしかないのか。

その時、相手の一人が前に出ると何事かを問うてきた。だが二人とも中国語など分からない。ただその言葉の中に、「ジャップ」という単語があったので、怒っていることだけは分かった。

「OK, what do you want?」

鮫島が笑みを浮かべて英語で問うたが、通じているのかいないのか、中国人の顔に浮かんだ感情は読み取れない。

じわじわと迫ってきた中国人たちは、鮫島と河合を煉瓦塀《れんがべい》まで追い込んだ。

「鮫島、このままだと殺される。とにかく逃げよう」

「待て。興奮させたらまずい」

鮫島はポケットの中から十ドル紙幣を取り出すと、男の目の前で振った。

だが男は、それを受け取ろうとしない。

――本気で怒っているのか。

男の目には怒りと憎悪が渦巻いていた。それを見れば、ゆすりやたかりの類でないのは明らかだった。

「Jap killed my brother!」

たどたどしい英語で、男はそう言った。

「河合、どうやら、この男の兄か弟が日本兵に殺されたらしい」

「俺たちが知ったことか。何とかしろ」

――致し方ない。

鮫島は相手をなだめて、どうにかお引き取り願おうと思った。

「We are so sorry. But we are lawyers」

だが、その意味が分からないのか、男は同じ言葉を繰り返す。

「Jap killed my brother!」

背後の男たちも中国語で何か言っている。

遂に男は鮫島の襟を摑んだ。汗の乾いた臭いが鼻をつく。

「よせ！」

河合が男の手首を押さえる。それによって背後の男たちにも緊張が走った。

「河合、放してやれ。一発殴れば気が済むかもしれん」

「そんなことをさせられるか。俺たちは弁護士だぞ！」

男は中国語で「放せ」と喚《わめ》いているらしいが、河合は手を放さない。

――このままではまずい。

そう思った時だった。

急ブレーキをかける音がすると、表通りからジープが突っ込んできた。

ヘルメットをかぶった憲兵二人と将校が、笛を吹き鳴らしながら車を降りる。

「Get out of here!」

暗がりから現れたのはバレット少佐だった。

それでも中国人の男たちは遠巻きにしているので、憲兵たちが短機関銃を掲げて威嚇した。それでようやく男たちは、闇の中に消えていった。

「お怪我はありませんか」

バレットが二人の全身を確かめる。

「見ての通り、大丈夫だ」

「どうして、こんなところにいたのですか」

「あんたこそ、どうしてここだと分かった」

鮫島の問いにバレットが答える。

「日本人は自分の知らない場所に行きません。私が以前に連れていった『銅鑼餐館』に来ているものと思いました」

「その通りなんだが、見つからなくて困っていたところで、あいつらに囲まれた」

バレットは呆《あき》れ顔《がお》で、ワンブロック先の電飾看板を指差した。

「あそこにあります」

「何だ、近くまで来ていたのか」

河合が苦笑いを漏らす。

どうやら「銅鑼餐館」は、表口はヘネシー・ロードに面しているが、裏口は脇道にあり、前回来た時に裏口の前に停めた車から降りたので、鮫島と河合の記憶が食い違っていたらしい。

「それよりも、俺たちが外出したと、なぜ知った」

「私が司令部から戻ると、あなたたちが出掛けたと当直兵が告げに来ました。それで危ないと思って探しに来たのです」

「そういうことか。それは助かった」

「なぜ、こんな無謀なことをしたのですか」

「腹が減ったからだよ」

河合が悪びれず答える。

「腹が減ったらオーダリーに命じなさい」

「彼らも疲れている。寝ているかもしれないだろう」

「夜間でも、当番一人が必ず起きています」

「そうだったのか」

鮫島は、その確認を怠ったことを悔やんだ。

「では、行きますか」

「仕方ないな」

二人がジープに乗り込もうとすると、バレットが首を左右に振った。

「お二人は、食事をしに来たのではありませんか」

「そういえば、そうだったな」

「だったら『銅鑼餐館』に行きましょう」

バレットはジープを帰らせると、目と鼻の先にある「銅鑼餐館」に徒歩で向かった。

八

三人は「銅鑼餐館」で遅い夕食を取ることになった。バレットは夕食を済ませてきているといいながら、二人と同じように飲んで食べた。

鮫島は、欧米人の食欲が日本人の比ではないことを知った。

——これでは戦争に負ける。

バレットは無類の健啖家《けんたんか》だった。

香港ビールと老酒《ラオチユウ》を飲んでいるうちに、バレットは打ち解けて様々な話をしてくれた。

彼はイギリスの南東端にあるケント州カンタベリーの出身で、父親は労働者階級だった。奨学金をもらい、働きながら地方の大学を出たバレットだったが、戦争が始まったので志願して海軍に入隊し、事務方として香港に配属された。ところが配属されて一年も経たないうちに日本軍の侵攻があり、多くの同僚と共に捕虜とされ、台湾の俘虜収容所に連れていかれたという。

その環境は劣悪そのもので、同僚や兵士が病に倒れても、日本軍は薬一つくれなかった。それだけならまだしも、待遇改善を訴えたところ、バレット自身がひどく殴打され、死線をさまよったらしい。

台湾俘虜収容所の所長ら三人は、すでに戦犯裁判で死刑を申し渡されているが、公判を通して、捕虜の虐待などなかったと主張していた。彼らの公判調書によると、内地から食料や物資が届かず、マラリヤなどの熱病に罹患しても、自分たちの薬品さえなかったという。

空襲が激しくなり、収容所を山間部に移すことにしたが、この時の工事でイギリス兵を酷使したという捕虜たちの主張も、実際は彼らのための避難であり、収容所長たちは酷使には当たらないと反論していた。

だが捕虜たちの怒りは激しく、そのためか、この件だけで死刑を宣告された者が続出していた。

イギリス人は日本兵が中国人を殺したり、虐待したりしたことには、あまり関心を寄せないが、イギリス人の同胞が少しでもひどい目に遭ったとなると、その件にかかわった日本人を、少なくとも一人は死刑にするまで収まらなかった。

「台湾では、それほどひどい目に遭ったのか」

河合が酒で呂律《ろれつ》の回りにくくなった舌で問う。本人は英語のつもりなのだが、バレットが首をかしげているので、鮫島が伝えてやった。

「それはひどかったです。劣悪な環境下で、多くの同胞が死んでいきました」

「戦争とは、そういうもんじゃないか」

「それは違います。ジュネーヴ条約によって交戦国の捕虜の権利は保障されています」

――厳密に言えば、日本はジュネーヴ条約を準用するということで、正式には批准していない。

だが今更それを言っても始まらない。準用という曖昧な言葉は欧米人に通じにくく、日本政府が条約を批准していないにもかかわらず、多くの戦犯がジュネーヴ条約に違反した廉《かど》で罰せられている。

——だが、これだけは言っておかねばならない。

鮫島はたまらず口を挟んだ。

「君が知っているかどうか分からんが、台湾俘虜収容所では、日本兵の五人に一人が病死している。この数字は捕虜たちの病死率よりも高い」

一瞬、バレットが驚いた顔をする。

「収容所長は毎日のように参謀本部に手紙を書き、物資や薬品を要求し、捕虜たちを内地に移送することを懇請していた」

敗戦確定時に軍令部はすべての書類を焼いたので、所長の手紙は一切出てこなかったが、多くの者たちがそれを証言した。だが法廷では証拠不十分として取り上げられなかった。

バレットが、ただでさえ赤くなった顔をさらに紅潮させる。

「そうは言っても、収容所の毎日は地獄でした。われわれは死にゆく友を看取ることしかできなかった。水さえもろくになかったのです」

——おそらくその通りだろう。だがそれは、日本兵も同じだったのだ。

双方の言い分はどちらも正しい。正しいがゆえに戦争という行為の空しさが際立つ。

「君は収容所長に会ったことはあるのか」

「顔を見たことはありますが、尊大な男でした」

「尊大かどうかは、話してみないと分からないだろう」

「あの偉そうな態度を見れば明らかです」

――これも文化の違いか。

鮫島はため息をついた。

地位の高い日本人男性は、軍人でなくてもめったに笑顔を見せない。ましてや捕虜に対して、「大丈夫か」とか「何かほしいものはあるか」といった言葉などかけることなどない。確かにそうした言葉をかければ、何も与えずとも捕虜たちは「温情があった」と証言してくれたかもしれない。

実は、収容所長は兵学校で教鞭《きょうべん》をとるほどの学究肌の人物で、人格者として有名だった。すでに高齢なので予備役に編入されていたが、人材不足から駆り出されたことで、こうした不運に見舞われてしまった。気の毒としか言いようがないが、これも戦争の現実なのだ。

河合が二人に葉巻を勧めたが、二人とも首を左右に振ったので、「失礼」と言って吸い始めた。

「バレット少佐は、これから法曹関係者として生きていくのか」

「もちろんです。そのために故郷にも帰らず、ここに残っています」

「これまでは確か――」

「法廷では何度か執行官を務めたことはありますが、大半は公判の下調べといった地味な仕事でした。大学で法律を専攻していなかったので仕方ありません」

イギリス法廷における執行官とは、法廷の秩序を守る仕事で、たいていの場合、公判の冒頭で「Court!」と叫ぶくらいしか仕事らしい仕事はない。

バレットの大学での専攻は建築学で、当初はその方面に進むつもりでいた。だが戦犯裁判を調べるにつれ、悪や不正を憎む気持ちが強くなり、帰国してからも法曹関係の仕事を続けるつもりでいるという。

バレットの盃《さかずき》に老酒を注《つ》ぎながら、鮫島が問う。

「君は戦犯裁判で裁判官をやりたいのか」

「希望は出していますがやらせてくれないでしょう。現に皆さんの世話役とされたことから、今回の『ダートマス・ケース』でも、お呼びは掛からないはずです」

――そうだったのか。

バレットが、どこかしら寂しそうにしているのは、故郷の家族や恋人を思ってのことではなく、希望する仕事が割り振られないもどかしさから来ていたのだ。

鮫島は激励の意味で言った。

「まだ分からないじゃないか」

「裁判はもういくつも残っていません。大きいのでは『ダートマス・ケース』が最後です。おそらく私が法廷に立つのは、故国に帰ってからのコソ泥の裁判となるでしょう」

二人が思わず笑ったので、バレットも顔をほころばせた。

「われわれ二人の仕事はどうなる」

河合の問いにバレットが首を左右に振った。

「私は知りません。たとえ知っていても言えません。明日、起訴係で申し渡されるはずです」

鮫島が問う。

「被告は今どこにいる」

「五十嵐と乾の二人は、『スタンレー・ジェイル』にいます」

バレットは二人のことを呼び捨てにした。そこには憎悪の念が籠もっていた。

「『スタンレー・ジェイル』というのは、香港島の最南端で南シナ海に面したスタンレー半島にある獄舎のことかい」

「はい。かつてイギリス軍の香港要塞の一部だった獄舎で、ここでは赤柱《チエチユウ》と呼ばれている地区にあります。だからわれわれは、そこを『Red Pillar jail』と呼んでいます」

「いいところかい」

茶化すように河合が聞いたが、バレットは真顔で首を振った。

「夏は耐え難いほど暑く、冬は窓にガラスが入っていないため寒風が入り込みます。この世の地獄とは、あそこのことを言います」

その言葉に、二人の笑いは一瞬にしてかき消された。

——帝国海軍の中将が、そんなところに収監されているのか。

戦犯がどういう扱いを受けているかが、初めて実感として迫ってきた。

「彼らの罪は明白です。二人とも死刑になるよう、私は検事の健闘を祈っています」

「そうか。では明日からは敵だな」

河合が冗談交じりに言ったが、バレットは再び首を振った。

「私の立場では敵も味方もありません。こうして一緒に飲んでいるのも、仕事だからではありません。われわれは新しい世界で法の正義を守っていかねばならないのです。おそらくこの仕事が終われば、あなた方と生涯会うことはないでしょう。しかしどんなに遠く離れていても、われわれ法に携わる者たちの心は一つです」

「なかなかいいことを言うじゃないか」

酔いが回ったのか、河合は感無量の体《てい》で目頭を押さえている。

鮫島もバレットの熱意に打たれた。

「バレット少佐、明日からもよろしくな」

「もちろんです。私の個人的な望みは別として、あなた方には、できるだけの手助けをします」

河合が盃を掲げる。

「よし、乾杯だ」

「何に乾杯する」

鮫島が問うたが、バレットは笑みをたたえて言った。

「法の正義に」

「そうだ。法の正義に乾杯だ！」

三人は盃を合わせると、一気に喉に流し込んだ。

――明日からの戦いが、どうなるかは分からない。だが俺は一人じゃない。周りには法の正義を守ろうとする者たちがいる。裁判官たちもきっと同じ気持ちに違いない。

先行きに不安を感じながらも、鮫島は物事を前向きに考えようと思った。

「さて、明日からは多忙となります。そろそろ帰りましょう」

バレットの言葉に二人がうなずく。

湾仔の夜は瞬く間に更《ふ》けていった。

第二章
法の正義

一

七月七日、鮫島と河合はペニンシュラ・ホテルにある戦犯部起訴係に出頭した。そこで待っていたのは、例の不愛想で居丈高な大佐だった。

「失礼します」と言って入室すると、大佐は葉巻を吸いながらサウスチャイナ・モーニング・ポストを読んでいた。むろん挨拶もせず、新聞から視線も外さない。

「昨夜はお楽しみだったようだな」

大佐が唐突に言う。

――バレットが伝えたのか。いや、憲兵に違いない。

だが今更、言い訳しても見苦しいだけだ。

鮫島は素直に謝罪した。

「貴国の手を煩《わずら》わせてしまったことを深くお詫《わ》びします」

「Annoying guys」

大佐が「迷惑な奴らだ」と吐き捨てた。

「われわれは飯を食いに行っただけだ」

河合が拙い英語で言う。

「よせ」

鮫島がたしなめたので河合は口を閉ざしたが、どうやら大佐には通じていないようだ。

「まあ、君たちが夜遊びして命を落としても、こちらは全く関知しない」

「夜遊びではありません」

今度は鮫島が言ったので意味が分かったらしく、大佐が乱暴に新聞を置いた。

「この地で君たち日本人がどれほど憎まれているか、思い知るがいい」

確かに日本軍の香港占領は、香港社会に大きな地殻変動をもたらした。それによって運命を変えられた者もいただろう。だがイギリスは阿片戦争によって力ずくで香港を奪い、中国人を奴隷のように使役していたのだ。日本軍の進出には、たとえそれが建前だとしても、アジアの同胞を解放したという大義があった。

だが今更、何を言っても始まらない。日本は戦争に負け、イギリスは戦勝国の一つに名を連ねたのだ。

鮫島が口をつぐむと、大佐はさも得意げに一枚の書類を手に取った。

「さて、今日は君たちの担当を告げるんだったな」

「一昨日、そう聞きましたので、こうして出頭してきました」

「当初は、君ら二人で被告二人の弁護を行わせるつもりでいた。『ダートマス・ケース』は、それだけ重大な案件だからな。ところが昨日、東京から来る予定の弁護士たちが来られなくなったという一報が届いた」

二人が顔を見合わせる。

「東京裁判で弁護士が足らないのか、シンガポールに回されたのかは分からない。とにかく香港に来ないことだけは間違いない」

東京裁判や戦争犯罪の多かったシンガポール法廷が優先されるのは、分からないでもない。

「君らには、それぞれ別々に、二人の被告の弁護に当たってもらう」

——何だって。

河合と共に裁判に臨むつもりでいた鮫島は啞然とした。

「では、われわれのどちらかが、被告のどちらかを担当するということですか」

「そうだ。ミスター河合には乾を、ミスター鮫島には五十嵐を担当してもらう」

——俺が五十嵐さんの弁護に回るのか。

二人が黙っていたので、「分かったな」と大佐が念を押す。

戸惑いながらも二人がうなずく。

――つまり河合と対立することも考えられるということか。

二人同時に行われる公判なので、五十嵐と乾の証言が齟齬を来す可能性があり、そうなれば二人も対立関係になる。

河合も同じことに気づいたのだろう。鮫島に質問を促すような視線を送ってきた。

その意を察した鮫島が問う。

「それぞれが担当する被告の立場だけを考え、弁論を展開すればよいのですね」

「そういうことになる。公判を進めていけば分かることだが、五十嵐と乾の証言が食い違うことも考えられる。つまり君らは対立する可能性がある」

鮫島は覚悟を決めねばならないと思った。

「われわれは立場を違《たが》えようと、真実を追求し、法の正義を守るだけです」

「結構なことだ」

大佐は鼻で笑うと、メモを見ながら続けた。

「裁判長はアンディ・ロバートソン中佐。戦争が終わってから送られてきた法務中佐だ。陪席するのはパウエル少佐とカーター少佐だ。こいつらも戦場には出ていない」

おそらくこの大佐も、戦場に出たことはないのだろう。だがアジアに長くいるだけで戦場に出たつもりになり、イギリス本国にいた連中を見下しているのだ。

「さて、検事だが――」

いかにも思わせぶりに二人を上目遣いに見るや、大佐は口元に笑みを浮かべて言った。

「検事はジョージ・バレット。君らの世話役から転じる」

――つまりバレットも加えて、三つ巴《みどもえ》の弁論合戦になるということか。

鮫島と河合は愕然として顔を見合わせた。

「昨夜、君らを救ってくれたバレットとは、法廷で争う関係になる」

大佐が椅子にふんぞり返ると続けた。

「君らが張り切るのは勝手だが、徒労に終わるぞ。素直に罪を認めれば減刑ということもあり得る。冒頭の罪状認否で、下手に『Not guilty』などと言えば、裁判も長引くし、裁判官たちの心証を悪くする。それで死刑になった者もいるくらいだ。私の言っていることは分かるな」

二人がうなずくと、大佐は得意げに続けた。

「公判が始まる前に、君らには別々の助言者が付く。若い法務少尉だ。彼らは後でバレットから紹介される」

「ありがとうございます。で、公判はいつからですか」

「まだ告げていなかったか。九月十九日からだ」

大佐が尊大な口調で言う。

「二カ月以上ありますね」

「不服かね。準備には十分だと思うが」

「いいえ。お礼が言いたかっただけです」

「そうか。それならよい。おっと忘れるところだった」

大佐がパンフレットのようなものを二冊、二人の前に置いた。

「これは、わが国の軍事法廷の仕組みが書かれたものだ。公判が始まるまでに、よく読んでおくように」

むろん中身は英文で書かれている。しかし訳の分からない日本語訳のものよりも、英文の方がはるかに助かる。

「以上だ」と言って、大佐が手で払うような仕草をする。

「失礼します」

その態度に嫌悪感を抱きながらも、二人は起訴係を後にした。

ペニンシュラ・ホテルの正面玄関を出ると、バレットが立っていた。

「よう、昨夜はすまなかったな」

河合が陽気に言うと、緊張気味だったバレットの顔に笑みが広がる。

バレットが手を差し出してきたので、二人は握手を交わした。

だがバレットは、すぐに顔を曇らせると真顔で言った。

「すでにお聞きになったと思いますが、私が『ダートマス・ケース』の検事に任命されました」

「おめでとう。希望が叶《かな》ったな」

河合が言う。

「そうですね。その点ではうれしいです」

「その点では、か」

河合が皮肉な笑みを浮かべる。

「つまり、もう公判中はコンタクトしない方がよいと言いたいんだろう」

鮫島の言葉に、バレットがうなずく。

「これからは互いに不快な関係になるかもしれません。お二人は法の正義を守るために、全力を尽くすつもりでしょう」

「当たり前だ」と言って河合が胸を張る。

「私も同じ気持ちです。互いに法の正義を貫きましょう」

三人は再び握手を交わした。

「あなた方にとって初めてのイギリスの法廷です。公判開始の日までに、その仕組みやルールは完全に理解しきれないと思います。それで法務将校が助言者として付きます」

バレットが目で合図すると、車の陰にいた二人の青年将校が近づいてきた。一人は長身の白人だが、もう一人はインド系なのか褐色の肌をした小柄な人物だった。

「リック・エリアス少尉とアマン・ナデラ少尉です」

二人を紹介した後、少し躊躇しながらバレットが言った。

「エリアスは河合さんに、ナデラは鮫島さんに付きます」

「そうか、すまないな」

「よろしく」

鮫島と河合は二人と握手を交わした。性格なのか民族性なのか、エリアスは笑みを浮かべたが、ナデラは硬い表情のままだ。

「二人とも重んじるのは法の正義だけです。あなた方に最大の便宜を図ります」

バレットの言葉に、エリアスとナデラがうなずく。

「ナデラ少尉の出身地はインドですが、上流階級の出でイギリスの大学を出ています」

鮫島の顔に浮かんだ落胆の色を察したのか、バレットが言い訳がましく言う。

「では、これで私たちは失礼します」

「バレット――」

鮫島がバレットの目を見て言った。

「たとえ立場を違えようと、法の正義を貫くという原則に忠実なら、互いの間に憎しみは生まれない」

「そうですね。そうありたいです」

バレットは二人を連れて建物の中に消えていった。

その後ろ姿を見送りながら、鮫島はこの地を離れる前に、バレットと腹を割って話したいと思った。


宿舎に戻るまで、二人の間で会話らしい会話はなかった。宿舎の玄関に着くと、河合は「庭で葉巻をふかしてから戻る。またな」と言って、鮫島と別れた。

いつもは「またな」とは言わないので、煙草を吸わない鮫島も散歩に付き合っていたが、鮫島は河合の心中を察し、そこで別れた。

部屋に戻ると、ビクトリア・ピークが薄い靄《もや》の中に煙っていた。靄は夏特有の湿気によって発生するらしく、それに路面から舞い上がる埃《ほこり》が加わり、香港全体が明治時代の写真のようにセピア色に染まる。

——法の正義、か。

鮫島は弁護士たちが合言葉のように口にする「法の正義」が、これほど大切だと思ったことはなかった。世界中を巻き込んだ戦いが終わり、これからは軍事力ではなく、法の力で世界を律することが必要なのだ。さもなければ、軍を解体されて身ぐるみ剝がされた日本など、各国の食い物にされてしまう。だが、法の正義を口で唱えたところで、それが正しく執行されるかどうかは分からない。

鮫島は前途に不安を感じていた。

二

翌七月八日、まず日本からの証人として、誰を呼ぶかの検討を行った。公判が始まる前に申請しておかないと間に合わなくなるからだ。ただし要請した証人のすべてが来られるとは限らない。

というのも日本軍には戦死者が多い上、負傷や病で身動きの取れない者もいるからだ。東京弁護士会の者がこぼしていたが、香港憲兵隊のケースでも日本から呼べる証人が少なく、たとえ呼べたとしても、命令書などの証拠となるべきものは持参しておらず、少しでも証言に食い違いがあると、証言の価値を認められないことが、しばしばあったという。

それでも鮫島は、南西方面艦隊司令部参謀長の小山賢司中将、「妙義」艦長の藤堂恭一《きょういち》大佐、「久慈」の高角砲指揮官で事件当日の衛兵司令だった赤石光司大尉らをリストアップした。

軍令部の関係者も呼び出したかったが、誰がこの作戦を担当していたかが不明なので、弁護士会の先輩に調査を依頼するにとどめ、次の証人召喚の機会を待つことにした。

残念なのは、南西方面艦隊司令長官の篠田五郎中将は病死、第十六戦隊先任参謀の加藤伸三郎少将は行方不明、「高津」艦長の河野忍《しのぶ》大佐は戦死しており、呼び出したくても呼び出せないことだった。

こうした証人の召喚は、日本で新たな生活を始めていた者にとっては迷惑な話で、その道中の劣悪な環境も、彼らに肉体的かつ精神的負担を強《し》いる。だが、こちらは生きるか死ぬかの瀬戸際なのだ。そんなことに構ってはいられない。

おそらく河合の方でも証人をリストアップしているはずだが、召喚要請した証人の情報をオープンにしていいという指示が英国側からないため、互いに黙っていた。

さらにバレットも検事側の証人を呼び出しているはずで、三つ巴の戦いは、すでに始まっていた。


この日の午後は資料の整理にあて、翌日、いよいよ五十嵐と乾が収監されているというスタンレー・ジェイルに出向くことにした。

スタンレー・ジェイルは、南シナ海に突き出た形のスタンレー半島にある。ちょうど香港島の中心地とは反対の南側で、鮫島たちの宿舎からジェイルに着くまでには、車で一時間半ほどかかる。イギリス軍から手配された軍用トラックの荷台に乗った鮫島と助言者のアマン・ナデラ少尉は、舗装された道をスタンレー・ジェイルに向かった。運転席と助手席には、イギリス軍兵士が乗っている。

香港中心部から南に向かい、風光明媚《めいび》なレパルス・ベイ（浅水湾）を通り過ぎると、道は上り坂になる。浅水湾道と呼ばれる舗装された比較的広い道から、赤柱峡道という未舗装の狭い道へと入り、さらに曲がりくねった隘路《あいろ》を上っていくと、白亜の高塀をめぐらす香港要塞が眼前に姿を現す。

そこを右に折れると突然、眺望が開ける。青空の下、スタンレー・ベイ（赤柱湾）が一望の下に見渡せた。その向こうには薄靄に遮られながらも、九龍《クーロン》群山が連なっている。

その息をのむような眺めに、鮫島は陶然とした。

「停めますか」

ナデラが問うてきたので、「ありがとう」と答えると、ナデラの合図でトラックが停まった。

鮫島はトラックを降りたが、ほかの三人は関心もなさそうに車内や荷台にいる。

――これが香港か。

切り立った崖の上からだと、スタンレー・ベイが庭池のように見え、そこを走るジャンク（木造帆船）も豆粒ほどの大きさにしか見えない。沖合に停泊している大型船は、イギリス東洋艦隊のようだ。

──収監されている人々は、こんな風景を見ることもなく暗闇の中に閉じ込められているのか。

それを思うと気の毒になる。だが戦犯容疑者全員が無罪ではないのだ。殺された人々の無念を思えば、そのくらいのことは当然の報いのような気もする。

──いずれにせよ、正しい裁きを受けさせるだけだ。

再びトラックに乗ると、五分ほどで目的地のスタンレー・ジェイルに着いた。

同乗している兵の一人が手続きに赴くと、すぐに正門の大鉄扉《だいてっぴ》が開いた。

中に入るとトラックから降りるよう指示され、訪問者の署名簿にサインをさせられた。そこを通って、身体検査を受けた後、ようやく粗末な大机と椅子だけがある接見室に通された。

鮫島は椅子に腰掛けたが、ナデラは立ったまま、鉄格子のはまった窓から外を眺めている。ここまでの車中でもナデラは必要最小限のことしか口にせず、鮫島と会話することを避けているように感じられた。

──バレットとは大違いだな。

同じように日本人に反感を持っていても、イギリス人のバレットとインド人のナデラでは、日本人に対する態度に天地の開きがある。

無理に話し掛けることもないと思った鮫島は、これから会うことになる五十嵐に思いを馳《は》せた。

——果たして、どのような人物なのか。

これまで聞いた話や調書からすると、五十嵐は厳格で無骨な日本軍将校の典型のような人物という気がする。この裁判に不満を抱いているのは明らかで、怒りと憤懣《ふんまん》をぶつけられる覚悟をしておかねばならない。

やがて遠くから、いくつもの鉄扉が開閉される音が聞こえてきた。

ようやく眼前の鉄扉が開くと、二人の看守に左右から腕を取られた男が姿を現した。

——これが五十嵐中将か。

それは、写真で見た五十嵐中将とは似ても似つかない年老いた男だった。

一人の看守が手錠を外すと、もう一人が椅子に座るよう指示する。それを見ていると、看守の指示がなければ何をすることも許されていないと分かる。

鮫島の五十嵐に対する第一印象は、あまりよいものではなかった。大柄な看守に挟まれ、身を縮めているかのように見えるその姿は、今の日本の置かれた状況と酷似しているように思えたからだ。

短機関銃を提げた二人の看守が、五十嵐の背後の壁際に立つ。いつの間にかナデラも鮫島の背後の椅子に腰掛けていた。

「君が弁護人か」

五十嵐がかすれた声で問う。

「はい。よろしくお願いします」

鮫島が慌てて頭を下げると、五十嵐は大儀そうに言った。

「よろしく」

――これが、あの帝国海軍の中将なのか。

これまでの人生で中将などという高位の軍人に接したことはなかったが、ここまで不愛想で無礼なものとは思わなかった。

「驚いたかね」

「何に、ですか」

「この顔だよ」

頬がこけて骨と皮だけになったその顔は、ところどころに打撲の跡がある。そこからは、気力の欠片《かけら》も感じられない。

「いえ――、はい。驚きました」

「驚くのも無理はない。ここでの生活は辛《つら》いからね」

五十嵐は前歯の欠けた口を開けて笑った。目の下には青黒い隈《くま》があり、涙袋も垂れ下がっているためか、その顔は七十を過ぎた老翁にしか見えない。

だが最も目を引くのは、その片目が腫れていることだ。

——元中将であるにもかかわらず殴打されているのか。

話には聞いていたが、日本軍将校の尊厳など一顧だにしないイギリス軍兵士たちに、鮫島は怒りを覚えた。

「ここのジェイルに旧日本軍の憲兵たちが入っている頃は、看守たちも荒れていてね。毎夜、誰かの房に行っては殴る蹴るの暴行を働いていた。私のところにも来たよ。だが未決囚の一人が瀕死の重傷を負ったことで、イギリス政府もここの実態に気づき、看守たちに暴行を禁じたんだ。それからは随分と楽になった」

ピーク時には二百人が詰め込まれていたというスタンレー・ジェイルも、戦犯裁判が峠を越えた今は、四十人ほどが収監されているだけだという。

イギリスは、ほかの戦勝国に比べても終戦直後の戦犯容疑者に対する扱いがひどく、シンガポールのチャンギー刑務所では、相次ぐリンチで死者が続出していた。未決囚でもリンチによって殺すので、「チャンギーの地獄」と呼ばれていたほどだ。

日本軍に対して最も憎しみを抱いているはずのオーストラリアやオランダの管理する戦犯収容所からは、リンチによる死者がほとんど出ていないことを考えると、イギリス軍の苛烈さが際立つ。

「それは、たいへんでしたね」

鮫島には、それ以外の言葉が見つからない。

「ああ、ここはひどいものさ。飯に腐った魚を交ぜたり、唾を吐きかけていたりで、最初のうちはとても食べられなかった。まあ、今は慣れたけどね」

五十嵐が開き直ったような笑みを浮かべる。

「そんなひどいことを――」

鮫島が絶句する。

「こんな話をしてすまないね。弁護人に話すようなことではなかった」

「いいえ、構いません。あっ、そうだ。これを――」

鮫島が差し入れの煙草数箱とライターを渡す。

「ありがたい」

目の前にかざすようにして礼を言うと、五十嵐は早速、一本に火をつけた。

肺の奥までゆっくりと煙を入れて吐き出すと、五十嵐は吸いさしの煙草を灰皿に置いて言った。

「まず、私の考えから言おう」

「考えですか」

「そうだ。公判に対しての私の姿勢だ」

五十嵐の目が真剣みを帯びる。

「待って下さい。五十嵐中将が何を考えていようと、私は弁護人としての本分を全うし、法廷で真実を追求するつもりです」

「それは分かっている。真実を白日の下に晒《さら》すことは何よりも大切だ。しかしそれでも――」

五十嵐は一拍置いてから言った。

「私は死刑になるだろう」

「それは分かりません」

弁護士としての本能からか、鮫島は言下に否定した。

「いや、彼らの裁判がどういう風に行われ、どういう判決に落ち着くかは、君より私の方が知っている。つい三カ月前まで、ここには五十人を超える日本軍将兵が収監されていた。主にこの地に駐屯していた憲兵隊だ。彼らは上官の命令に忠実なだけだったが、大半は死刑を宣告された」

そう言われてしまえば、鮫島に言葉はない。

「つまり判決は、もう出ているも同じなのだ」

「そんなことはありません。無実なら堂々とそれを主張し、また有罪であっても、適正な量刑を宣告してもらうのが、被告の権利です」

鮫島とて、五十嵐が「死刑にはなりたくない」などと言ってくるとは思わなかったが、五十嵐はすでに死刑を覚悟していた。

「君の言いたいことは分かる。だが私は司令官だ。部下の不始末の責任は取らねばならない」

「そんなことはありません」

「いや、軍人には軍人の掟《おきて》がある。篠田さんがいたら別だったかもしれないが、最高責任者が鬼籍に入った以上、次席の者が責めを負うのは当然だろう」

「では、自ら有罪を認めるのですか」

「いいや」

五十嵐が首を左右に振る。

「私は無実だ。だが彼らには、犠牲となる者が必要なのだ」

五十嵐の言っていることは、明らかに矛盾していた。本人にも、それは分かっているのだろう。だが、矛盾する二つのことに整理がつけられないのだ。

「どういうことだか、私には分かりかねます」

鮫島は、自分の熱意が伝わらないもどかしさを感じていた。

「いいかい。彼らは誰かを死刑にしなければ収まらない。それなら事件当時の立場上、私が責任を取ってしかるべきではないか」

——そういうことか。

五十嵐は無実を主張したいが、この事件の責任を一身に背負って、自ら処刑を望んでいるのだ。

「それは無理です」

「なぜだ」

「われわれが、量刑を決めることはできないからです」

「そんなことは分かっている」

五十嵐が「やれやれ」といった顔をする。

「五十嵐中将――」

「もう中将ではない。さん付けでよい」

「分かりました。五十嵐さん、もう一度、事件の全貌を話していただけませんか。まずは、そこから始めましょう」

「私の取り調べ記録や宣誓供述書を読んだろう。それ以外に話すことはない」

五十嵐は頑《かたく》なだった。

「読みました。しかし直接お聞きしたいのです。事件の概要は摑めましたが、詳細まで知らないと弁護をうまく進められません。とくにバタビアに帰った後の話が大切です」

「バタビアか――」

五十嵐が大きなため息をつく。

「結論を急ぐことをせず、まずは、そこから始めませんか」

五十嵐が不機嫌そうに黙り込む。その顔は誰かに似ている。

——誰だったか。

遠くかすむ記憶の彼方《かなた》から、父親の顔が浮かんだ。

——親父《おやじ》も頑固だったな。

鮫島の父親は鮫島同様、弁護士をやっていたが、頑固で融通が利かないことで有名だった。

「五十嵐さんのご子息は健在でしたね」

突然、話題を転じたので、五十嵐が意外な顔をする。

「ああ、長男は戦死したが、次男は帰郷することができた」

五十嵐が遠い目をする。

「戦犯として有罪になることは不名誉極まりないことです。それは、ご家族の今後にも影響します」

「家族は分かってくれるはずだ」

「たとえご家族は分かってくれるとしても、大半の人はそう思いません。そこにいかなる事情があるにせよ、戦争犯罪者としてしか見ないのです」

五十嵐の顔に迷いの色が差したのを、鮫島は見逃さなかった。

「残された奥様や息子さんに、肩身の狭い思いをさせてもよろしいんですか」

「私は司令官だった。私が罪を逃れようとすれば、私は卑怯者と思われる」

「誰からですか」

「かつての仲間や部下たちからだ」

鮫島が思わず身を乗り出す。

「そんなことを気にする必要はありません。本当に無実なら、他人の目よりも無実を証明することの方が大切です」

五十嵐が肺腑を抉るような声で言う。

「私は卑怯者として後ろ指を差されたくない」

「それが何だというのです。それなら無実を証明して帰郷し、その後で腹を切ればよいではありませんか！」

「故郷で腹を切れと言うのか」

「そうです。亡くなった部下たちの墓を回る行脚《あんぎゃ》に出てから、故郷で腹を切った将官もいます」

五十嵐が唇を噛む。

「どうか真実を教えて下さい」

立ち上がった鮫島は、机に両手をついて頭を下げた。

五十嵐の顔には苦渋《くじゅう》の色が溢れていた。その胸の内では、葛藤の嵐が吹き荒れているのだろう。

「私は関連書類を熟読しましたが、どう考えても、五十嵐さんを死刑にする理屈はありません」

「理屈ではない！」

五十嵐が苛立ちをあらわにする。

「裁判は理屈です。理屈が法廷を支配しているのです。たとえ被告が死刑を望んでも、理屈が通らなければ死刑は宣告されません。それが法律であり、裁判なのです」

「私には司令官という立場がある。いや、あの時、その立場にあったのだ」

五十嵐が眉間に皺を寄せる。

「だからといって罪をかぶる必要はありません。法の正義を信じて真実を追求する。その結果、死刑となれば致し方ありません。しかし、それを決めるのは被告でも弁護人でもありません。すべては法廷が決めるのです」

知らぬ間に鮫島は、粗末な木の机に爪を立てていた。

「君は――」

五十嵐の口元に笑みが浮かぶ。

「熱意のある男だな」

「はい。皆からそう言われます」

「君を見ていると、これからの日本には、素晴らしい未来が開けている気がする」

「そうです。日本は復活します。復活させてみせます。法によって五十嵐さんを救うことが、日本再建の第一歩になるのです」

「私を救うことが、それほど大事なのか」

「そうです。これは日本人全体にとって大切な戦いなのです」

五十嵐は煙草のケースを弄《もてあそ》びながら、何かを考えているようだった。

鮫島は直感的に、もう何も言わない方がよいと思った。

しばしの沈黙の後、五十嵐が言った。

「分かったよ。結論は先送りしよう」

五十嵐が二本目の煙草に火をつけた。

「ありがとうございます！」

腹を割って話したからか、五十嵐の人物像は第一印象とは少し違ってきていた。

「それで、バタビアに帰った後の話を聞きたいのだな」

「そうです。状況把握は取り調べ記録などで事足りますが、その後の作戦報告研究会での出来事が重要になります」

「ああ、あの時の研究会か」

五十嵐が遠い目をしながら煙を吐き出す。

「よかろう」と答えると、五十嵐は皺枯《しわが》れ声で語り始めた。

三

昭和十九年（一九四四）三月十五日の午後、インド洋作戦を終えた「妙義」「久慈」「高津」の三艦がバタビアに入港した。

五十嵐が司令官公室で残務処理をしていると、第十六戦隊先任参謀の加藤伸三郎少将が姿を現した。

加藤は丸顔に汗を浮かべていた。

「五十嵐さん、お疲れ様です」

「君こそ、お疲れ様だな。もう体調はいいのかい」

「はい。何とか快復しました」

加藤は体調不良で、今回の作戦に同行していなかった。

「そいつはよかった。まさに鬼の霍乱《かくらん》だったたな」

二人が笑い合う。加藤は五十嵐の三期下で、かねてからの知り合いだった。

真顔になった加藤に煙草を勧めると、一礼して一服した加藤が早速、問うてきた。

「商船を曳航していないということは、拿捕はできなかったんですね」

「ああ、見ての通りだ」

五十嵐が加藤に顚末《てんまつ》を語る。

「ということは『久慈』には今、百十人余の捕虜がいるんですね」

「そういうことになる」

「で、その捕虜をどうするんですか」

「まだ結論は出ていない」

「まさか、ここに下ろすつもりでは」

加藤が問うた時、けたたましくラッタルを上がってくる音がすると、乾が現れた。

「五十嵐中将、あっ、加藤先任参謀もご一緒でしたか。それならちょうどいい」

「乾艦長、お疲れ様でした」

加藤が敬礼を返しつつ労をねぎらったが、乾は頓着せずにまくし立てた。

「捕虜を収容してから六日も経ち、捕虜たちが不平を言い始めています。彼らの健康を考慮し、上陸させていただけませんか」

乾は何かが頭を占めると、ほかのことが目に入らなくなる性質《たち》らしい。自らの目的を達成するために、それなりの手順を踏むべきところを、唐突にそう言われれば、五十嵐とて気分を害する。

五十嵐の代わりに、加藤が感情を剝《む》き出《だ》しにして言う。

「乾君、突然やってきて何を言い出すんだ。君は自分のやったことが分かっているのか」

「えっ」と言って、乾の目が見開かれる。

「君は何を考えているんだ。作戦の趣旨を理解せず、敵船を撃沈し、そのまま見逃してしまえばよい捕虜を拾ってきたんだぞ」

乾は驚きの目で加藤を見ると、続いて五十嵐の方を向いた。

「待って下さい。司令官から何をお聞きになったんですか」

「私は主観を差し挟まず、状況を語っただけだ」

五十嵐が落ち着いた口調で言う。こうした場合の司令官の取るべき態度は心得ている。

「そんなはずはありません。撃沈せざるを得ない状況は、司令官も納得されているはずです」

「私は納得しているなどと言った覚えはない。ただ君からの発光信号を受け、二、三の質問を返しただけだ」

「捕虜を処分しなかったことを怒っておいでなのですか」

「それは明日の作戦報告研究会で論じるべきだろう。ここで論争すべきことではない」

五十嵐は正論で押し切ろうとした。

「それは分かりましたが、ひとまず捕虜たちの上陸を許可して下さい」

「何だと」と言って怒りをあらわにした後、冷静な口調で加藤が続けた。

「捕虜をバタビアに上陸させれば、どこかに収容せざるを得ない。たまたま、われらの基地に寄港したドイツ軍のUボートもいる。捕虜を連れていくとなると、すでに上陸している彼らの目にも触れるだろう。彼らがそれを知れば、軍令部に抗議するはずだ。そうなるとUボートとの共同作戦も、その技術情報も教えてもらえないことになるかもしれない」

「何を仰《おお》せになっているんですか」

乾には、そこまで知らせていない。

「加藤君、そのことは乾君に話していないんだ」

「そうでしたか」

この命令が出された理由を加藤が説明すると、それを聞いた乾が口を尖《とが》らせた。

「初めからそう言っていただければよかったんですが――」

五十嵐が苛立ちをあらわに言う。

「そうした趣旨を伝えておかなかったのは、私の責任だ。だが乾君、命令は命令だ」

「その通りですが――」

乾が唇を嚙むと、加藤が言った。

「君の気持ちは分かる。大荒れのインド洋でカッターに乗った人々を放置すれば、ほどなくして波に飲み込まれる。救難信号を打っても、近くに彼らの味方の船がいない限り、彼らが助かる見込みはないだろう。だが、カッターが見えなかったとすればどうだ。カッターは沈み行く敵船の反対舷から下ろされたそうじゃないか。だとしたら見えなかったと言い張っても——」

「そんなことはできません！」

乾の拳は固められ、目は真っ赤に充血している。

「加藤君」と五十嵐が提案する。

「船長や軍関係者など貴重な情報を持つ者と、女性二人は南西方面艦隊司令部のあるスラバヤに送ろう。残りの捕虜をどうするかは検討を要する」

南西方面艦隊司令部はペナンからスラバヤに移っていた。

「情報を持つ者をスラバヤに送るのは命令違背ではありませんが、残る者たちは——」

「今更、何を言っても始まらない。捕虜を連れてきてしまったんだ」

「待って下さい」と乾が二人の会話に割って入る。

「捕虜の中には弱っている者もいます。全員の上陸を許可していただけませんか」

「それは駄目だ」

五十嵐が言下に否定する。

「とりあえず『久慈』の中に収容しておくように。医者や薬品は送る」

「しかし、それでは次の出撃の時にどうするのです」

加藤が思い出したかのように言う。

「そうだ。言い忘れていましたが、スラバヤの南西方面艦隊司令部から打電があり、インド洋作戦部隊としての任を解く、とのことです」

「どういうことだ」

五十嵐と乾はそろって唖然とした。

「打電されてきたのはそれだけです。よって『久慈』と『高津』は七戦隊に復帰となります」

五十嵐が動揺を隠して問う。

「二艦を返すだけでなく、この作戦自体を中止にするというのか」

「そういうことになります」

加藤が付け加える。

「推測で申し上げるのは心苦しいのですが、軍令部から篠田司令長官の許《もと》に、『燃料が足りないので節約するように』というお達しが来ていました。またGF（連合艦隊）主力艦艇の消耗が激しいため、『久慈』と『高津』を七戦隊に復帰させたいということではないでしょうか」

「そういうことか」

五十嵐は落胆した。というのも、こうした交通路破壊作戦は長期にわたって粘り強く取り組むものであり、そうしないと、なかなか効果が上がらないからだ。

——そこまでわが軍は追い込まれていたのか。

五十嵐は日本の置かれた状況の深刻さを思い知らされた。

乾が加藤に問う。

「加藤先任参謀、それで捕虜はどうするんです」

「そのことは、明日の作戦報告研究会で詰めよう」

それだけ言うと加藤は敬礼し、司令官公室から去っていった。それに続こうとした乾の背に、五十嵐は声を掛けた。

「どのようなことになろうと、この作戦の責任者は私だ。明日は皆で話し合うことになるが、最終的には私が判断する」

「分かりました。よろしくお願いします」

それだけ言って一礼すると、乾はラッタルを下りていった。その足音は不規則で、そこからは不安と不満が感じ取れる。

五十嵐は、うまく意思が伝わらない乾に対し、ある種のもどかしさを感じていた。

軍隊では意思疎通ほど大切なものはない。とくに海軍では、単艦ではなく艦隊で作戦行動を取ることが日常的なので、言葉では表しきれない互いの意図を汲み取らねばならないことがある。

そのために兵学校で起居を共にし、二十四時間を一緒に過ごす。たいていの者なら、それを三年も続ければ、直感的に相手の意図を汲み取ることができるようになる。

――だが中には、どうしてもそれがうまくできない者がいる。

五十嵐の同期にも、そうした者がいた。彼は孤立を余儀なくされて精神を病み、兵学校を去ることになったが、その時、誰もそれを挫折とは思わなかった。単に軍人としての適性に欠けていたのだ。

――しかし幸か不幸か、自分に適性がないのに気づかず、軍隊に残った者もいる。

それが乾なのだ。

乾は砲術という専門技術に優れた成績を収めたが、それをオールマイティな能力と勘違いした。海軍省人事局もそれに気づかず、彼を艦長に任命した。乾は兵学校の砲術教官としてなら適性を発揮していただろう。しかし人材の払底《ふってい》と砲術の専門家という経歴により、新鋭巡洋艦の艦長に任命された。それが、こうした事態を招いてしまったのだ。

――だが本人は、自分が正しいと信じている。

それもまた軍隊に向いていないことだった。軍隊では何かうまくいかないことがあると、自責で考えるように教育されている。失敗を自責にすることで、反省点が見えてくるからだ。

明日の報告研究会が厳しいものになるのを、五十嵐は覚悟した。

四

バタビアに帰還した翌日の午後、作戦報告研究会が開かれた。召集されたのは第十六戦隊司令部の参謀たち、各艦の艦長、副長、航海長、そして司令部付きの法務官や主計士官らである。

議事進行役は先任参謀の加藤が担った。

まず冒頭、加藤からインド洋作戦の中止と「久慈」および「高津」の第七戦隊復帰が発表されると騒然となった。誰もが、インド洋作戦が中長期的な作戦になると思っていたからだ。

続いて五十嵐から戦果の報告があり、その時の状況を説明するよう乾に求めた。

すると、得意げに立ち上がった乾は、とうとうと持論を展開し始めた。

乾は索敵あっての拿捕なので、フロート付きの飛行艇はインド洋のような常に荒れた海では使いにくいこと、索敵のために巡洋艦を何隻も稼働させては燃料の無駄遣いになるため潜水艦を先行させて索敵させておくこと、敵艦隊の位置や敵航空基地の航空兵力を事前に把握することによって厳密に曳航可能範囲を策定すべきこと、また交通路に就役している敵船舶の速度や武装状況の情報が不足しているため、何らかの手を使って事前に把握しておくべきことなどを弁じ立てた。

五十嵐とて、それらについて否定するつもりはないが、資源や財力に乏しいだけでなく、戦況の芳しくない日本軍にとって、すべてを完璧に行うことなど不可能だ。

その前提で軍令部は作戦を立案し、現場に実行を命じてきている。その空気を読まず理想論を述べたり、要求ばかりしていては、作戦そのものが成り立たない。

「乾君、君の意見は分かった。そろそろ具体的な報告に入ってくれないか」

五十嵐に先んじて、加藤がたしなめた。

「いや、まだです。続いて敵船への警告方法についてですが――」

「それは後で聞くから、まず実際の状況を話してくれ」

「分かりました」と言うや、ようやく乾は状況報告に移った。ちらりと時計を見ると、一時間が経っている。戦争の勝敗には時間という要素も大きくかかわってくる。これだけの幹部の時間を合計すれば、膨大な無駄になる。

「以上が撃沈までの経緯です」

三十分余にわたって状況の説明を終えた乾が、ようやく椅子に座った。

「それでは質疑応答に移る」

まず挙手したのは、乾に同情的な「高津」艦長の河野だ。

「『ダートマス号』を拿捕するのは難しかったんですか」

乾が言下に答える。

「絶対に無理です」

その言葉に五十嵐は不快感を抱いたが、沈黙を貫いた。

「どうしてだ」

加藤が問うと、乾はとうとうとその理由を述べた。

「敵の船舶は、至近距離に日本の艦船が迫った際、キングストン弁を開いて自沈するような指示が出ていると思われます。連合国軍は自沈の見極めが早く、砲撃を加えずともキングストン弁を開きます」

日本軍の船舶も、キングストン弁を開いて自沈することがある。だが、それをするのは最後の最後で、敵船からの警告だけで行うことはない。

「乾大佐」

ようやく五十嵐が口を開いた。

「では『ダートマス号』も、砲撃の前にキングストン弁を開いたのかね」

「いや、それは違いますが――」

乾が戸惑いをあらわにする。

「ということは、君の言っていることは、このケースにあてはまらないのではないか」

「今回の場合はそうでしたが、これまで聞いたところによると――」

「伝聞は慎むように。そういうケースがあるなら、具体的な日時と艦名を述べたまえ」

乾がくぐもった声で言う。

「今は、その資料が手元にありません」

「分かった。そのことはもうよい」

五十嵐はあえて追及するのをやめた。乾の面子《メンツ》を、これ以上つぶすことを避けたのだ。

「よろしいですか」と、「妙義」艦長の藤堂が挙手する。

「砲撃のきっかけは何だったんですか」

「敵船がカッターを下ろし、乗客を避難させようとしているのが視認され、交戦する意思があると思ったからです」

乾が勢いを取り戻したかのように、よどみなく答える。

「カッターを下ろしたから交戦の意思があると思い込むのは、早計ではありませんか」

「いいえ。商船がカッターを下ろすということは、交戦の意思を明確にすることです。それは『戦訓報』にも出ています」

乾が該当箇所を指摘する。

帝国陸海軍では、実際の戦闘から得た教訓を『戦訓報』という冊子にまとめていた。

乾が得意げに続ける。

「おそらく敵の方針でしょうが、商船などの場合、カッターを下ろして乗員を移乗させてから戦闘を行い、図らずも自軍の船が沈められても、乗客を敵船に救わせようというわけです」

先ほどは語るに落ちた形だったが、今回は「待ってました」という質問だったので、乾はここぞとばかりに答えた。

それに対して、加藤がすかさず問う。

「カッターを下ろしている間は敵も撃ってこないだろう。その間に近づき、拿捕隊と回航班を乗り込ませることはできなかったのか」

「絶対に撃ってこないとは言いきれません」

「しかし拿捕するとしたら、その機会しかないはずだ」

「たとえそうだとしても、こちらのボートに対して機銃掃射はできます」

確かに、その可能性は否定できない。だが、すべての危険性を考慮していたら、しょせん拿捕などできないのだ。

乾は最後まで、「敵船は停船指示に従わずRRRを打ち始めた上、交戦の意思が明らかだったため、やむなく撃沈した」という主張を変えなかった。

乾は自信過剰なのか、自分のしたことを否定も反省もしない。常の場合、こうした報告研究会では、発表者が「こうした方がよかったかもしれない」と発言することで、議論が展開されていくのだが、乾は頑なで付け入る隙を見せない。

乾が続ける。

「これまでの情報から、砲弾を受けた船は砲撃した側に傾くと思っていましたが、『ダートマス号』の場合、反対舷に傾いて沈みました。その原因は定かではありません」

「乾君」と五十嵐が口を挟む。

「まず、命中弾は遅れて炸裂《さくれつ》する。つまり反対舷近くに大穴が開くはずだ。ということは反対舷から沈んでも不思議ではない」

「それは分かっていますが、商船の場合は横幅があるので、必ずしもそうとは言いきれないと思います」

乾が反論する。

――皆の前で、私の面子をつぶすつもりか。

五十嵐は乾の要領の悪さに呆れ果てた。同僚や目下の者ならまだしも、司令官の知見を否定してまで、自分の正しさを立証しようとする者などいない。

五十嵐も意地になった。

「これまでも同じことはあったはずだ。だいいちキングストン弁を開いたなら、船底からも水が入る。一概に、どちらに倒れるとは言い難いはずだ」

なおも反論しようとする乾を、加藤が制するように言う。

「少なくとも、作戦の主目的である拿捕ができなかった事実は残る。つまりインド洋作戦は、その作戦目標を達成できたわけではない」

「しかし――」

「敵の物資を強奪できないまでも、海に沈めたのは、わが軍にとって益があると言いたいのだろう。だが捕虜については、どう説明する」

いよいよ問題の核心に迫ってきた。それが皆にも分かるのか、室内は水を打ったように静まり返った。

「君が軍令部、南西方面艦隊司令部、十六戦隊司令部の命令に反し、捕虜を収容してきたという事実は残る」

「しかし人道上、必要な措置ではありませんか」

「拿捕したのなら、それは仕方がない。だが沈めたのだから話は別だ」

「どうしてですか」

「捕虜を救助しないことは、どうにでも取り繕えるではないか」

確かに「カッターが見えなかった」「荒れた海で救助活動が行えなかった」「敵潜水艦を警戒して、やむなく見捨てた」など、言い訳はどのようにもできる。しかも敵の打電したRRRを確認しているのだ。

「あのまま放置していたら、ほどなくしてカッターは転覆したはずです。それが分かっていながら見捨てることなど、私にはできません」

——私だってそう思う。

人道上のことは五十嵐も心得ている。それでも軍人にとって上からの命令は絶対であり、それを守れないなら軍人を辞めるしかないのだ。

加藤が苛立ちをあらわに言う。

「敵船はRRRを打ったのだろう。それなら敵が近くにいると思い込み、迅速に退避したと言えば、誰からも後ろ指を差されないはずだ」

「それはそうですが、助けを求める人々を見捨てることなど、人としてできません」

「もうよい」

話が堂々めぐりになると察した五十嵐が、双方を制した。

「私は抗命罪に問われるのでしょうか」

乾が真剣な眼差《まなざ》しで問うてきた。

「それを決めるのは私ではない。この事実を報告し、篠田司令長官の判断に委ねる。むろんこの一件は、私の責任でもある」

五十嵐は乾と同じ側にいることを強調したが、乾の目は虚《うつ》ろで、何の効果もないように見受けられる。

「抗命罪に問われた場合、私はどうなるのでしょうか」

「おい」と加藤が唇を震わせる。

「君は自分のことしか考えていないのか」

まだ何か言いたげな加藤を制して、五十嵐が断じる。

「すでに君と君の艦の所属は南西方面艦隊ではない。この件は責任者の私の手から離れたのだ。おそらく篠田司令長官と七戦隊の上層部で話し合い、決定することになる」

――今は、そう言うしかないだろう。

そんなことは、誰もが分かっていることだ。

「それでは――」

乾は突然立ち上がると言った。

「私を抗命罪で軍法会議にかけて下さい」

その一言で、室内は凍り付いた。

軍法会議は下の者が裁かれるだけではない。上官の命令や措置に対して不満を抱いた者が、それに抗議するために申請することもできる。もちろんそうなれば、上官のキャリアにも傷が付く。

「私は、その必要を認めない」

五十嵐が強い口調で言い切る。

「しかし責任の所在を明らかにすべきだと思います」

遂に加藤の堪忍袋の緒が切れた。

「貴様は正気か！」

軍法会議となれば、軍令部と南西方面艦隊だけの秘密事項である「敵の人的資源の殲《せん》滅《めつ》」という目的が全海軍ないしは政府にまで知れわたる。それが天皇陛下の耳に入れば、その怒りによって、海軍大臣以下が解任される可能性も出てくる。

一方、この一件で抗命罪に問われれば、乾の更迭《こうてつ》は確実となる。たとえ抗命罪とならなくても、そうした問題を起こした艦長を最新鋭の重巡洋艦にとどめておくとは考え難い。そして言うまでもなく、五十嵐も無傷では済まされない。

――乾は一か八かの勝負に出たのだ。

軍法会議という切り札をちらつかせることで、乾は自らの立場が悪化することを避けようとしているに違いない。

「お待ち下さい。休憩を要求します」

若い法務官が慌てて立ち上がる。まさか自分の出番があるとは思わなかったのか、その声には戸惑いの色が表れている。

「分かった。三十分の休憩とする」

河野と藤堂が乾を左右から立たせるようにして、別室に連れていった。

五

加藤が五十嵐の席に近づくと、小声で問うてきた。

「五十嵐さん、どうしますか」

「軍法会議など申請されてはたまらん。とにかく乾を説得しろ」

「法務官が乾に付き添っています。無理な説得はできません」

「分かった」と言って五十嵐が法務官を呼ぶと、入れ違うようにして、加藤が別室に向かった。

五十嵐は軍法会議が行われる場合の些事《さじ》について、いくつか法務官に質問した。法務官は乾の方を気にしていたが、五十嵐をないがしろにするわけにもいかないので、その質問に詳しく答えた。

五十嵐が「よし、分かった」と言うや、法務官は乾のいる別室に向かった。

——これで二十分は釘付けにできた。

やがて休憩時間が終わり、皆が席に戻ってきた。その時、加藤がうなずいたので、五十嵐は内心、安堵のため息を漏らした。

「それでは、作戦報告研究会を再開する」

加藤が宣すると、「失礼します」と乾が立ち上がった。

「先ほどの発言を撤回します」

「先ほどの発言とは何だ」

「軍法会議の申請についてです」

「分かった。書記役は軍法会議に関する発言をすべて削除するように」

書記役が五十嵐の方を見たので、五十嵐は大きくうなずいた。

加藤は抗命罪に問わないことを条件に、軍法会議の申請を撤回させたに違いない。

「何もなければ、これで閉会とする」

「お待ち下さい」と再び乾が立ち上がる。

「まだ何かあるのか」

「はい。今、『久慈』にいる捕虜たちのことです」

皆の間に緊張が走る。誰もが思い出したくないことなのだ。

「どうか捕虜全員の上陸をお許し下さい」

「それはならん。上陸が許されるのは、船長や軍関係者など貴重な情報を持つ者と女性二人だけだ。彼らは、後に別の船でスラバヤの南西方面艦隊司令部まで送り届ける」

五十嵐は明快に答えたが、乾は不満をあらわにしている。

「どうしてですか」

「君はもう私の指揮下を離れたのだ。捕虜の処置は七戦隊司令官に決めてもらえ」

「待って下さい。それでは――」

乾の顔が蒼白《そうはく》になる。むろん捕虜たちを連れ帰れば、迷惑するのは第七戦隊であり、乾は司令部から、「前の作戦のお荷物を持ち帰るとは、どういうつもりだ！」と叱責される。

「以上だ。これにて閉会とする」

加藤が閉会を宣すると、皆は立ち上がり、ぞろぞろと部屋から出ていった。

だが乾は、ふらふらと五十嵐の席へ近づいてきた。

「どうしても、お聞き届けいただけないのですか」

「私は、すでに君に命令する立場にない」

「では、どうすれば――」

「繰り返すが、君も艦長なら、どうすればよいかは自分で判断すべきだろう」

五十嵐が立ち上がったので、二人は対峙《たいじ》する形になった。

「私にすべてを押し付け、捕虜ごと厄介払いするのですね」

その言葉に、最後の堰《せき》は切れた。

「貴様は正気か！　敵船を勝手に沈めて、船も物資も海の藻屑《もくず》としたのみならず、捕虜だけ連れ帰ったのだぞ。これは司令部の命令に反することだ。捕虜のことぐらいは自分の判断で行え！」

誰かと話をしていた加藤が慌てて走り寄るや、乾の肩を押さえた。

「おい、連れていけ！」

戻ってきた河野が、乾の肩を抱くようにして外に連れ出す。それを苦い顔で見送った加藤が振り返った。

「五十嵐さん、とんだことで――」

「もういい。捕虜をシンガポールに連れ帰れば、乾君は七戦隊司令部から叱責されることだろう。それが乾君の薬になれば幸いというものだ」

「そうですね。いい気味だ」

加藤が苦笑する。

「これにて一件落着だな」

五十嵐は一つ肩の荷を下ろした気になり、大きなため息をついた。

「しかし乾のことです。何を仕出かすか分かりません」

「そうだな。あれは厄介な男だ。そうだ。すまんが君、今夜、酒でも持って『久慈』に行き、奴の愚痴を聞いてやってくれんか」

「ああ、なるほど。うまく懐柔しておくんですね」

「そうだ。こちらからも悪いようにはしないと告げておいてくれ」

「分かりました。任せて下さい」

加藤がにやりとした。

そこまで話を聞いた時、鉄扉の開く音がすると、看守長らしき人物が現れ、「Time is up!」と告げてきた。

「どうやら、今日はここまでのようだな」

「明日も来てよろしいですか」

「ああ、いいよ」

椅子を引いて立ち上がろうとした五十嵐の両肩を、二人の看守が乱暴に摑む。その様子から、五十嵐が過酷な扱いをされていることが、容易に想像できる。

鮫島の正義感が頭をもたげた。

「看守長」

背を向けた看守長に、鮫島が声を掛けた。日本人に呼び止められたことなどないためか、看守長の顔が怒りに歪む。

「あなたは、未決囚を丁重に扱うように通達されているはずです。怪我をして出廷できないことにでもなれば、あなたが責任を負わねばなりません」

「何だと」

看守長が怒りをあらわにして近づいてくる。その拳は強く握られ、一発お見舞いするつもりでいるのは明らかだった。

鮫島は覚悟して目を閉じたが、いつまで経っても拳は飛んでこない。

目を開くと、看守長の手首を掴んでいる者がいる。

――ナデラ、か。

ナデラの二倍はあるかと思われる看守長だが、ナデラの力が強いためか、看守長は拳を固めたまま動けない。

「放せ！」

「放すわけにはいきません」

「何だと。このインド人め」

「私は、あなたより階級が上です。しかも今の言葉は人種差別に当たります。すぐに撤回して下さい」

看守長は下士官クラスだ。

ようやく看守長が力を緩めたので、ナデラも手を放した。

「たとえ日本人であろうと、罪のない民間人を殴ることは許されません。それは戦犯容疑者に対しても同じです」

看守長は憎悪の籠もった視線をナデラと鮫島に向けると、その場から去っていった。

看守二人に両肩を押さえられた五十嵐は、わずかに微笑《ほほえ》んでいた。

連行される五十嵐を見送った後、鮫島はナデラに言った。

「ありがとう」

「私は自分の仕事をしたまでです」

「それは分かっている。ただ、礼が言いたかったんだ」

「勘違いしないで下さい。私は日本人に同情など寄せていません。私は託された仕事をこなすだけです」

ナデラがそっけなく言う。

「分かった。それで十分だ」

それでも鮫島にとって、ナデラの行為はうれしかった。

鮫島とナデラが外に出ると、ちょうど一台の小型トラックが入ってくるところだった。

――まさか、河合か。

案の定、中から出てきたのは河合だった。

「君も接見か」

「ああ、そうだ。どうやら入れ違いにしたようだな」

「うむ。面会所は一カ所しかないようだからな」

河合が葉巻に火をつける。

「どうだった」

「ぼちぼちさ」

「手の内は見せないということだな」

法廷では対立することが予想されるので、鮫島と河合の会話もよそよそしくなる。

「そういうわけではないが、その方がお互いのためにいいんじゃないか」

「そうだな。そうしよう」

河合は葉巻の火を消すと、ポケットにしまった。後でまた吸うつもりなのだ。

「そちらさんは役に立っているか」

河合がナデラの方を顎で示したが、ナデラには日本語が通じない。

「まだ分からない」

「せいぜい注意しろよ。こいつらは味方じゃない。もしかすると、日本語が分かるかもしれないぞ」

「そうだな。せいぜい気をつけることにする」

手続きをしていたエリアスが足早に戻ってくると、「Come on」と言って河合を促した。すでに二人の間には親しみの感情が生まれているらしく、鮫島は羨ましかった。

「じゃあな」

「頑張れよ」

鮫島が河合の乗ってきたトラックに乗り込んでから振り返ると、河合は鉄扉の中に向かっていくところだった。

——法廷で正々堂々と戦おう。

去りゆく河合の背に、鮫島は心中、語り掛けた。

六

宿舎に戻った鮫島は頭を整理したかった。だが部屋に戻れば資料の山が待っており、ついそれらに手を出してしまう。外を散歩しようかと思ったが、ここの庭は幾度となく歩いたので飽きてきている。それゆえ裁判所内を見学することにした。

戦犯の法廷は第五法廷と第七法廷と聞いていたが、まだ行ったことはない。入れてくれないかもしれないが、鮫島は半地下の法廷に出向いてみた。

この日、法廷では何の公判も行われておらず、当番兵が一人立っているだけだった。

鮫島が英語で「法廷を見たい」と言うと、その若い当番兵は一瞬、困ったような顔をした後、小さくうなずいた。

日本人弁護士という立場は微妙で、何もかも禁じられているわけではない。それゆえ当番兵は「法廷の見学ぐらいはいいだろう」と思ったに違いない。

当番兵に礼を言った鮫島は、まず第七法廷をのぞいてみた。

——確かこちらは、軽微な戦犯裁判で使っている方だな。

重犯罪に相当する「ダートマス・ケース」の公判は第五法廷で行われると聞いていたので、鮫島は第七法廷をちらりと見ただけで、第五法廷に向かった。

第五法廷のドアを開けて中に入ると、裁判官席の背後の壁上に掲げられたユニオンジャックが目に入った。

それは裁判の主宰者が誰かを主張するかのように、堂々と掲げられていた。それを目にした瞬間、おそらく大半の弁護士が気持ちを挫かれるはずだ。

法廷内に入った鮫島は、ユニオンジャックに対峙するように胸を張った。

——われわれは戦争に負けたが、法廷では負けないぞ。

第五法廷は第七法廷の倍ぐらいの広さがあった。座席はほぼ正方形に配置され、一段高い上座に座席が三つ見える。そこにはプレートがあり、中央に「Presiding Judge（裁判長）」、その左右に「Judge（裁判官）」と書かれていた。裁判長席の下方には「Stenographer（速記者）」の席が二つ向き合っている。

裁判長席から見て左側に「Witness（証人）」席があり、腹ぐらいの高さの囲いがある。その下座に「Interpreter（通訳）」席が設けられている。その背後が「Hearer（傍聴人）」席だ。

裁判長から見て右側には「Defendant（被告人）」席があり、その後方は半地下ながら窓があり、外の光が取り入れられるようになっている。

裁判長と正対する席は中央が通路で、向かって左側に「Prosecutor（検事）」席、右側に「Lawyer（弁護人）」席がある。その背後は、通訳席の背後と同じく傍聴人席だ。

鮫島はゆっくりと法廷内をめぐった。

――ここが俺の戦場になるのか。

鮫島は、「Lawyer」と書かれたプレートのある弁護人席に着いてみた。まさに裁判長らと対峙する形になる座席位置だ。

右を見ると検事席がある。

――ここにバレットが座るわけか。

長身のバレットが「Objection!（異議あり！）」と言いながら立ち上がる姿が、容易に想像できる。

この事件は個別裁判ではなく、五十嵐と乾が同時に裁かれて量刑が言い渡されるので、鮫島の左右どちらかに河合が座すことになる。だが、五十嵐と乾の言い分は一致しない公算が高いので、場合によっては、隣り合う河合と言い争う展開も予想される。

――それだけは避けたいところだが。

言い争うということは、鮫島は乾の、河合は五十嵐の罪を問う形になる。

――つまり俺は、乾さんを追い詰めることになるかもしれない。

五十嵐の弁護人という立場を度外視すれば、鮫島はどちらの肩を持つわけでもない。だが弁護人という立場上、担当する側の肩を持つ弁論を展開するのは致し方ない。

――五十嵐さんに罪があるにしても、少しでも刑が軽くなるよう努力する。それが弁護人の務めだ。だが、その目的のために奮闘することで、乾さんの罪を重くすることになったらどうする。

こちらに来る前、大阪弁護士会の説明会で、「死刑判決だけは回避するように」という指示が出ていたのを思い出した。確かに生きていさえすれば、そのうち恩赦などで量刑は軽減される可能性が高い。

――五十嵐さんの言う通り、初めから判決など決まっており、無駄な努力なのかもしれない。だとしたら、乾さんをも死刑に追い込んでしまったらどうする。

それを思うと、居ても立ってもいられなくなる。

鮫島は立ち上がると、もう一度、法廷内を歩いてみた。被告人席の背後に行き、外を眺めてみたが、そこはいつも散歩している裁判所の前庭だった。まばゆいばかりの光に包まれた前庭は、法廷の陰惨さとは対照的だった。

窓際に近寄り、ふと下を見ると、深い通路状の溝が穿《うが》たれていた。それは新たに掘られたようで、コンクリートが新しい。だが両端は共に行き止まりで、何のために造られたのかは分からない。

その時、鮫島は気づいた。

——判決が出た瞬間、被告が背後の窓を破って逃げ出すことを防ごうとしているのか。万が一、被告がそのようなことをしても、下の溝に落ちるような構造になっているのだ。日本人というものを少しでも知っていれば、そんなことをする被告などいないのは分かるはずだが、そこにイギリス人の日本人に対する理解のなさが見て取れる。

——もはや日本人は逃げられないのだ。

その溝は、戦犯容疑者だけでなく日本人全員を逃がさないために穿たれた穴のような気がする。

——これから、われわれは連合国の監視下に置かれ、何一つ自由に判断できない国となるのかもしれない。

それを思うと、日本人全員がいかに努力しようと無駄な気がする。

——われわれが国際社会の一員と見なされ、同等の人として扱われるまでには、どれほどの時間が掛かるのだ。

鮫島は暗澹たる気持ちになった。

——だが何事も積み重ねだ。日本人一人ひとりの努力により、一日でも一時間でも、その日が来るのを早めねばならない。

鮫島が振り向くと、被告人席が目に入った。この位置からはプレートの表は見えないが、先ほど「Defendant」と書かれていたのを覚えている。

――ここに五十嵐さんは座るのか。

何の気なしにその席に腰掛けてみると、法廷内の景色が一変した。

ここからだと傍聴席は正面と右手にあたるが、そこから向けられる非難の視線を感じたのだ。

――ここでは、すでに何人もの日本人が死刑判決を受けている。

その時の孤独と絶望が、ひしひしと迫ってくる。

――いかに意志堅固な帝国軍人でも、ユニオンジャックの掲げられたこの場所で敵意を抱いた人々の視線に晒されたら、その圧力に耐えきれるものではない。

それでも日本人は最後の最後まで感情をあらわにせず、自らに残された唯一のもの、すなわち矜持《きょうじ》だけを守って死んでいくのだ。

――五十嵐さんは親父に似ている。

そのことが、また思い出された。

鮫島の父は終戦直後に亡くなった。母の話によると、ずっと胃の辺りが痛かったらしいが、「医者は傷病兵のためにいる」と言い張り、頑として病院に行かなかった。それを知った鮫島ら兄弟は父に医者の許に行くよう強く勧めたが、父は聞く耳を持たなかった。その頑固な態度に腹を立てた鮫島らは、「それなら勝手にしろ」とばかりに父を放置した。

それから約半年後、父は食が細って歩けなくなった。さすがに心配になった鮫島は、兄と力を合わせ、嫌がる父を担ぐようにして医者に連れていった。

数日後、検査の結果が出たので、家族の誰かが来るようにという電話が入った。兄は仕事で、母は父の看病で行けないので、鮫島が診断結果を聞きに行った。

「すぐに開腹手術をしないと、手遅れになります」

医者は淡々とした口調で言った。

やはり父の病状は深刻なものだった。だが鮫島は、それを素直に父や家族に告げる気にはならなかった。あることで父に反感を抱いていたからだ。

約一カ月後、父の苦しみが尋常でないので、鮫島は兄と共に父を医者の許に連れていった。

医者はすぐに開腹手術をしたが、時すでに遅く、胃癌《いがん》は末期で手が付けられない状態になっていた。医者は、モルヒネによって痛みを緩和させることしかできないと言った。

その後、家に戻った父は病床に横たわったまま終戦の詔《みことのり》を聞いた。いつもと変わらぬ泰然とした顔つきでそれを聞いていた父だったが、その頰に一筋の涙が伝った。

それを見た鮫島は、父が内心の荒れ狂う感情を抑えに抑えていたことを知った。

その数日後、父は亡くなった。

——父さんを殺したのは俺だ。

鮫島は自分を責めた。

——あの時、すぐに病状を告げて手術を受けさせていれば、助かったかもしれない。

その気持ちは、鮫島の心に澱《おり》のように積もっていった。

思い余って、そのことを母に告げると、母は「それを聞いても、お父さんは医者に行かなかったでしょう。『医者も薬品も兵隊さんのためにある』というのが口癖だったからね」と言って、鮫島を責めなかった。

確かに父は痛みを痩せ我慢することで、兵隊さんたちと一緒に戦っているつもりでいたのかもしれない。それ以外、日本の勝利に何も貢献できなかったからだ。

それでも鮫島は自分を責めた。日が経てば経つほど、父を殺したという思いが重くのしかかってきた。そんな時、戦犯を弁護する仕事が舞い込んできた。鮫島は父への贖《しょく》罪《ざい》と日本を離れて父のことを忘れたいという一心から、一も二もなくこの仕事を引き受けた。

父の顔が五十嵐の顔に重なる。

——だが今の俺は、五十嵐さんを救える。

鮫島は五十嵐を救うことで、父の死に報いるつもりでいた。

七

鮫島のスタンレー・ジェイル通いが始まった。

同行する助言者のナデラは相変わらず不愛想で、車中も仕事以外の会話には応じようとしない。それでも仕事の話を通じて、当初抱いていたであろう鮫島に対する反感も、わずかずつ和らいできた気がする。

煙草以外の差し入れは許されていないので、何箱かの煙草と筆記用具だけを携え、鮫島とナデラはジェイルの門をくぐった。

面談時間は一日一時間と限定されている。そのため席に着くや、雑談抜きで本題に入らねばならない。

「早速、昨日の続きの話を聞かせていただけませんか」

前のめりになる鮫島とは対照的に、五十嵐の表情は冴《さ》えない。

「昨夜、じっくりと考えてみたんだがね。負けると分かっている裁判を戦い、万が一、私以外にも死刑を宣告される者が出たらどうする」

五十嵐も鮫島と同じことを考えていた。

鮫島が全力を尽くして五十嵐を弁護することで、罪は乾に転嫁され、乾が死刑となる可能性が増すことは否定できない。

五十嵐が続ける。

「確かに私には、乾君との間に感情的なわだかまりがある。だが、あくまでそれは職務上のことだ。私の罪を軽くするために君が必死の論陣を張ることで、乾君の命を危うくすることになるかもしれない。そんなことに私は賛同できない」

五十嵐が苦渋を面ににじませる。

「お待ち下さい。結論を出すのはまだ早いと思います。私たち弁護人は、お二人とも救いたいのです」

「とはいっても、処分を行ったという厳然たる事実がある限り、誰かを差し出さねばなるまい」

弁護士たちの噂によると、イギリス軍の戦犯裁判では、少なくとも日本人の誰か一人を処刑にせねばならないという不文律があり、どれほど理不尽な理由であろうと、処刑者を出すことが判事たちの使命のようになっているという。

東京弁護士会の一人が「どんなにがんばったって駄目なものは駄目さ。あいつらの結論は最初から出ている。いうなれば裁判は形式だよ」と言っていたのを、鮫島は思い出した。

──だからといって、人の命が懸かっているんだ。あきらめてなるものか。

「これは報復裁判ではありません。必ずや突破口があるはずです」

「突破口か」

五十嵐が皮肉な笑みを浮かべる。

「この問題の突破口はいくらでもあった。こんなことになるはずがなかったんだ。しかし彼は──」

五十嵐は愚痴を言い掛けて口を閉ざした。おそらく乾の悪口は言うまいと心掛けているのだろう。だが彼の内心では、幾度となく「なぜだ」という言葉が繰り返されているに違いない。

「その突破口を見つけるためにも、お話を聞かせて下さい」

「分かったよ」

五十嵐が語り始めた。


作戦報告研究会が終わった翌日にあたる三月十七日の夜、五十嵐はまんじりともしない一夜を送った。というのも、これで肩の荷を下ろせると思っていた矢先、別の問題に思い至ったからだ。

まず捕虜を押し付けられた第七戦隊が、五十嵐と南西方面艦隊司令部に対して悪い感情を抱くのではないかと思った。つまり第十六戦隊の失態により、篠田中将に迷惑を掛けることにもなりかねない。

——七戦隊に要りもしない土産を押し付けるくらいなら、バタビアで捕虜たちを収容しておく方がよいかもしれない。

とくに第七戦隊は主力部隊の要であり、余計なものを押し付けて、その手を煩わせたくない。ましてや「五十嵐中将は無責任だ」などという風評が立てば、面目は丸つぶれとなる。

——だが問題は、それだけではない。

五十嵐は、乾の単線的な思考が心配でならなかった。

——シンガポールに向かう途次、乾が捕虜たちを処分することはないだろうか。

あれだけ捕虜の保護を訴え続けた乾が、まさかそんなことをするとは思えないが、乾の資質を思うと一抹の不安もある。

——乾君は思い込みが激しい。極度の緊張下で、どのような判断を下すか分からない。

室内を歩きながら考えているうちに、外が明るくなってきた。窓を開けると、山の端から朝日が昇ってきていた。時計の針は、もうすぐ五時を指すところだ。

五十嵐は部屋の外にいる従兵を呼んだ。

「加藤君に、〇六〇〇《マルロクマルマル》、私の執務室に来るよう伝えてくれ」

「はっ」と答えて従兵が駆け去る。

シャワーを浴びて軍装に着替えた五十嵐が自らの執務室で加藤を待っていると、時間きっかりに加藤が現れた。

「朝早くからすまない」

「いいえ、構いません。で、何事ですか」

「いろいろ考えたのだが、『久慈』にいる捕虜を全員、ここに収容しようと思うんだ」

「えっ」と言って加藤が絶句する。

「このまま捕虜を七戦隊に押し付けるのは、無責任ではないかと思ってね」

「しかし『久慈』と『高津』の復帰を決めたのは軍令部です。われわれにとっては寝耳に水で、いかんともし難いことです。七戦隊の司令部でも、その事情は分かってくれるのでは」

「しかし、われわれの作戦行動中に獲得した捕虜だ」

「それはそうですが――」

「夜陰《やいん》に紛れて、捕虜たちを陸上に移送することはできないだろうか」

「それは無理です。百を超える数の人間を上陸させて、ガードしながら収容所に送り届けるとなると大事《おおごと》です。警備に五十人は必要な上、逃亡させないために、昼のように探照灯で照らさねばなりません」

加藤の言うことは尤もだった。

「それがばれたら、篠田さんや軍令部に何と言い訳するのですか」

——そんなことは分かっている。

五十嵐は頭を抱えたい心境だった。

「それでは、捕虜を乾君に任せておいてよいのか」

「と、仰せになりますと」

「乾君の思考は、われわれ海軍軍人の枠からはみ出している。われわれの想定する範囲外の行動を取りかねない」

「つまり、シンガポールへの帰途に処分する可能性があるというのですか」

「そうだ」

「しかしすでに『久慈』は、われわれの指揮下にありません」

——それは正論だ。

だが捕虜の立場からすれば、それではたまらない。

「加藤君、捕虜の身になってみたまえ」

「それはそうですが——」

加藤にも、ようやく五十嵐の言いたいことが分かったようだ。

二人の間に気まずい沈黙が漂う。

――すべてが悪い方悪い方へと流れていく。

こうしたことは最初の一手を誤ると、それを取り戻すために次の一手を打たねばならなくなる。それを繰り返すうちに深みにはまり、引き返せないところまで行ってしまう。何事も最初のボタンを一つ掛け違えると、次から次へと負の連鎖が広がり、最後は、にっちもさっちもいかないところへ追い込まれてしまうのだ。

――拿捕せず砲撃を決断したのが一つ、捕虜を収容したのが一つ、そして捕虜を連れ帰ったのが一つ。

乾の判断には、一貫性がない。その場その場で最適と思われる決断を下しているだけで、それによって起こる問題までは考慮しない。

――乾君は、砲術の専門家としては優秀なのかもしれない。だが艦長として的確な判断を下せるタイプではない。いったいこれまで何を学んできたのだ。

一つの判断を下すことで、新たに発生する問題を想定するといった想像力が、乾には欠落している。本来なら指揮官として致命的な弱点だが、彼の志望は司令長官であり、自分も周囲もその欠点に気づいていないのだ。

幸か不幸か、その欠点が最初の作戦で露呈されたことになる。

「加藤君、確か『久慈』と『高津』は今日の午後、ここを出港する予定だったな」

「その通りです」

「捕虜を下ろしてから出港するよう指示してくれんか」

「それは——」

加藤が考え込む。加藤にとっても、自らのキャリアを棒に振りかねない決断なのだ。

「君には迷惑を掛けない。この決断は私の独断で下したものだ。何だったら命令書も書こう」

「待って下さい。そこまでやっていただく必要はありません」

「では、そうしてくれるか」

「はい。早速、『久慈』に行ってまいります」

加藤は敬礼すると、執務室を出ていった。

——これでよい。

加藤の後ろ姿を見送りつつ、五十嵐は肩の荷が下ろせた安堵感に包まれていた。


午前八時頃、執務室で事務仕事をしていると加藤が戻ってきた。その顔色は冴えない。

「どうした」

「間に合いませんでした」

「何が間に合わなかったんだ」

「私が港に着いた時、『久慈』は出港した後でした」

「何だと」

五十嵐は天を仰いだ。

確かに軍令部からの通達は出港日だけが決められており、出港時刻は艦長判断なので、命令違反にはならない。

「『高津』はどうした」

「『高津』は湾内に残っていたので、河野君に会ってきたのですが、本日未明、『久慈』から単艦で出港し、沖合で待つという発光信号があったそうです」

シンガポールに至るまでには敵潜水艦の襲撃も考えられるため、二艦で行動するよう指示されている。

「何のために、そんなに早く出たのだ」

「河野君も問い合わせたそうですが、対潜訓練のためと言っていたそうです」

直感的に五十嵐は、乾が不満を表明するために出港時刻を早めたと思った。

「どうしますか。今からカッターを送り、捕虜だけもらってきましょうか」

おそらく乾は喜んで捕虜を送り出すだろう。だが港外での作業は危険が伴う。場合によっては、捕虜にカッターを乗っ取られる可能性すらある。

カッターに乗ってほんの二十分も逃げれば陸に着く。しかもバタビアの軍港は市街地から少し離れており、そこは未開のジャングルも同然なので、捕虜を見つけ出すことは容易でない。逃げられた後で捜索をするとなると、大人数の動員が必要になる。

「どうしますか」

五十嵐は決断しかねた。

――これも運命なのか。こうした偶然が重なるのは、捕虜のことは乾に託した方がよいという天の示唆なのかもしれない。

「もうよい」

「もうよい、とは――」

「この件は忘れよう」

「では、七戦隊への連絡はどうしますか」

「後で篠田さんから、うまくやってもらう」

「そうですね。やはり、それがいいと思います」

めんどうな問題にかかわることがなくなり、加藤は安心しているようだ。

「もはや、私は乾君に何かを命じられる立場にない」

「仰せの通りです。すべては流れに任せましょう」

――そう言って、日本は開戦に踏み切ったのではないか。

加藤の発言は、図らずも日本人の事なかれ主義を象徴していた。

日米開戦は、特定の誰かが決断を下したというわけではなく、何となく流れができ上がり、日本人の大多数がその流れに乗ったという感がある。だがその挙句、日本は今や危急存亡の秋《とき》を迎えている。

五十嵐は真珠湾攻撃のニュースをタイのバンコクで聞いた。とくに開戦には賛成も反対もしていなかったが、その時に感じた前途への不安は、今でもよく覚えている。

――そして、その予感は的中しつつある。

それでも軍人たる者、天皇陛下の承認を経た決定には従わねばならない。この件も、建前の上では天皇陛下から指揮権を委任された軍令部の命令なのだ。五十嵐はそれを下達しただけであり、何らやましいところはない。

「では、行ってよろしいでしょうか」

考えに沈む五十嵐の前で、加藤が困ったような顔をしていた。

「加藤君、無駄なことをさせてしまい、すまなかった」

「何てことはありません。ただ、捕虜のことが気がかりですね」

「あれだけ捕虜のことを気遣っていた乾君だ。よもや、その心配はないと思うが――」

「そうですよ。彼はクリスチャンですから」

「そうだったな」

笑みを浮かべて加藤は去っていった。だがその顔つきは、本心から心配が払拭されたものではなかった。それは五十嵐も同じだった。

八

鮫島のスタンレー・ジェイル通いは続いた。

最初の頃は、その絶景に見とれた崖上からの風景も、毎日となると飽きてくる。しかも季節柄なのか、晴れていても香港全体に薄茶色の靄が掛かったようになり、見通しが悪くなってきたこともある。

しかし、それが季節の問題だけではないのを鮫島は知っていた。五十嵐の前途を思うことで彼への同情心が増し、ジェイルに近づくと気が滅入《めい》ってくるのだ。

一日一時間の面談時間とはいえ、二人は多少の雑談もするようになった。とくに故郷に残してきた家族の話をする時、五十嵐は目を細めて好々爺《こうこうや》然とした顔をする。

そんな五十嵐を見ていると、鮫島はつい父のことを思い出してしまう。

鮫島の父は厳格で、家族に対しても一分《いちぶ》の隙もない男だった。毎朝、起床すると狭い庭に出て乾布《かんぷ》摩擦をし、白米、納豆、味噌汁《みそしる》だけの朝飯を食べ、グレーの背広に蝶《ちょう》ネクタイを締め、中折帽をかぶって出勤した。

その謹厳実直を絵に描いたような姿は、少年の鮫島にとって誇りだった。

そんな父が人間らしい顔をしている場に、一度だけ出くわしたことがある。鮫島が法律学校に通っていた頃のある日、たまたまカフェから出てくる父を見つけたのだ。

鮫島は声を掛けようとしたが、様子がいつもと違う。なぜか父は、家では一度も見せたことのない柔和な笑みを浮かべているのだ。その様子に躊躇していると、遅れて連れが出てきた。若い女性だった。

その時、家庭や仕事とは別の人生が、父にもあることを知った。

もちろん、このことは誰にも話さなかった。母に話したところで、「あら、そう」で済ますと分かっていたからだ。父と母の関係は冷え切っており、この頃は、父は父という役割を、母は母という役割を演じているにすぎなかった。

鮫島は父の背信に強い反感を抱いた。だがその日から、重い黒雲のようにのしかかっていた父の存在が急に軽くなった。父が一人の人間であり、男であると知った時、それまでの畏怖がなくなり、鮫島は父と対等になった気がした。

そうした鮫島の変化を父も察したのか、それからはおもねるように話し掛けることが多くなった。だが鮫島は心を閉ざし、父を突き放した。

――そして俺は父を殺した。

医者から聞いた病状を誰にも告げなかったことで、父は手術の機会を失い、苦しみにのたうちながら死んでいった。

接見の日々が始まってから二週間ほど経った時のことだ。いつものように話を聞こうとすると、五十嵐が唐突に言った。

「私には、もう思い残すことなどないんだよ」

「何を仰せですか」

鮫島は戸惑った。

「長男はお国に捧げたが、次男は幸いにして復員できた。これで次男まで捧げてしまっていたら、さすがに妻がかわいそうだ。今、次男は懸命に働いて家計を立て直そうとしているらしい。そのうち嫁さんも迎えられるだろう」

五十嵐が遠い目をする。

それでようやく鮫島にも、「思い残すことなどない」という言葉の意味が分かった。

「そこに帰りたいとは思わないのですか」

「私がか」

五十嵐が複雑な面持ちで煙草をもみ消す。

「私には、あそこに帰る資格などない。いや帰ってしまっては、英霊たちに申し訳が立たない」

「どうしてですか。戦争での生き死には時の運です。五十嵐さんに責任はありません」

五十嵐が首を左右に振る。

「われわれ将官には責任がある。とくに中将ともなれば、兵たちの屍《しかばね》の上で生きていくわけにはいかない」

「それは違います。軍の階級は役割にすぎません。その役割を全うする上で戦死者が出たとしても、責任が上官個人に帰されることはありません」

「法律家らしい解釈だな」

五十嵐が苦笑いする。

「兵たちに申し訳ないという気持ちは分かります。しかし――」

「君にそれが分かるのか！」

五十嵐の口調が突然変わる。その顔には苦渋の色が溢れていた。

「私は多くの死を見てきた。そのすべてが安らかなものばかりではなかった。戦場では痛みと苦しみにあえぎながら、『死にたくない、死にたくない』と言って死んでいく者が大半だ。それを君は知っているのか」

――確かに、俺は戦場を知らない。

鮫島も召集されたが、弁護士の資格を持っていたことから、内地で軍の法律関係の仕事に従事するだけで終戦を迎えられた。

「私は戦場を知りません。五十嵐さんの気持ちが分かるというのは間違いでした」

鮫島は率直に謝罪した。それを見て五十嵐は激してしまったことを悔いたのか、慈愛の籠もった眼差しを向けてきた。

「すまなかった。君も立派に国に尽くしてきた一人だ。後方勤務の者を貶《おとし》めるのは、軍人として最も恥ずべきことだ」

　五十嵐が軽く頭を下げる。

「そう言っていただけるとうれしいです。それで、その後のことですが――」

「しかし君が私を救うことが、これからの日本にどれだけ役に立つというんだ」

　五十嵐は、いまだそのことにこだわっていた。

「君は私を救いたいんじゃない。君は『法の正義』という旗を掲げている自分に酔いたいんだ」

「そんなことはありません」

　そう言いながらも鮫島は、それを強く否定できないのを知っていた。

「どうせ私は死刑になる。それなら悪あがきはしたくない」

「裁判で自分の正義を主張することは、悪あがきではありません」

「それを知るのは法律関係者だけだろう。日本にいるかつての私の同期や部下には、こちらの事情など分かりはしない。私が罪を逃れようとしていると彼らが耳にした時、彼らはどう思う。私が生に執着して悪あがきをしていると思うはずだ」

「彼らは、五十嵐さんのお人柄が分かっているはずです。必ずや心の中で応援してくれています」

「そんなことはない。日本がこうなってしまったからには、それなりの地位にあった者たちが責任を取るのは当然だと思っているんだ」

五十嵐が二本目の煙草に火をつける。その時、手が震えているのを鮫島は見逃さなかった。

「五十嵐さん、彼らがどう思おうといいじゃないですか。正しいことを正しいと主張し、一緒に日本に帰りましょう」

「もう、やめてくれ！」

五十嵐が机を叩く。背後に立つ看守が一歩踏み出す。それを鮫島は視線で制した。

「どうか落ち着いて下さい」

「私だって死ぬのが怖い。生きて故郷に帰りたいんだ」

五十嵐の口から、予想もしない言葉が飛び出した。

「誰だって死ぬのは怖いはずだ。だから私は、帝国軍人として覚悟を決めようとしてきた。だが君が来てから、生きられるかもしれないという希望の灯がともり、その覚悟が——」

五十嵐が言葉を震わせる。

五十嵐とて死にたくはないだろう。苦しみながら死んでいった者たちを見てきたからこそ、死への恐怖が現実感を伴っているはずだ。だがそれでも五十嵐は、軍人として、男として、自分なりに気持ちに整理をつけ、死と向き合う覚悟をしてきた。

――それを俺が揺るがせているのか。

五十嵐に希望の灯を見せ、その覚悟を揺るがしているのは、誰あろう鮫島なのだ。

「君を責めているわけではない。私は死への恐怖に打ち震える無様な自分に、嫌気が差しているんだ」

「何を仰せですか。人なら誰しも死は怖いものです」

「だが私は海軍中将だ。その誇りを傷つけるようなことだけはしたくない」

「それが何だというのです。もう日本には――」

そこまで言って鮫島は口をつぐんだ。五十嵐にとって海軍中将だったことだけが、最後の矜持なのだ。

――それを失ったら、五十嵐さんは生きていけなくなる。

五十嵐が肺腑を抉るような声で続ける。

「私は処刑台の階段を上る時、醜態《しゅうたい》を晒さないと心に決めていた。だが、いったん希望を持ってしまえば、それが失望に変わった時、どれほど辛いか。その時、私は処刑台の階段をしっかりした足取りで上れるだろうか」

たとえ戦犯であっても、これまで大半の帝国軍人が、処刑台で見事な最期を遂げてきた。しかしそれでも、足が震えて階段を上れなかった将官がいたと聞いたことがある。

「五十嵐さん――」

鮫島が掛けるべき言葉を探していた時、「Time is up!」という看守長の憎々しげな声が響いた。まだ三分ほどあるはずだが、鮫島はクレームをのみ込んで立ち上がった。

「五十嵐さん、あなたのお気持ちはよく分かりました。私も自分の立場をじっくりと考えてみます。明日は日曜でジェイルの面談はできませんから、月曜にまた参ります。どうかお気を落とさず、何事も前向きに考えて下さい」

「分かった」とだけ言うと、五十嵐はもらった煙草を手にして椅子から立ち上がった。

もう虐待はされていないようだが、背後から荒々しく両腕を摑む看守たちの様子を見れば、屈辱的な扱いが続いていることは容易に想像できる。

「五十嵐さん、あと少しです。がんばって下さい」

五十嵐の寂しげな後ろ姿に声を掛けたが、両腕を摑まれて連行されていく五十嵐は、うなずくことさえできなかった。

九

鮫島は一人、湾仔の街をさまようように歩いていた。時折、行き交う人と肩がぶつかるが、それで日本人だと気づかれて暴行を受けようと、もはやどうでもよかった。開き直ったかのように開襟シャツで歩く鮫島が日本人だと気づく者もいるようだが、冷めた視線を送ってくるだけで、誰も何も言ってこない。

——俺はどうしたらいいんだ。

いつものように湾仔は喧騒に包まれていた。人々の話し声の合間を縫うようにして、麻雀牌《マージャンパイ》や牌九《バイゴウ》らしきものをかき混ぜる音や、路上で粤劇《ユッケツ》（広東《カントン》オペラ）の曲らしきものを奏でる音が聞こえる。

その音の洪水の中、鮫島は五十嵐の心中の相克について考えていた。

——五十嵐さんの苦衷《くちゅう》は察して余りある。

戦隊司令官として責任を取らねばならないという気持ちと、故郷に残した家族の許に帰りたいという気持ちが交錯し、五十嵐は煩悶《はんもん》していた。

——五十嵐さんを救おうとすることが、果たして正しいことなのか。このまま死なせてやった方が、彼にとって幸せなのではないか。

鮫島の一部がそう囁《ささや》く。

——いや、法の正義を貫くべきだ。弁護人として手を抜くわけにはいかない。

しかし鮫島のがんばりで希望の灯が見えれば見えるだけ、五十嵐の覚悟を揺るがすことにつながる。しかも鮫島のがんばりは、乾を死刑判決に近づけることにもなるのだ。

――見せしめは一人でいいのに、乾さんまで死なせてしまったらどうする。

逆に五十嵐が生き残り、乾が死刑となれば、五十嵐と鮫島は十字架を背負って生きていくことになる。

――それでは死刑判決を出させずに、この公判を終わらせることはできるのか。

現実問題として、二人を共に死刑から逃れさせるのは至難の業だった。六十九人に及ぶ罪のない人々を殺した罪は、厳然として存在するからだ。

仮に最高責任者の篠田が病死せずに生きていたとしても、篠田は命令を下達しただけなので、死刑にはしにくい。やはり作戦責任者の五十嵐か、実行した乾が責任を負わねばならない。

――俺はどうすればいいんだ。

気づくと湾仔の町はずれまで来ていた。メインストリートには違いないが、湾仔の中心からは遠く、ビクトリア・ピークの稜線が近くに見える。

その時だった。

「日本鬼《ヤップングワイ》！」

声がした方を振り向くと、一人の老婆が鮫島に向かって指を差している。

「日本仔《ヤップンチャイ》！」

老婆が声を上げながら近づいてくる。それに気づいた人々も何事かと集まってきた。

「お前は日本人だろう」と詰め寄る老婆に、鮫島が片言の広東語で、「ちょっと待って下さい」と言って両手を前に出す。だが老婆は構わず、目に涙を浮かべて鮫島に迫ってくる。

早口なので極めて聞き取りにくいが、どうやら息子が日本軍の憲兵隊に連れ去られ、戻ってこないと言っているらしい。こうした場合、「分からない」と答えるに越したことはないと教えられたのを、鮫島は思い出した。

「唔知道《ンチードウ》」

「日本鬼！」

老婆の目は怒りに燃え、今にも摑み掛からんばかりだ。その背後から群衆も近づいてくる。

鮫島は、ここでリンチに遭って殺されるかもしれないと思った。

――死にたくない。

死の恐怖が鮫島を取り巻く。だが鮫島の心の一部は開き直っていた。

――それで気が済むなら殺せばよい。俺は鬼に等しい日本人だからな。

捨て鉢な気持ちが胸底から込み上げてくる。

――これまで日本人であることは誇りだった。だが今はどうだ。

イギリス人からも香港人からも憎まれ、蔑まれていくうちに、日本人であるという鮫島の誇りは次第に失われていった。

老婆が口角泡《こうかくあわ》を飛ばしながら、人差し指で鮫島の胸をつつく。

「日本鬼！　日本仔！」

ネオンに照らされた老婆の顔は、涙でくしゃくしゃになっていた。

「ごめんなさい」

日本語が口をついて出た。

「ゴメンナサイ――」

なぜか老婆がその言葉を繰り返した。どうやらその意味を知っているようだ。

「日本人、それ言わない」

老婆が片言の日本語で言う。

「ごめんなさい」

鮫島が繰り返した次の瞬間、老婆が鮫島の胸に顔を埋《うず》めてきた。

老婆は泣きながら、「返してくれ、返してくれ」と繰り返している。

鮫島が老婆の背を撫《な》でる。

「唔好意思《ンホーイーシー》、唔好意思」

鮫島は、広東語で「ごめんなさい」と繰り返した。

その様を見て、集まり始めていた人々は去っていった。

しばらくして老婆が鮫島から体を離した。老婆は覚束《おぼつか》ない足取りで鮫島の脇を通り抜けると、黙ってどこかに去っていった。鮫島は声を掛けようと思ったが、何と言おうか迷っているうちに、老婆は雑踏の中に消えてしまった。

憲兵隊が働き盛りの男性を手当たり次第に連行し、拷問を加えて死に至らしめたことを、鮫島も聞き知っていた。便衣兵《べんいへい》（正規の軍服を脱ぎ捨て民間人の服で戦う兵）によるテロの恐怖は日本兵の間に蔓延しており、致し方ない側面もあったが、ろくに調べもせずに殺しまくったのは動かし難い事実だ。

香港憲兵隊本部としては、男たちを手当たり次第に捕まえては殺すしか治安を維持する方法はなかったのだ。

――だが、それでよかったのか。

戦争は矛盾に満ちている。それぞれには、それぞれの言い分がある。だが勝った者たちは、負けた者たちを黙らせる力も権限もあるのだ。

――われわれは負けたんだ。それなら勝者のルールに従わねばならない。だが、それよりも大切なのは「法の正義」ではないのか。

鮫島は今更ながら、そのことを思った。

――老人たちは勝手に戦争を始め、勝手に負け、その尻拭いをわれわれにさせている。われわれの手に武器はない。あるのは「法の正義」だけだ。

鮫島は、かつて家の床の間に掛けてあった掛軸の言葉を思い出した。そこには、どこかの県知事か県議会議員が揮毫《きごう》した「逆境上等」という言葉が書かれていた。

――「逆境上等」か。――いいだろう。どんな逆境にあろうと戦い抜いてやる。

鮫島は固く心に誓った。

鮫島が裁判所に戻ると、河合がいつものように庭先で葉巻をふかしていた。

「よお」と河合が声を掛けてきたので、鮫島は軽く会釈して通り過ぎようとした。

「随分とつれないじゃないか」

鮫島が歩を止めて振り向く。

「互いの立場を考慮し、公判が終わるまで話をしないと決めただろう」

「それはそうだが、お前さんの狙いが聞きたくてね」

「狙いだと」

河合は葉巻をもみ消すと、真顔で言った。

「熱心にジェイル通いをしているらしいな」

「その何が悪い」

「まさか本気で、公判を戦い抜くつもりじゃないだろうな」

「何を言っているんだ。当たり前じゃないか」

「待て」と言って河合の顔色が変わる。

「五十嵐さんは責任ある地位にあった。どのみち死刑になる」

鮫島には、河合の言わんとしていることが即座に分かった。

「それを決めるのは君ではない」

鮫島が河合の前に立つ。

「五十嵐さんを救おうとしても、無駄な努力になると教えてやったんだ」

「余計なお世話だ」

そう言って河合の前から去ろうとした鮫島の背に、再び河合の険しい声が聞こえた。

「このままいけば、乾さんまで死刑になるぞ」

「おい」と言って鮫島は振り向くと言った。

「互いに『法の正義』を守って正々堂々と戦おうと言ったのは、どこのどいつだ」

「あれは心構えを言ったまでだ。現実を直視しろ」

「何が現実だ！」

鮫島と河合がにらみ合う。

「考えてもみろ。ここは日本の法廷じゃないんだ。戦勝国が敗戦国を裁くんだ。二人に死刑を宣告しようが、どこからも文句は出ない」

「貴様は、俺に五十嵐さんの弁護を手抜きしろと言うのか」

「そこまでは言っていない。ただ乾さんに罪を着せるような形には持ち込むな」

五十嵐を救うためには乾を追及することになる。どだい無理な相談だった。

「俺はすべてを明らかにした上で、正しい裁きを求めているだけだ」

「では、二人とも死刑となったらどうする。五十嵐さんは、後悔に苛《さいな》まれながら処刑台の階段を上ることになるんだぞ」

河合の言葉がずしりと響く。だが鮫島も引くわけにいかない。

「結果を恐れて『法の正義』を放棄するなど、俺にはできない」

「勝手なものだな」

河合が鼻で笑う。それが鮫島の怒りに火をつけた。

「何が勝手だ。勝手なのは貴様の方だろう」

河合の顔色が変わる。

「では聞くが、貴様はどうして一人で済む死刑囚を二人にしたいんだ」

「それは違う。俺は弁護人としての使命を全うしたいだけだ」

「随分と身勝手な考え方だな」

「何が身勝手だ。思い込みで弁護人の本分を忘れるような男に、弁護人の資格はない」

「何だと！」

河合の鉄拳が飛んできた。それをまともに食らった鮫島はよろけそうになったが、それでも体勢を立て直し、「この野郎！」と言いながら河合に掴み掛かった。

「鮫島、現実を見ろ！」

「知るか！　俺は正義を貫くだけだ」

「この裁判に正義なんてない！」

「そんなことはない！」

二人は上に下になりながら、互いに拳を振るった。だが、そこに駆け付けてくる複数の軍靴《ぐんか》の音が聞こえた。

――しまった。

気を失う前に鮫島が覚えているのは、警備兵が短機関銃を振りかざす姿だった。

十

――俺はどうしたんだ。

直前まで何かの夢を見ていたと思うのだが、それが何かは思い出せない。ただ鮫島の父と五十嵐が、スタンレー・ジェイルの接見室で談笑していた光景だけが頭に浮かぶ。

――二人は何を話していたんだ。

そんなことを思っていると、すでに死んだ父が、ここにいるわけがないことに気づいた。

——ここはどこだ。

ようやく頭が冴えてきて、自室にいることに気づいた。

——そうだ。五十嵐さんの許に行かねば。

起き上がろうとすると、ひどい頭痛に襲われた。

どうやら自室のベッドに寝かされているらしい。頭に手を回すと、包帯が幾重にも巻かれていた。

「無理しないことです」

執務机の方を見ると、ナデラが椅子に座っていた。

「しかし行かねばならない」

「今日は日曜日ですから、ジェイルは閉まっています」

——そうだったな。

鮫島はそのことを思い出した。

「君は、ここで何をしているんだ」

「あなたの世話をするよう本部から命じられ、ここに詰めていました」

今、気づいたのだが、額には冷えたタオルが置かれている。

「いったい俺はどうしたんだ」

「覚えていないのですね」

「ああ」

ため息をつきつつナデラが言う。

「河合さんと取っ組み合いの喧嘩《けんか》をし、警備兵に銃床で頭を打たれたんですよ」

——そうだったのか。

記憶が順を追って浮かんできた。

——河合と立ち話をしていて、何かのことで諍《いさか》いを起こし——。そうだ。警備兵が走ってきて銃を振りかざしていたな。

「思い出したよ」

「それはよかった」

「イギリスという国は、ずいぶんと手荒なことをするんだな」

ナデラが呆れたように首を左右に振る。

「当たり前です。あなたたちは敗戦国の人間です。何をやられても文句を言えません。もしも打ちどころが悪くて死んだとしても、イギリス軍は何とでも言えるのです。逆に警備兵が優しい男で幸いでした」

——その通りだ。

それを忘れて熱くなってしまったことを、鮫島は悔いた。

「河合はどうした」

「幸いにしてあなたの下になっていたので、少々、蹴られただけで済みました」

「で、どこにいる」

「少なくとも今日一日は、自室のベッドの上でしょうね」

蹴られたのが少々でないことは、その話から分かる。

ようやくベッドから身を起こした鮫島は、靴を履こうとした。だが頭痛がひどく、座ったまま頭を抱えてしまった。

「これを飲んで下さい」

ナデラが水の入ったコップと錠剤を持ってきた。

「アスピリンです。頭痛がひどいんでしょう」

「ああ、少しひどいな」

「医者にも診てもらいましたが、触診したところ頭蓋骨に異常はないので、頭痛が治まれば問題はないそうです」

――問題はない、か。

薬を受け取った鮫島は、頭がぼうっとしているためか、しばしそれを眺めていた。

「毒じゃありませんよ」

「分かっている」

飲料水が喉から胃の腑に流れ落ちる。まだ頭痛は治まらないが、水を飲んだことで少し元気が出てきた。

「ありがとう」

「礼は要りません。私は仕事をしているだけです」

「仕事か――」

鮫島は苦笑いした。

――何が「法の正義」だ。何がこれからの日本のためだ。こんなところで、こんな仕事をしていたら命まで取られかねない。

鮫島は自分の仕事に対して笑ったのだが、ナデラは別の意味に取ったようだ。

「私の仕事を笑うのですか」

ナデラの言う意味が分からなかったので、鮫島が黙っていると、ナデラが訛《なま》りの強い英語で畳み掛けてきた。

「私の仕事を笑うなら笑えばいい。いや、私がインド人であるにもかかわらず、イギリス軍で働いていることを笑いたいのですね」

「そんなことはない！」

インド人の気質なのか、鮫島はナデラの思い込みの強さが煩わしくなった。

「あなたは何も分かっていない。ここがどこかも、あなたの立場も、あなたのやろうとしていることも、何もかも分かっていない」

「それは違う！」

鮫島はなおも言い返したかったが、頭痛のためにその気力も失せていた。

「あなたは、『法の正義』とやらを信じて突っ走っているだけだ」

「その何が悪い。君も法務関係の仕事に就いているなら、『法の正義』を守ることの大切さは分かるはずだ」

それには答えず、ナデラは窓際まで歩いていった。

「私はインドで生まれたインド人です。インドは長い間、イギリスの植民地です。そこでは間違ったことをしても、イギリス人は無罪になり、間違っていなくても、インド人は有罪にされます」

「何が言いたい」

徐々に頭痛が治まってきたので、鮫島は気力を取り戻した。

「子供の頃、私の父の兄がやっているレストランに、よく遊びに行きました。そこは高級というほどでもないですが、料理がおいしいと評判で、イギリス人もよく来ていました。ある時、酒に酔ったイギリス人の将校が店のウエイトレスを抱き寄せ、膝の上に乗せようとしました。伯父さんは平身低頭してウエイトレスを放してもらおうとしました。しかし怒った将校は、伯父さんを撃ち殺しました」

鮫島には言葉もない。

「その後、将校は本国に送還されたという噂を耳にしましたが、おそらく無罪放免となったでしょう。イギリス政府は伯父さんにも罪があったと言い張り、訴訟を起こすのはよくないと示唆してきました。父は兄弟たちと相談し、訴訟をあきらめました」

「それは気の毒だったな」

鮫島には、それ以外の言葉が見つからない。

「私は、そんなインドが嫌いでした。インドが自分たちの国になる日を信じて、私は勉強しました。ちょうどイギリス軍が法務関係者を増やそうとしていたので、試験を受けてイギリスに留学を許され、こうして法務将校として採用されました」

イギリス軍には、インドなどの植民地の人々を軍籍に編入できる制度がある。

「そいつはよかったな。だがイギリス人にとってインドは植民地であり、インド人はイギリス人になれないということを忘れるな」

「その通りです。私自身ひどい差別を受けてきました。しかし同じアジア人でありながら、東の端にある小さな国が欧米と同等の力を持っていると聞き、私がいかに勇気付けられたか分かりますか」

「分からない」としか鮫島には言いようがない。

「私たちは日本に期待していました。いつの日かアジアから白人たちを追い出してくれると。そして日本は起ち上がりました」

ナデラは悲しげな顔をしていた。その目鼻立ちのはっきりした褐色の顔を、鮫島は美しいと思った。

「だが日本軍は、君たちの思っていたものとは違っていたというわけか」

「そうです。あなたたちは白人以下でした」

「そんなことはない！　大東亜共栄圏の構築という理想を掲げ、われわれは起ち上がったんだ」

それが嘘っぱちにすぎないことを鮫島も知っていた。だが無意識に鮫島は、今はなき大日本帝国を弁護していた。

「それが理想にすぎないことは、誰でも知っています。日本は自国のことしか考えていなかったのです」

「たとえそうだとしても、日本の植民地政策は植民地からの搾取を目的としていなかった。鉄道を敷き、産業を興し、それによって互いに豊かになろうとしたではないか」

「そんなものは建前です。それでは、あなた方の軍隊はどうですか。インド人や中国人を奴隷のように扱い、暴力を振るいました。それが天皇陛下の軍隊なのですか」

「末端では、そういうこともあっただろう」

「その言い草こそ、あなたの国の軍の上層部と同じではありませんか。そうした傲慢な姿勢の果てに、『ダートマス・ケース』は起こったのです」

——そうかもしれん。

日本軍は快進撃を続け、アジア人でも西洋人に勝てることを証明した。だが同胞であるアジア人を見下し、奴隷のように扱っていたという事実は厳然として残っている。

「君たちに対し、すまなかったと思っている」

「もういいのです。あなた方は十分に痛手を負いました」

「君は、どうして日本人を許すんだ」

「われわれの崇《あが》めるヒンドゥーの神は、終わってしまった過去に拘泥《こうでい》しません。われわれは、これからのインドと日本のことを考えていけばよいのです」

「ナデラ、君は立派な人間だ」

鮫島はナデラという青年を見直した。

「そんなことはありません。私はごく普通のインド人です」

そう言うとナデラが微笑んだ。それはナデラが、鮫島に初めて見せる微笑みだった。

「君の言う通り、われわれも前だけを見ていくつもりだ。しかしそれは、過去の清算が終わってからだ」

「多くの戦犯裁判のことですね」

「そうだ。私はベストを尽くし、私の担当する公判を戦い抜く。ここにはイギリス人、中国人、インド人、そしてわれわれ日本人がいる。多くの人々に『法の正義』が存在することを知らしめていくことが、われわれの使命だ」

「分かりました」

ナデラが納得したようにうなずく。

「鮫島さんがその覚悟なら、私も本気で助けます」

「そうか。ありがとう」

ベッドから立ち上がった鮫島は窓際まで行き、ナデラに握手を求めた。

一瞬、躊躇したナデラだったが、力強く握り返してきた。

「君は随分と力が強いな」

「われわれ若者は、これまで以上に力を入れないといけません」

「そうだ。互いに祖国のため、そしてアジアのために力を尽くそう」

「はい」と言ってナデラが再び強く握ってきた。

鮫島は、この男のためにも「法の正義」を貫かねばならないと思った。

十一

公判開始の九月十九日まで、残すところ十日余りとなった。鮫島は時間の許す限りスタンレー・ジェイルに通った。

この日は、インド洋作戦終了後の五十嵐の動向について話を聞くことができた。

インド洋作戦が中止になった後、第十六戦隊はリンガ泊地に向かった。そこで五十嵐は衝撃の事実を知る。しかし当初は定かでない情報だったので、あえて気に留めないようにしていた。

「どのようにして、その事実を知ったのですか」

「シンガポールの七戦隊から赴任してきた者が教えてくれた。だが、その者も流れてきた噂を耳にしたにすぎないと言っていた」

「それを事実だと思いましたか」

「いいや」と言って五十嵐が頭を左右に振る。

「あれだけ捕虜のことを気遣っていた乾君が、捕虜を処分するなどあり得ないと思った。しかも十六戦隊の指揮下から外れた時点で処分するなど考えられない。それでは、すべての責任を自分が背負わなければならなくなるからね」

「つまり、その噂話を信じなかったのですね」

「そうだ。乾君は目先の問題だけを解決したがる性格だが、先任参謀や航海長がいる限り、そんな無法なことをさせないに決まっていると私は思い込んでいた」

「しかし海軍では、司令官や艦長の命令は絶対なのでは」

「それは、あくまで軍事作戦でのことだ。人道にかかわる問題となれば、意見具申は活発に行われる」

それは鮫島も聞いたことがある。

「しかし処分が行われたということは、誰も乾さんに抗う者がいなかったということですね」

五十嵐は黙って煙草を取り出すと、鮫島が上げたライターで火をつけた。

いかにも苦しげな顔で、五十嵐が煙を吐き出す。

「どうして『久慈』の幹部は、誰も反対しなかったのでしょう」

「これは私の推測だが、皆、長い緊張のため、判断力が鈍っていたのかもしれない」

確かに長時間にわたって緊張状態に置かれると、人は異常な判断を下すことがある。

「しかしなぜ乾さんは、捕虜たちを処分しようと思ったのでしょうか」

鮫島は、それを問わずにはいられない。

「怖かったのさ」

「何を恐れていたのです」

「乾君は出世欲が強かった。だが厄介なのは、自らの砲術理論を実戦で試したいから司令官になりたいという技術者特有の出世欲だった。常の者なら、『偉そうにしたい』とか『格好いいから』といった、くだらん理由で出世したがるものだが、彼の場合は純粋だった」

「つまり七戦隊に前の作戦のお荷物を持っていけば、出世の道が閉ざされると思ったのですね」

「そうだろうね。私が七戦隊の司令官なら、これほどの馬鹿はいないと思うよ」

五十嵐が苦笑する。

確かにそんなことをすれば、乾はその判断力のなさを露呈し、悪くすれば抗命罪に問われることになる。そうならなくても、出世どころか艦長職を解かれて、どこかの閑職に回されることになったはずだ。

「シンガポールが近づくにつれて、乾君は追い込まれていった。それは『久慈』の幹部たちも同じだった」

五十嵐が他人事《ひとごと》のように言う。

「たかが出世のために人を殺せるのでしょうか」

「おそらく俗物的な理由で出世したい者だったら、殺すことまではしないさ。だが乾君は、自分の砲術理論によって敵艦隊を撃滅できると信じていた。だから彼の出世欲は始末に負えなかったのさ」

五十嵐が口惜しげに煙草の火をもみ消す。

「つまり自分が出世することは、日本の勝利につながると信じていたのですね」

「そうだよ。彼は航空戦ではなく、艦隊決戦で勝てると信じていたんだ」

「そんな馬鹿な」

「いや、彼は戦時中からこう言っていた」

五十嵐は乾の説を語った。

「日本軍と連合国軍の軍事力は五倍から十倍の差がある。この状況でまともに戦っても勝ち目はない。そこで占領地域を内南洋だけに限定し、守勢に徹する作戦で戦線を縮小していく。そうすれば連合国、とくに米軍はフィリピン奪還に力を注ぐだろう。そこでわが連合艦隊が入江の多いフィリピン諸島で通商破壊戦を展開する。さすがの米軍も消耗するだろう」

「しかし敵には、レーダーがあるのでは」

「レーダーの精度はいまだ発展途上だ。ジャングルの入江や湾内に潜む小型艦艇まではは捉えられない」

「では、それからどうするというのです。敵に消耗を強いるだけでは勝てません」

「その通り。だが米軍は、いったん始めた侵攻作戦は致命的な打撃をこうむらない限りやめないはずだ。そこで無傷の連合艦隊をフィリピン近海に集結させて決戦を挑むというわけだ」

「艦隊決戦なら、どこでやっても条件は同じではありませんか」

「いや、それは違う。日本の戦艦の主砲命中率は敵戦艦の三倍。重巡洋艦の場合でも二倍になる。しかも九一式徹甲弾と九三式魚雷は、米国のものよりもはるかに優れているので、島嶼《とうしょ》の多い地域での近接戦になれば圧倒的に優位に立てるというわけだ」

「なるほど」

五十嵐の話を聞いていると、乾が天才に思えてくる。

「だが戦争というのは、こちらの思惑通りにはいかない。敵だって馬鹿じゃない。乾君の思い描く通りに動いてくれるとは限らない」

「確かに、そうですね」

「それでも、それだけの構想を思い描き、正式な文書にまとめて軍令部に意見具申するんだから、彼もたいしたものだ」

「でも、それは認められなかったと——」

「そうだ。開戦当時は、『航空主兵・戦艦無用』を提唱する山本五十六《やまもといそろく》元帥が連合艦隊を牛耳っていたからな」

「では五十嵐さんは、乾さんの具申が認められたら、戦況は変わっていたとお思いですか」

「もっと悔いのない戦いはできたかもしれない。だが結果は変わらなかっただろう。ただ——」

五十嵐は皮肉な笑みを浮かべると言った。

「『ダートマス・ケース』で、われわれが裁かれることもなかったはずだ」

それを聞いた鮫島は、暗澹たる気分になった。

「分かりました。では、五十嵐さんのその後に話を戻しましょう」

「インド洋作戦の後のことだね」

鮫島がうなずくと、五十嵐は「その後」について語り始めた。

インド洋作戦が終わった後、第十六戦隊はリンガ泊地で輸送艦隊護衛のための猛訓練に入った。

そして昭和十九年（一九四四）六月、いよいよ「第一次渾《こん》作戦」が発動される。第十六戦隊は失陥の危機が迫るビアク島に陸軍部隊を送り込むべく、ミンダナオ島のダバオに集結後、陸軍部隊を乗せてビアク島に向かった。旗艦は五十嵐の乗る「妙義」だ。だが偵察機が敵艦隊の戦力を過大に見誤ったことにより、五十嵐は揚陸を断念して撤退してしまう。ところが敵は脆弱《ぜいじゃく》なオーストラリア艦隊だったので、念入りに索敵すれば、作戦は成功していた公算が高かった。

この後、第十六戦隊はこの作戦から外され、「第二次渾作戦」は駆逐戦隊が主体となった。だがそれもうまくいかず、「第三次渾作戦」は「大和」と「武蔵」を中心にした主力部隊が投入される。しかし米軍がマリアナ諸島に来襲したため作戦は中止され、孤立したビアク島守備隊は玉砕する。

一方、作戦から外された第十六戦隊はシンガポールのセレター軍港に入り、決戦の時を待つことになる。

五十嵐が目を細めながら言う。

「セレター軍港に入った時、二人の息子が乗る二隻の船が見えたんだ」

「たまたまですか」

「そうだ。駆逐艦の方には長男が、巡洋艦の方には次男が乗っていた」

この時、五十嵐の長男は駆逐艦某の砲術長、次男は重巡某の航海士だった。

「私は二人を誘って料亭に行き、三人で最後の夜を過ごした。この時、息子たちと昔話ができて、とても楽しかった」

五十嵐はそれだけ言うと黙ってしまった。その瞳は遠くを見るように輝いている。

――きっと、その時のことを思い出しているんだな。

この時は、連合艦隊が最後の勝負を懸けた「捷《しょう》一号作戦」の直前だったこともあり、父子はお互いの健闘を誓い合った。

一度は「捷一号作戦」の主力となる艦隊に編入され、ブルネイに向かった第十六戦隊だったが、突然、陸上部隊をレイテ島のオルモックへ輸送するという任務を与えられ、南西方面艦隊に復帰させられた。そのため陸上部隊がいるマニラに向かうことになった。

ところが途次、「妙義」が敵潜水艦の雷撃を受けて大破してしまう。「妙義」は何とかマニラ港に入ったものの、作戦には間に合わず、五十嵐は旗艦を軽巡「釧路」に替え、駆逐艦「風波」と共に作戦に従事する。

だがこの二艦の動きは、すでに敵に察知されていた。オルモックに向かう途次、二艦は敵艦載機の波状攻撃を受け、「釧路」だけで十七名もの戦死者を出してしまう。それでもレイテ島のオルモックへの輸送は成功し、両艦合わせて七百名の陸兵と大量の物資の揚陸に成功した。輸送作戦の成功率が極めて低い中、この成功は注目に値するものだった。

ところがその帰途、敵の艦上爆撃機の空襲を受けて「風波」が沈没した。こうした場合、巡洋艦は漂流する駆逐艦の乗組員を見捨てて退避するのが常識だが、五十嵐は救助に向かった。これにより漂流する者たちの大半を救えたが、その間に敵潜水艦は四方から集まってきていた。

救助活動を終え、急いで退避しようとした「釧路」だったが、敵潜水艦の放った魚雷を受けて大破してしまう。結局、「釧路」は洋上で機関が停止し、五十嵐は、やむなく「総員退去」の命令を下した。

五十嵐は艦と運命を共にしようとしたが、司令部員たちの説得に応じて海へ飛び込んだ。沈没した海域がマニラに近かったこともあって味方の輸送船団に発見され、五十嵐らは九死に一生を得た。

五十嵐が長男戦死の一報を受けたのは、マニラの海軍病院だった。

「その後、傷は癒えたものの、無理して『風波』の救援活動を行い、『釧路』を失ったことから、閑職の上海の支那方面艦隊司令部に回されて終戦を迎えた」

その頃、支那方面艦隊にはろくな艦船が残っておらず、何の作戦にも従事できないまま、五十嵐は陸上で終戦の詔勅を聞いた。

「最初に上海で尋問を受けた時、私は『ダートマス号』の人々が、シンガポールかどこかに上陸したものと思っていた。尋問の時、イギリス人から『久慈』の艦上で処刑されたと聞いて驚いた。それでも私が戦犯として裁かれるとは思いもしなかった」

五十嵐は上海から巣鴨に送られて収監された。この頃、世界はA級戦犯裁判に注目しており、五十嵐ら現場の戦犯容疑者には注目が集まっていなかった。

巣鴨にいる間、一度だけ家族との面会を許され、妻と会うことができた。五十嵐は「無実なのですぐに戻る」と告げたので、妻は安堵して鹿児島へと帰っていった。

「ところが香港に送られてから、雲行きが怪しくなってきた」

五十嵐が不快そうに言い捨てる。

「そこからの経緯は聞きました」

「私にとっては理不尽なことだが、これもお国のためのお務めと思えば、致し方ない気もする」

鮫島がメモを取る手を休めて顔を上げる。

「五十嵐さん、お国のためとか、今は存在しない海軍のためとか、そういう話はやめましょう。今、大切なのは五十嵐さんご本人です。口をつぐんだまま処刑されれば、真実は闇から闇へと葬られます。真実を明らかにし、身の潔白を証明した後、それでも処刑されるなら仕方ないじゃありませんか」

気づくとスコールがやってきており、雨の音が激しく聞こえてきた。

「雨、か」

五十嵐が呟《つぶや》く。

「人生には雨も降れば、晴れの日もあります。今、五十嵐さんは豪雨の中にいます。しかし雨はいつか上がります」

「そうだな。だが――」

雨脚が強くなり、会話するのもままならない。

「もっと強く降ることもある。私は嫌な思いを抱いて死出の旅路に就きたくないんだ」

「しかし真実を証明しなければ、もっと悔いが残るのではないでしょうか」

「真実は大海原にある」

「えっ、どういうことです」

五十嵐の言った言葉の意味が、鮫島には分からない。

「われわれ海軍軍人は、海に抱かれ、海に鍛えられる。だから海は母のようなものさ。海が真実を知っていれば、それで十分なんだ」

「五十嵐さん、そんなことをおっしゃらず、法廷で無実を証明しましょう」

「君は、どうしてもそうしたいのか」

五十嵐が冷めた口調で問う。

「はい。私は五十嵐さんと一緒に、大海原に刻まれた真実の航跡を追いたいのです」

「真実の航跡か。いい言葉だな」

五十嵐の口元に笑みが浮かぶ。

「いかなる判決が出ても、真実を追おうとする限り、誰も不幸になりません」

「法とは、そういうものなのだな」

「そうです。誰にも慮《おもんぱか》ることなく、ただ一途《いちず》に真実を追求する。それが敗戦国日本で生きる、われわれの使命ではないでしょうか」

「敗戦国の使命か」

五十嵐が苦渋に満ちた顔をする。

「そうです。ここで様々な事情を慮って私が手抜きをし、五十嵐さんが死刑になることは、これからの日本を再建していく上でいいことではありません。正々堂々と法廷で戦い、それによって世界の人々に新生日本を知ってもらうのです」

「つまり君は、これこそが新生日本のための戦いだというのだな」

「そうです。真実を追求して正義を貫くことだけが、今の日本人にできることです。それをやらずに事をうやむやにしてしまえば、日本は――」

鮫島は感極まった。

「日本はいつまで経っても、今の苦境から脱することはできません」

五十嵐は二本目の煙草を取り出すと火をつけた。それをうまそうに吸いながら、五十嵐は窓の外に目をやった。

雨の音だけが、やけに大きく聞こえる。

「分かった。やりたまえ」

五十嵐が落ち着いた口調で言う。

「乾君も帝国軍人だ。覚悟はできているはずだ」

「よろしいんですね」

「ああ、構わんよ。この南国の空の下で、日本男児の心意気を見せてくれ」

「五十嵐さん――」

鮫島は感無量で言葉もなかった。

第三章
方形の戦場

一

昭和二十二年（一九四七）九月二日、待ちに待った日本からの証人が到着した。港まで出迎えに行った鮫島は、彼らが小突かれるようにして船倉から連れ出されてくるのを見て、申し訳ない気持ちでいっぱいになった。

同じ輸送船には、河合やバレットが召喚した証人たちも乗っていた。そちらは河合やバレットが出迎え、肩を抱くようにして連れていった。証人たちは長く過酷な船旅で憔悴《しょうすい》しているのか、足元はふらつき、顔に笑みはなかった。

鮫島の許に四人の証人が連れてこられた。元南西方面艦隊司令部参謀長の小山賢司中将、元「妙義」艦長の藤堂恭一大佐、元「久慈」高角砲指揮官で事件当日の衛兵司令だった赤石光司大尉、さらに追加で召喚した元「久慈」副長の柳川孝太郎中佐だ。

なお、同じく追加で召喚した「久慈」の航海長は、進駐軍徴用列車で呉に向かう途中、姿をくらましたという。いくら己の保身のためとはいえ、あまりの行為に鮫島は憤りを感じた。しかしそれなら、手中にある証人たちを使って法廷闘争を勝ち抜くしかない。

重要な鍵を握ると思われた元第十六戦隊先任参謀の加藤伸三郎少将は、コレヒドールの戦い後に行方不明となっているとの通知が届き、召喚は叶わなかった。すでに戦死公報が遺族に送られているらしく、戦死したと考えるのが妥当だった。

鮫島は長旅をねぎらい、証人たちを宿舎で休ませることにした。

翌日、四人を個々に呼び出した鮫島は、この裁判には人命が懸かっていること、自分と五十嵐は証人たちに嘘をつかせてまで有利な発言を求めるつもりはないこと、聞かれたことにはすべて正直に答えてほしいことなどを伝えた。

その後、鮫島はヒアリングを行った。事実関係を確認し、齟齬を来している点があれば是正することで、法廷の進行をスムーズに行うためだ。

ヒアリングには助言者のアマン・ナデラ少尉も同席していた。鮫島が証人たちに誘導や口裏合わせを行うことを防ぐのが、ナデラの役割だ。

だが鮫島も五十嵐も正々堂々と公判を戦うことを期しているので、彼らに嘘をついてもらうつもりなどなかった。

十八時を過ぎ、ようやく四人のヒアリングが終わった。最後の一人とナデラのために呼んだ通訳が出ていき、部屋には鮫島とナデラだけになった。

「何度聞いても辛い話だな」

鮫島がため息交じりに言う。

「私も辛かったです」

——日本人が、なぜそんなことをしたのだ。

いくつもの偶然が重なったとはいえ、同じ日本人がこれほど残虐なことをしたとは、とても考えられない。

思い余った鮫島はナデラに謝罪した。

「すまなかった」

「なぜ、あなたが謝るのですか」

「同じ日本人として謝ったんだ」

「そうした同胞意識が、私には理解できません。あなたに責任はありません」

「それは分かっている。では、謝ったことを謝るよ」

ナデラと一緒に過ごすことが多くなり、鮫島は日本人とインド人のメンタリティや価値観に大きな隔たりがあると知った。日本人は連帯責任という意識が常にあり、同胞のしたことにも謝罪する。しかし個人主義が浸透している欧米やインドでは、他人のしたことを謝るという感覚が理解できないのだ。

「証人たちのことをどう思う」

「Liar」

ナデラが断じる。

「嘘つき、か」

彼らは嘘をついているのではなく、「自分は、こうした方がよいと思ったのだが言えなかった」「おかしいと思ったのだが、自分の立場では何もできなかった」といった自己弁護に走っているのだが、ナデラにとって、それは嘘でしかないのだ。

――日本人は変わった。

日本人は敗戦によって大きな変容を遂げた。それは旧帝国軍人たちも同じで、かつては強い精神力と固い絆《きずな》で結ばれていた彼らも、今は保身に走らざるを得なくなっている。とくに敗戦によって仕事を失った軍人の生き残りたちにとって、戦犯裁判はこの上なく迷惑なものだった。

――敗戦は日本人から誇りを奪い去り、利己主義を植え付けていったのか。

軍人でなかった鮫島にも、それは恥ずかしいことに思える。だが、かつての軍人たちにとって、今日明日の糧を得ることこそ喫緊の課題なのだ。

「君には、四人とも保身に走っているように見えたのか」

「はい。彼らにとって戦争は忘れ去りたい過去のことで、いち早く新たな人生に出発したいのです。つまり五十嵐さんも乾さんも過去の人なのです」

ナデラが感情を剝き出しに言う。

「彼らから、五十嵐さんに有利な証言は得られるだろうか」

「それは公判になってみないと分かりません」

最初の頃に比べれば随分と親しくなったものの、ナデラは助言者であり、法務将校であるという立場を守り、心の内を明かさない。

「逆に質問させてもらいますが、あなたは、なぜ赤石さんを召喚したのですか」

「処分命令を受けた時の状況を、判事たちに正確に伝えるためだ」

「しかし赤石さんは検事にも召喚されています。バレット少佐は残虐な処刑シーンを再現させることで、判事や傍聴人たちの感情を硬化させようとしています。そういう人をあなたが召喚した意味が、私には分からない」

「それは簡単なことだ。たとえ意に染まないことでも、日本の軍人にとって上官の命令は絶対で、それが守れなければ、軍人として失格だと知らしめるのだ」

「それが五十嵐さんを救うことにつながるのですか」

「そうだ。五十嵐さんも命令を受ける立場だったことを、判事たちに思い知らせる」

「本当にそれだけでしょうか」

ナデラが猜疑心《さいぎしん》をあらわにする。

鮫島は法廷戦術の一つとして、赤石を問い詰めて乾に対する不満を噴出させようと思っていた。だが確かにそれが、五十嵐にプラスになるかどうかは分からない。

「助言者として言わせていただくと、見え透いた手を使っても逆効果です。ただ一途に真実を求める姿勢が大切です」

——Go straight to the truth か。

だがこの道をまっすぐ行ったところで、その先は行き止まりなのだ。

「帰ってもよろしいですか」

気づくと、ナデラが鞄《かばん》を小脇に抱えて立っていた。

「ああ、帰っていいよ。遅くまですまなかった」

「構いません。これが仕事ですから」

そう言うと、ナデラは部屋から出ていった。

一人になった鮫島は、ビクトリア・ピークの見える窓際まで行くと、すでに夜景となった外を眺めた。

——俺がやっていることは間違っているのか。

ビクトリア・ピークはすべてを見通しているかのように、闇の中にぼんやりと浮かんでいた。

その時、ドアをノックする音が聞こえた。

ナデラが忘れ物をしたのだと思った鮫島が、「鍵は開いている。入って構わない」と答えると、案の定、ナデラが入ってきた。だが、その背後の人物を見た時、鮫島は組んでいた腕を解いた。

「バレットか」

「お久しぶりです。いや、昨日お目に掛かりましたね」

バレットも証人を迎えに港に来ていた。だが双方は互いの姿を認めただけで、会話は交わさなかった。

「何の用だ」

「あなたに言いたいことがあります」

バレットの瞳は怒りに燃えていた。

「いいだろう。話を聞こう。それでナデラも同席させるのか」

「私が希望したのです」

ナデラが視線で合図を送ってきた。それによりナデラが、万が一の場合の仲裁役を買って出たことが分かった。

二人をデスクの対面に座らせると、鮫島はバレットに用件を言うよう促した。

「あなたは赤石さんを召喚しましたね」

「ああ、そうだが――」

「われわれも赤石さんを召喚しました」

「それは知っている。一人の人間が、検事と弁護人双方の証人とされるのは問題ないはずだ」

「その通りです。しかし五十嵐さんの弁護人のあなたが、なぜ赤石さんを必要とするのですか」

ナデラをちらりと見ると、「自分が吹き込んだのではない」と言わんばかりに下唇を少し突き出し、頭をわずかに振った。

「私は赤石氏が受けた命令と、その行ったことを法廷で明らかにしたいだけだ」

「それは、われわれの仕事です」

「分かっている。君の尋問は過不足ないものになるだろう。だが私は私の観点から質問し、事件の経緯を明らかにしたいのだ」

それが言い訳なのは、自分でも分かっている。しかしバレットが何らかの圧力を掛けてきたとしたら、容易に屈するわけにはいかない。

「それは詭弁《きべん》です」

バレットは「Sophistry」という難しい英語を使った。

「詭弁とは欺瞞《ぎまん》（Deception）のことです。あなたは、単に赤石さんを怒りに追い立てようとしているだけだ」

「それは違う！」

鮫島が机を叩く。

「何が違うのですか。あなたは赤石さんの乾さんへの憎悪をかき立て、乾さんにとって不利な証言を引き出そうとしています」

「それは言いがかりだ！」

二人が立ち上がってにらみ合う。それに合わせてナデラも立ち上がったが、冷静な口調で言った。

「バレット少佐、あなたの立場で弁護人の弁護方針に干渉するのはよくないことです。鮫島氏の赤石氏への尋問は、判事たちが承認したものです」

バレットがナデラをにらみつける。その顔には「お前はどっちの味方だ」と書かれていた。しかしナデラが鋭い眼光でバレットをにらみ返すと、自らに非があると認めたのか、バレットは大人しく腰を下ろした。

「鮫島さん、私の立場からは何も申し上げられない。だが私は真実を追求し、法の正義を貫くためにベストを尽くすのであり、二人を処刑することが目的ではない」

「それは分かっている」

「だがあなたは、もう一人の被告をも処刑しようとしている」

「そんなことはない！」

ナデラがバレットの腕を取る。

「バレット少佐、あなたは弁護人に干渉できない。これ以上やると、私は判事に報告せねばならなくなります。もう行きましょう」

「分かった。だが鮫島さん、あなたのやろうとしていることは間違っている」

それだけ言うと、ナデラに引っ張られるようにしてバレットが出ていった。

その覚束ない足取りから、バレットがしたたかに酔っていることを、この時になって知った。

――奴にもプレッシャーが掛かっているんだ。

当初は、法の正義を貫くために検事となることを望んでいたバレットだったが、人を死に追い立てる作業を自分が担っていることに気づいたのだ。

――奴は「日本人憎し」という感情と、人を死に追いやる検事という立場の狭間で苦しんでいる。

鮫島には、バレットの気持ちが手に取るように分かった。

――それでも時が来れば、公判は始まる。バレットも河合も俺も、そして二人の被告も逃げることなどできないのだ。

覚悟を決めるべき時は目前に迫っていた。

二

いよいよ公判初日の九月十九日になった。

まだ夜が明けやらぬうちに目覚めた鮫島は、熱いシャワーを浴びて出廷の支度を整えると、少し早めに第五法廷に入った。すでに通訳や速記者は席に着いており、傍聴人席も英国人らしき老若男女でいっぱいになっている。本国から派遣されてきた記者が半数以上を占めているのだろう。この裁判は、それほどイギリス本国でも注目を集めているのだ。

十分前になると、エスコートと呼ばれる警備兵に左右の腕を取られるようにして、五十嵐と乾が連れてこられた。

二人とも夏用のジャケットに開襟シャツというういで立ちで、これから裁かれる被告のようには見えない。

――記者たちの目を意識しているな。

新聞の中には、このケースを何回にもわたる特集記事で大々的に取り上げると発表したところもあり、裁判所の方でも正当な待遇をしていることを示したいのだろう。

鮫島が乾を見るのはこの時が初めてだったが、いかにも負けん気が強そうな顔とは裏腹に落ち着きなく視線をさまよわせているのは、不安に押しつぶされそうになっている証拠だろう。

——とても海軍軍人には見えない。

海軍軍人は兵学校でスマートネスを叩き込まれるので、口数の少ない紳士的な人物が多い。五十嵐などその典型だろう。だが乾はそうしたイメージとはかけ離れている。

——五十嵐さんが手こずったのも分かる気がする。

一方の五十嵐は、高僧のような清々《すがすが》しい顔で達観したように瞑目している。むろん二人とも、視線を一切合わせようとしない。

気づくと河合とバレットも着席していた。バレットは緊張しているのか、手元の起訴状をせわしなく見ている。一方の河合は自信ありげに法廷を睥睨していた。

時計の針が十時を指した。

「Court!」という執行官の声が法廷内に響きわたる。

傍聴人も含めた全員が起立すると、三人の判事が入廷してきた。

右手の部屋から姿を現した三人は、裁判長のアンディ・ロバートソン中佐、陪席のパウエルとカーターの両少佐だ。彼らは法務官だが、この裁判が軍管轄下の戦犯裁判であることを明確にするため軍服を着用している。

向かって左手陪席にカーター、中央裁判長席にロバートソン、右手陪席にパウエルの順で着席する。

開廷が宣言されると、裁判長、陪席、通訳、速記者の順で、聖書の上に手を載せて神への宣誓を行った。続いて被告二人が証言台に呼ばれ、形式的な人定《じんてい》尋問がなされ、いよいよ公判が始まった。

バレットが立ち上がり、起訴状の朗読を始める。起訴状は事件の概略を説明し、それが行われた日時を読み上げるもので、とくに目新しい内容はない。

それが終わると罪状認否となる。裁判長が起訴事実を認めるかどうか問うと、二人の被告共に「Not guilty」と宣言した。

それを聞いた鮫島はほっとした。万に一つだが、五十嵐が罪を認めてしまう可能性があると思っていたからだ。

弁護人二人も審理の続行を尋ねられたが、二人とも「No objection」と声高に答えた。これは、被告と弁護人の意思が齟齬を来していないか確認するために行われる。

バレットが再び立ち上がり、冒頭陳述を始めた。これは起訴状の朗読とは違い、香港戦犯部がまとめたもので詳細にわたる。それが一時間も続いた後、複数の生存者が提出した口供書や宣誓供述書が読み上げられた。

それで、この日は閉廷となった。

初日が終わり、鮫島は法廷を後にするとロビーに出た。傍聴人たちも帰ったのか、ロビーは閑散としていた。

その時、第七法廷でも公判が終わったらしく、被告が連れ出されてきた。まだあどけなさの残る若者である。

——こんな若者まで戦犯裁判に掛けられているのか。

鮫島が道を譲るべく、廊下の壁面に寄った時、両腕を取られた被告と目が合った。

「あなた、Lawyerか」

若者は鮫島に向かってそう尋ねた。

戸惑いながらも「ああ、そうだが」と答えると、その若者は鮫島の前に両膝をつき、日本語で叫んだ。

「お願い、助けて！」

突然のことで、エスコートの二人も唖然としている。

「助けて。私、殺される」

若者が鮫島の靴に額をこすり付ける。

「お願いです。私、軍曹に言われてやっただけ。私、やりたくない言ったよ。でもやらないと、軍曹ぶつね」

若者は泣きながら、懸命に何かを訴えようとしていた。

その時になって、鮫島はその若者が日本人でないことに気づいた。

「君は日本人じゃないのか」

「そう。私、台湾から来たね」

「Stand up!」

エスコートの二人が若者を抱え起こそうとする。

「私のLawyer、悪い人。私、日本語だめ。だからJudge、何も分からない」

――台湾語の通訳が付かなかったのか。

若者は片言の日本語で、懸命に自分の無実を訴えたはずだ。だが日本人の弁護人はろくに話を聞かず、若者の言い分を裁判官に伝えようともしなかったのだろう。

「私、嫌だと言ったけど連れてこられた。早く帰って仕事しないと、家族食べられない」

どうやらその若者は、日本軍に軍属として徴発され、台湾から無理に連れてこられたらしい。

軍属とは、軍隊に所属しているが戦闘以外の雑事に携わる者のことで、おそらくこの若者も、炊事、洗濯、輸送などの下働きをさせられていたに違いない。

「お母さん待ってる。私、台湾、帰りたい」

若者の泣きじゃくる声がロビーに反響する。

二人のエスコートが若者の両脇を抱え、強引に抱き起こす。

「Please wait」

鮫島の声に、エスコートの足が止まる。

鮫島は胸ポケットから煙草のケースを取り出すと、若者に差し出した。

「私にしてあげられることは、これだけだ」

エスコートの一人が煙草を受け取り、若者の胸ポケットにねじ込んだ。

「ああ、助けて」

懇願する若者に鮫島は背を向けた。

——許してくれ。俺には何もしてやれないんだ。

若者の泣き声が遠ざかっていく。足を引きずられているのか、そのつま先が発する摩擦音が、鮫島を責めているように聞こえる。

人の気配がしたので振り向くと河合が立っていた。

「あれは、第七法廷で裁かれていた台湾人の軍属だ」

「台湾人の軍属がなぜここにいる。いったい彼が何をしたんだ」

「聞いたところによると、日本人の憲兵隊長に命じられ、現地の人を殺したらしい」

「その憲兵隊長はどうした」

「終戦前、内地に転属になったようだが、行方不明らしい。おそらく姿をくらましたんだろう」

「で、判決は――」

「もちろん死刑さ」

「なぜ死刑なんだ。命令されてやったんだろう」

「ああ、そうさ。だが命じられた時に抗命していない限り、死刑となる。それが連合国軍裁判の不文律だ。しかし台湾人の軍属が憲兵隊長に抗命できるか。そんなことをすれば、自分が殺されて埋められるだけだ」

河合が吐き捨てるように続ける。

「しかも、ここの憲兵裁判も峠を越えたので、弁護士もろくなのが残ってない」

河合は首を左右に振ると声を潜めた。

「東京弁護士会が員数合わせで送り込んできた弁護士が、たいして話も聞かず、弁護もしなかったのさ。そいつは弁護士仲間に、『早く済ませて帰りたい』と漏らしていたらしい。それで、あっという間に結審したのさ」

「そんな理不尽があってたまるか。あの台湾人は無理に連れてこられ、人殺しを強要された上、裁判でろくな弁護もされなかったというのか」

あの台湾人の若者は、戦後になっても日本人に苦しめられていた。

――それでも彼は、恨むべき日本人の一人である俺を頼ってきた。

それを思うと、日本人としての罪悪感に胸が締め付けられる。

「鮫島、これが現実だ。だが、あの若者の裁判は俺たちには関係ない。ここでは自分の仕事以外、何事にもかかわらん方がいい」

「そんなことは分かっている」

「分かっているなら煙草などやるな」

河合が咎めるような口調で言う。それに一理あると思った鮫島は話題を変えた。

「で、俺に何か用か」

「赤石さんを呼んだんだってな」

鮫島が口を閉ざす。

「お前は乾さんを死刑にするためなら、どんな手でも使うのか」

「何を言う！」

鮫島が激したので、ロビーで立ち話をしていたイギリス人たちがこちらを向いた。

「もう取っ組み合いはしないぜ。お前が怖いんじゃなくて、奴らに殴られるのが嫌だからな」

河合が、おどけた仕草で両手を前に出す。

——われわれもイギリス人に殴られ、蹴られることには変わりがないんだ。

あの時のことで、自分たちの置かれた立場がいかに脆《もろ》くて弱いものか、鮫島は思い知った。

「鮫島よ、お前がそこまでするとは思わなかった。だが負けはしないぞ」

「河合、俺たちは戦っているわけじゃない」

「いや、違う。お前が乾さんを死に追い込もうとする限り、俺たちは仇《かたき》どうしだ」

それだけ言うと、河合は行ってしまった。

――どうしてなんだ。

職務に忠実であろうとすればするだけ、鮫島は孤立し、周囲から非難の声を浴びせられる。

――こんな公判があってたまるか！

そうは思ってみても、ここで投げ出すわけにはいかない。

弁護人は自由人なので、ケースから降りる権利は持っている。だが、イギリス兵のガードなくして街に放り出されれば、怒りに燃える香港人たちによって殺されるかもしれない。この建物で働くオーダリーたち同様、鮫島が独力で日本に帰国することは不可能なのだ。

――つまり俺も、この島に囚《とら》われているということか。

職務を全うする以外に帰る道がないことを、この時、鮫島は覚《さと》った。

三

公判の冒頭は事実関係の確認に費やされた。

まず日本から召喚した元「妙義」艦長の藤堂恭一大佐や元「久慈」副長の柳川孝太郎中佐が、通信記録などを元に「ダートマス号」撃沈までの経緯を語った。これには、とくに目新しいものはなかったが、この事件を「妙義」「久慈」双方の視点から把握するには、絶好のものとなった。

続いて「ダートマス号」に乗っていた人々の出番となった。

バレットは生き残った人々、すなわち「ダートマス号」の船長、乗員、乗客などを証言台に立たせ、撃沈された時の状況から捕虜となってバタビアに上陸した後のことまでを語らせた。

これらの証人たちは、そろって日本軍の待遇を口汚く罵り、ひどい虐待を受けたという証言までした。とくに船長は下劣な言葉で、日本軍の待遇について悪口雑言を並べたため、幾度となく裁判長にたしなめられた。

元々、「ダートマス・ケース」は、船長がイギリス軍から受け取っていた警告を無視し、危険な航路を取ったために起こった事件であり、イギリス人たちも、内心では船長に対してよい感情を抱いていない。

そうした空気を感じ取った鮫島が、反対尋問の時に「なぜ、危険な航路を取ったのか」という質問をすると、船長は烈火のごとく怒り、汚い言葉で鮫島を罵った。

それを見かねた裁判長が何か合図すると、エスコートがやってきて船長の両腕を被告のように背に回し、法廷の外に連れ出した。

一方、鮫島も「『ダートマス号』の船長がイギリス軍の警告を無視した事実はあるものの、本件の審理に直接かかわりがないので以後、触れないように」と、裁判長から注意された。

こうしたことはあったものの、事実関係が明らかになってきた。結論としては、これが完全な殺人事件であるという事実は変わらず、それが誰の意図によって行われたかに、焦点が絞られていくことになる。

まず、「軍令部から南西方面艦隊司令部に、『捕虜を処分しろ』という命令があったのかなかったのか」という点から議論が始まった。

処分命令についての証拠資料は一切なく、「船舶の拿捕および情報を得るために必要最低数の捕虜を除く、すべての捕虜を処分すること」と書かれていた「口達覚書」も残っていない。

この件に関しては、まず元南西方面艦隊司令部参謀長の小山賢司中将が証言台に立たされた。この人物は、南西方面艦隊司令長官だった篠田五郎海軍中将の片腕ともいうべき存在だ。

バレットが立ち上がる。

「あなたは、篠田司令長官と共に軍令部から来た命令すべてを見ることのできる地位にあったと思いますが、間違いありませんね」

「すべてではありません。あくまで参謀長は司令長官を補佐する立場にあり、その判断を助けるための情報収集や意見具申を行うのが役割です」

「では、インド洋作戦の命令書、いわゆる『作戦命令』を見ていなかったのですか」

「それは見ていました」

「では、その時、それに付随して軍令部から来た『口達覚書』を見ていますね」

「見ていません」

その言葉で法廷内にざわめきが起こった。

——何ということだ！

事前のヒアリングで「見た」という確認を取っていたにもかかわらず、小山は証言を翻《ひるがえ》した。

鮫島は傍聴席にいるナデラを見たが、ナデラも信じられないという顔をしている。

だが事前のヒアリングには証拠価値がないので、同じ言葉を聞いていたナデラにも、小山が証言を翻したと証言することはできない。

「では、あなたは五十嵐被告の見たという『口達覚書』について、全く覚えていないというのですね」

「はい。記憶にありません」

法廷内が再びざわついたので、裁判長が「Silence!（静粛に！）」と言ってガベル（木《き》槌《づち》）を叩いた。

鮫島はちらりと五十嵐の方を見たが、五十嵐は軽く瞑目し、微動だにしない。

――覚悟していたのだ。

終戦後、元海軍の上層部と軍令部の幹部たちは戦犯裁判の証人に呼ばれそうな者に接触し、「責任を自分たちに押し付けると、天皇陛下の責任が問われる」ということを盾に、「知らぬ、存ぜぬ」を押し通すよう指示していた。むろん天皇陛下云々《うんぬん》というのは建前で、自らの保身に走っているにすぎない。

そのことを弁護士仲間から聞かされた鮫島は、元軍人たちの卑怯な行為に啞然とした。

「では質問を変えますが、インド洋作戦に関して軍令部から来たものは、正式な命令書だけでしょうか」

「この作戦に関して、私は命令書以外、目にしていません」

小山が淡々と語る。その様子や眼差しからは、嘘偽りを言っているようには見えない。

――「天皇陛下を守る」という大義を掲げているからだ。

バレットは最後に、「捕虜処分命令の出所がはっきりしない限り、五十嵐被告は自らの復讐感情から『口達覚書』なるものを捏造《ねつぞう》し、それを下達したとしか考えられません」と結論づけて尋問を終わらせた。

――おそらくバレットも、小山の言っていることが偽りだと分かっているはずだ。しかし彼は、偽りを正当化しなければならない立場にある。

バレットの苦しみが、自分のことのように感じられる。

「弁護人、反対尋問はありますか」

裁判長の問い掛けに、河合が「ありません」と応じる。乾の立場からすれば当然だ。

一方、鮫島は「あります」と言って立ち上がった。

「小山さん、あなたは昭和十八年（一九四三）九月二十七日、ペナンの南西方面艦隊司令部を訪れた五十嵐被告に、篠田司令長官と共に会いましたね」

「はい」とはっきり答えたものの、小山の顔には不安の色が萌《きざ》している。

「その時、あなたたち三人の間で、『処分』という言葉の意味をめぐって議論がなされたことを覚えていますか」

「記憶にありません」

「では、あなたは『東京に行った際、軍令部にいる同期から聞き出したことだが、どうやら外交ルートを通じてドイツから、〈敵の人的資源を断ってほしい〉という要請が出ているそうだ』という言葉を、その席で発していないと仰せですか」

　傍聴席から非難のどよめきが起こる。

「覚えていません。だいいち軍令部にいる同期とは会っていません」

「では、軍令部で聞いたこの作戦の目的が、ドイツとの共同作戦を行う前提条件だったとか、Uボートの技術情報を提供してもらうためだったとか、あなたはご存じなかったと仰せですか」

「存じません」

「それはおかしい。そうした目的が分かっていないと、インド洋作戦自体の趣旨が揺らぎます。ではあなたは、目的もよく分からずに、第十六戦隊司令官だった五十嵐被告に作戦命令を伝えたのですか」

　小山が言葉に詰まる。海軍の常識からして、あり得ないことだからだ。

　裁判長が厳《おごそ》かに言う。

「証人は答えて下さい。もしも虚偽の証言をすれば、証人は裁かれることになります」

　裁判長も小山の嘘に薄々気づいているのだ。

「私は単に相手の商船を拿捕し、その積載物を得るための作戦だと思っていました」

「それもおかしい」と再び鮫島が指摘する。

「あなたは、重巡洋艦三隻が消費する燃料がどれほどのものかご存じでしょう。しかも必ずしも見つけられるとは限らない商船を探して拿捕し、その積載物をわがものにするという行為は、引き合わないのではありませんか。それを軍令部に意見具申しなかったのですか。もしそうだとしたら、まれに見る無能な参謀長ではありませんか」

法廷内が笑いに包まれたが、バレットは「Objection!」と言って立ち上がった。

「それは本件の趣旨とは異なります」

「Dismiss（却下します）」と裁判長が答える。

「私は、本件の本質部分にかかわることだと思います」

「失礼しました」と言ってバレットが席に着く。

――タイミングを外したかったのだな。

バレットは、異議を却下されるのを承知の上で、証人への追及の矛先を和らげようとしたのだ。

――奴は侮れない。

鮫島は気を引き締めたが、引き時も覚っていた。

「反対尋問を終わります」

小山という男が「何かを隠している」ないしは「嘘の証言をしている」ことを法廷内に印象付けられれば、今の段階での目的は十分に達せられたことになる。これでこの日は閉廷となったので、鮫島は五十嵐と会って今後の方針を練ることにした。

四

裁判所内にある拘置所の狭い接見室で、鮫島と五十嵐は対面していた。

「今日は懐かしい顔に会えたな」

五十嵐が皮肉っぽい笑みを浮かべる。

「これから、もっと出てきますよ」

「そのようだね」

すでに五十嵐には、証人として召喚した関係者の名前を伝えてある。

「それにしても、小山さんの態度は許せません」

五十嵐が穏やかな口調で言う。

「人とは、その立場によって言うことが変わるものだ。日本が負けていなければ、小山さんも軍人としての矜持を貫いただろう。だが、もう帝国海軍はない。これから彼は、敗戦国日本の一員として生きていかねばならんのだ」

その言葉には、あきらめとも達観ともつかない感情がにじんでいた。

――日本に国家主権がなくなろうと、日本人は生きていかねばならない。皆、その方策を模索しているのだ。過去など振り返っている暇はない。

しかし戦犯だけは、過去を清算しなければならない。つまり前を向くことを許されず、過去の自分の行為と向き合っていかねばならないのだ。それでも鮫島は、五十嵐を過去の人として葬り去ろうとする小山に対する怒りが抑えられない。

「あの方は、あんな偽りを言って良心が痛まないのでしょうか」

「彼には彼の立場がある。死んでいく者に義理立てしても無駄なことだ。それよりも、生きている者たちが助け合っていかねばならんということさ」

――生き残った元帝国海軍の軍人たちが互いに助け合い、仕事の斡旋《あっせん》などを通じて新たな人間関係を築いていくということか。その輪の中に、五十嵐さんは入れてもらえないのだ。

あまりの理不尽さに、鮫島は怒りを通り越して呆れていた。

「それが帝国海軍の軍人なのですか。それが日本人なのですか!」

「鮫島君――」

五十嵐が慈愛の籠もった眼差しで言う。

「私が逆の立場だったら、そうしていたかもしれないんだぞ」

鮫島はその一言に衝撃を受けた。

「人間など、それだけ弱いもんだ。彼らは『天皇陛下に累が及ばないように』ということを旗印にして、自分が正しいことをしていると思い込みたいのだ。そして私に対して、『黙って死んでくれ。それが天皇陛下への忠義ではないか』と心の中で思っているのさ。つまり私の方こそ、陛下を危険に晒す不忠の徒なのだ」

「そ、そんな――」

「それが、この裁判の難しいところだ。法の正義の下で正しい裁きを求めれば求めるほど、生き残った者たちは私のことを、不忠の徒だと思うだろう」

「そんなことはありません。五十嵐さんには、正しい裁きを受ける権利があります！」

「だがその権利は、彼らの認めるものではない。彼らは黙って私に死んでほしいのだ」

鮫島は悄然《しょうぜん》と頭《こうべ》を垂れた。

「これからも、こんなことが繰り返されるんだろうね」

「五十嵐さん、たとえそうだとしても――」

「君の気持ちは分かっている。一度戦うと決めたからには最後まで戦い抜くよ。それがいかに辛いことだとしても、やると言ったらやる」

この時、鮫島には気づいたことがあった。

「今、五十嵐さんの危惧していたことの意味が分かりました」

「鮫島君、われわれは戦争に負けた。その屈辱を味わわされるだけでなく、これまで共に戦ってきた仲間たちとの絆さえ、こうして断ち切られていくんだ」

——それが海軍一家と言われるほどの結束力を誇った帝国海軍の軍人たちにとって、どれほど辛いことか。

それを、これからも五十嵐は味わっていかねばならないのだ。

——それは俺と河合も同じではないか。

日本人が絆を取り戻す日が、再び来るかどうかは分からない。だが連合国は、そうした日本人の結束力を破壊し、個々の人間の醜さを露呈させることまで、日本人に対する懲罰として考えているに違いない。

五十嵐が鮫島の渡した煙草をうまそうに吸う。

「君ら弁護人は実によくやっている。私は感謝しているよ」

「そんなことはありません。隣の第七法廷では、私と同じ弁護人がお手盛りの弁護をし、台湾から連れてこられた若者が死刑を宣告されました」

「そうか。憲兵の下士官あたりに、中国人を殺すよう無理強いされたんだろう」

鮫島が口惜しさのあまり膝を叩く。

「おっしゃる通りです。その弁護人は自分が早く日本に帰りたいあまり、彼の言い分を、ろくに判事に伝えもせずに結審させたそうです」

「ひどいもんだな。だがその弁護人が君のように必死に弁護したところで、判決は変わらなかったかもしれない」

「なぜですか」

「台湾人の若者に殺害を命じた憲兵はどうした」

「行方不明だそうです」

五十嵐が「さもありなん」という顔をする。

「その若者は憲兵の身代わりだ。一人でも殺された戦犯事件では、最低でも一人は死刑にせねばならない。それが戦犯裁判の不文律だ」

「それでは、あの若者が可哀想ではありませんか」

「では、被害者は可哀想ではないのか」

「それは――」

鮫島が言葉に詰まると、五十嵐が話題を転じた。

「鮫島君、これからどうする。君がお手盛りの弁護に切り替えても、私は文句を言わない。ここで無駄に頑張っても帰国が遅くなるだけだぞ」

「何を言うのですか。私は――」

鮫島が唇を嚙む。

「君はこれからも弁護士会に所属し、弁護士として生きていかねばならん身だ。私の弁護に全力を尽くすことが、君の将来にプラスになるとは思えない」

「いえ――」と鮫島が威儀を正す。

「それでも構いません。私にも弁護士としての誇りがあります」

「分かった。君がその覚悟なら、私も最後まで付き合おう」

五十嵐が煙草をもみ消した。

この後、今後の弁護方針などを伝え、鮫島はこの日の打ち合わせを終えた。

五

連日、公判は続いた。休廷は土曜の午後だけで日曜も公判があった。

バレットは幾度となく小山を証言台に立たせ、捕虜処分命令の出所を追及したが、結局は判然としなかった。

バレットが様々な角度から質問しても、小山は「記憶にありません」と繰り返し、処分命令が軍令部から出ていることは、最後まで突き止められなかった。バレットとしては、軍令部の尻尾を摑むことで大金星を挙げたかったのだろう。だが小山は鉄壁だった。

一方、鮫島が「では、軍令部ではなく南西方面艦隊司令部が出した命令では」という質問をすると、小山はそれを真っ向から否定し、「自分と南西方面艦隊司令部が出した命令では」という質問を中将との間で、捕虜の処分に関する議論は一切なされていない。インド洋作戦は拿捕を前提としており、捕虜は連れ帰るのが当然だと思っていた」と返してきた。

すべての責任を五十嵐に押し付けようという小山の魂胆は明らかだった。

鮫島が尋問を続ける。

「あなたは処分命令を考案し、第十六戦隊に下達したのは五十嵐被告だったとお考えですか」

バレットが「Objection!」と言って立ち上がる。

「その質問は小山氏に推定をさせることで、意味がありません」

「Sustain（支持します）」と裁判長が認める。

「では質問を変えます。あなたは処分命令を下したのが、軍令部でも南西方面艦隊司令部でもないと言うのですね」

小山は困った顔をして何も答えない。

「証人は答えるように」と裁判長がたしなめる。

「南西方面艦隊司令部でないのは間違いありません」

「では、軍令部から出ていた可能性を否定しないのですね」

「私には分かりません」

「分からないというのは、どういうことですか」

「篠田中将とその部下の五十嵐君の間で、私を介在しない話し合いが持たれていたとしたら、私が関知しないこともあり得るという意味です」

小山は明らかに動揺していた。

「それはおかしい。それだけ重要な命令に参謀長が関与しないというのは、日本海軍の職制からしてあり得ません。いかがでしょうか」

「Objection!」

バレットが立ち上がる。

「鮫島弁護人の発言は、軍令部から命令が出たという前提での話です。誘導尋問にあたります」

「Sustain」と裁判長が即座に言う。

「分かりました。では言い直します」

鮫島は「仮に軍令部から命令が出ていたら」という言葉を付けて、同じ質問をした。

それについて裁判長が何も言わないので、小山が渋々答える。

「すべての軍令部からの命令が、篠田中将と私に平等に伝えられたわけではありません。篠田中将経由で私に下達されるものもありました。つまり情報の取捨選択は篠田中将に任されていました」

「要するに、あなたが関与していない命令や伝達事項があったというのですか」

「はい。その通りです」

「軍令部から艦隊司令部への命令に、参謀長が関与しないなどということはあり得るのですか」

「あり得ます」

「どのような場合ですか」

「どのような場合というか、司令長官の資質によります」

小山の歯切れが悪くなる。

「では、篠田中将は一人で決める傾向が強かったのですか」

「ええ、そうですね」

「つまり篠田中将は、独断専行の人だったのですか」

「それは否定できません」

「嘘だ」

鮫島が決めつけると、「Objection!」と叫びつつ立ち上がったバレットが、「証人を嘘つき呼ばわりするのは間違っています」と指摘した。

「弁護人には、証人を誹謗《ひぼう》中傷する権利はありません」

裁判長が鮫島をたしなめる。

「申し訳ありません。篠田中将は軍人として高潔かつ模範的な人物として、高く評価されていました。それは故人の履歴を見れば明らかです」

関係者の履歴は、すでに判事たちに配布されている。

篠田が五・一五事件の判士長として、政治家筋からの圧力を撥《は》ねつけて公正な裁判を行い、また日米開戦に断固反対したことは欧米にも知れわたっていた。

「その篠田中将が、参謀長に何の相談もしない独断専行の人のわけがありません。小山氏は、自分が処分命令にかかわっていないことを主張せんがために、都合の悪いところで『記憶にない』という証言を繰り返し、さらに篠田中将の人格まで貶めたのです」

小山が唇を震わせて言う。

「言いがかりだ！　私は私の意見を述べたにすぎない」

裁判長が穏やかな口調で諭す。

「証人も弁護人も、感情的にならないようにして下さい」

その後、議論は堂々めぐりに入った。結局、鮫島は攻めあぐね、いつまで経っても命令の出所をはっきりさせられない。

法廷内には沈滞した空気が漂い始めていた。確かに「知らない」と言われれば、どうにもならないことなのだ。

鮫島は、「五十嵐被告が捕虜処分命令を出す理由はなく、命令は軍令部か南西方面艦隊司令部から出たとしか思えない」と結論づけて反対尋問を終わらせた。

だがそれだけでは、何の説得力も持たないことは明らかだった。

続いて弁護側の証人が証言することになった。まず河合からだ。

「裁判長、元『妙義』艦長の藤堂恭一氏の証人喚問をお願いします」

「どのような理由ですか」

「五十嵐被告が命令に抵抗したという事実を確認したいのです」

「いいでしょう」

五十嵐側の証人である藤堂が証言台に着いた。これまで藤堂は五十嵐に同情的な証言をしてきており、唯一の頼みの綱でもある。

「藤堂さん、あなたは『妙義』の艦橋で五十嵐被告と長い時間を過ごしてきましたが、処分命令に関する五十嵐被告の見解を聞いたことはありますか」

「ありません。しかしそれは司令官として当然のことで――」

裁判長が注意する。

「証人は聞かれたことに端的に答えて下さい」

「は、はい」

河合が質問を続ける。

「では五十嵐被告は、命令を冷徹に『久慈』に出したのですね」

「Objection!」と言って、鮫島が立ち上がる。

「冷徹かどうかは、人それぞれの捉え方です」

「Sustain」

裁判長の言葉に河合がうなずく。

「では質問を変えます。五十嵐被告は艦橋にいない間、例えば作戦報告研究会などでも、命令に対しての見解を述べませんでしたか。私的なものでも構いません」

「それは——」

藤堂はしばし考え込んだ末、無念そうな顔で言った。

「見解らしきものは述べていないと思われます」

「では、命令を履行しなかったことで、乾被告を責めたのですね」

「Objection!」と言って、鮫島が立ち上がる。

「責めたというのは言いがかりです。五十嵐被告は乾被告に命令の履行を迫ったのです」

「Dismiss」と裁判長が言う。

「弁護人は些細な言葉の使い方で、審理の進行を妨げないように」

鮫島は「はい」と言って引き下がるしかない。

「どうですか」と河合が迫る。

「乾被告が命令を履行しなかったことで、五十嵐被告が乾被告を非難したのは事実です。しかし、それは指揮官として当然の——」

藤堂の発言を遮るように河合が言う。

「藤堂氏への尋問は以上です」

河合は、司令官として当然の五十嵐の態度を、必要以上に冷淡なものとして印象付けようとしたのだ。

——その目的に、藤堂さんは利用されたということか。

河合はこの後も、五十嵐が抗命した痕跡をあえて探すかのように証人を呼び出したが、誰一人として、それを証言する者はいなかった。

——五十嵐さんは、実際にこの命令を一人で抱え込んでいた。だが五十嵐さんは司令官だった。命令を下達する立場としては、命令に対する不満など言えないではないか。

それは、ここにいる全員が分かっているはずだ。唯一、五十嵐が抗命したと証言できるのは、故人の篠田か小山しかいない。しかし篠田は冥府の住人となり、肝心の小山は「知らぬ、存ぜぬ」を通している。

その逆に、乾が幾度となく捕虜の助命を訴えていたことは、多くの証人たちの証言から明らかで、またキリスト教徒という点も、イギリス人たちのシンパシーを喚起することにつながっていた。

五十嵐の司令官としての模範的な態度が、ここでは裏目に出てしまったことになる。

鮫島は口惜しさを押し殺しつつ、次なる突破口を探すしかなかった。

六

公判も四日目を迎え、いよいよバレットは赤石光司元大尉を証人に呼び出した。

赤石は「久慈」の高角砲指揮官をしており、インド洋作戦では衛兵司令として捕虜を管理する責任者となっていたため、処刑を指揮することを命じられた。

赤石はまだ二十代前半で、履歴によると東京の出身で大学を繰り上げ卒業させられ、予備士官として召集されたという。

裁判長が傍聴席に向かって言う。

「今日の証言内容は、聞いていて辛いものになると思われます。ご気分の悪くなる方もいらっしゃるかもしれません。それでもよいと思う方だけ残って下さい」

だが、婦人も含めて席を立つ者はいない。

それを確かめた裁判長は、バレットに始めるように視線で合図した。

バレットが緊張の面持ちで問う。

「昭和十九年（一九四四）三月十八日、証人は重巡洋艦『久慈』に乗艦し、高角砲指揮官を務めていましたね」

「はい。担当は右舷高角砲です」

「証人は聞かれたことだけ答えなさい」

　早速、赤石が裁判長にたしなめられる。

　バレットが手元のメモを見ながら問う。

「あなたは当夜、衛兵司令であり、捕虜管理の責任者でしたね」

「はい」

「あなたはこの日、捕虜から食事についてのクレームを受けましたね。それで艦長休憩室に行った」

「そうです。それで乾元艦長から、パンやコーヒーを出すよう指示されました」

「ところが、再び呼び戻された」

「はい。士官調理室に指示を出したところで艦長従兵に呼ばれ、再び艦長休憩室に向かいました」

「そこには誰がいましたか」

「乾元艦長が、一人でいらっしゃいました」

　この時、副長の柳川孝太郎中佐は艦橋で指揮を執っていた。

「どんな様子でしたか」

「ひどく憔悴しているように見受けました」

　赤石が乾の方をちらりと見る。一方の乾は鋭い視線で赤石の方を見つめている。

「そこで何を命じられましたか」

法廷に緊張が漂う。だが赤石はあっさりと言った。

「捕虜たちの処刑です」

傍聴席がざわつく。

「Silence!」と言って、裁判長がガベルを叩く。

「その時の乾被告の言葉を思い出せる限り、正確に再現して下さい」

「はい」と言って一呼吸置くと、赤石は思い切るように言った。

「『十六戦隊の五十嵐司令官から捕虜たちの処分命令を受けた。その責任者を君に命じる。重大な任務なので引き受けてもらいたい』という趣旨でした」

「それで、あなたはどうしましたか」

「処分の意味を尋ねました」

「それで、その意味を知ったのですね」

「はい。乾元艦長からは、『実行方法は衛兵司令の君に任せる。艦を挙げて協力するので、うまくやってくれ』という趣旨のことを言われました」

「あなたはそれを聞いて、どう思いましたか」

「冗談ではないと思いました」

法廷内に異様なざわめきが起こる。だが裁判長はガベルを叩かない。おそらく裁判長も集中しているからだろう。

「それは、どういう意味ですか」

「私は衛兵司令に任じられていましたが、本《もと》を正せば学徒動員で駆り出された学生です。艦内には適任と思われる方が多くいるのに、なぜ私に命じるのか極めて不本意でした」

赤石は当時を思い出したのか、怒りに頬を紅潮させている。

「あなたは、やりたくなかったのですね」

「当たり前です。そんな非人道的なことはできません」

「では、抗命したのですか」

「は、はい。『私には、任を全うできる自信がない』と言ったと思います」

「それは本当ですか」

「ええ。私はそう記憶しています」

赤石が言葉に詰まる。

――これは言っていないな。

この法廷にいる誰もが、それを確信しているに違いない。

裁判長が言う。

「検事は、赤石氏が被告ではないのをお忘れなく」

「はい。そうでした。これは、あなたの裁判ではありません」

赤石とて、いつ証人から被告にされるか分からない立場なのだ。証人が帰途の船内で被告とされ、日本に着いてから香港に逆送されたという話を、鮫島は弁護士仲間から聞いたことがある。

だが、それを考えてしまうと、赤石が真実を語らなくなることも考えられる。それゆえ裁判長は、赤石を安心させたに違いない。

「では次の質問です。それでも乾被告は、あなたに命令の履行を迫ったのですね」

「はい。私には断ることなどできませんでした。それで致し方なく、『命令は受けますが一人ではできません』と言いました。すると艦長は誰を補佐に付けたいか尋ねてきたので、運用長と内務長を指名しました」

「どうして、その二人なのですか」

「いや、それは――」と赤石が口ごもる。

「構いません。はっきり言って下さい」

「運用長は艦内の隅々まで知り尽くしており、私が指定する機材を集められると思ったからです。また作業は深夜になるので、電気系に強い内務長が適任だと思いました」

そこまで言って赤石は肩を落とした。

――「機材」や「作業は深夜になる」といった言葉を使うのに神経を使ったのだ。言うまでもなく「機材」とは、処刑に際して使う道具や装置のことだ。

「それで、あなたはどうしましたか」

「艦長も交えて四人で、処刑方法を考えました」

「それはどういうものですか」

「Objection!」

それまで押し黙っていた河合が声を上げる。

「処刑方法まで、この法廷で説明させる必要はないと思われます」

「いいえ。被害者たちがいかなる方法で殺されたかを法廷という公式の場で語らせ、記録に残すことで、被告たちの罪の重さが認識されます」

——河合、無駄なことだ。これは見世物なんだ。

鮫島は心の内で、河合に語り掛けた。

イギリス人の復讐感情を刺激するには、処刑の経緯や方法を当事者に詳細に語らせ、報道陣を通じて本国に伝える必要がある。そうすれば判事たちが死刑を宣告しても、正当な裁きを下したとされて、人道主義者たちからも非難を浴びせられることはない。

「それで、四人で打ち合わせた結果はどうなりましたか」

ポケットから出したハンケチで額の汗を拭くと、赤石が思い切るように言った。

「運用長が木製の処刑台を造り、内務長が予備の探照灯と懐中電灯多数を用意することになりました」

「なぜ銃殺ではないのですか」

「捕虜は後部飛行甲板に一人ずつ引き出して処刑することになったので、銃声によって艦内にいるほかの捕虜が騒ぎ出すと厄介ですから」

処分案を作り上げた赤石らが開始時刻を艦長に問うと、「午前零時から始めてくれ」という返事だった。

その後、艦内の一室に何人かの屈強な下士官や兵を集めた赤石は、仕事の内容を伝えて他言無用と釘を刺した。

「この時、一人の兵曹が『自分にはできない』と申し出ました」

「それで、あなたはどうしましたか」

「それを許せば、次から次へと辞退する者が出るので、殴りつけて黙らせました」

傍聴席から非難の声が漏れる。

「そして、零時が近づいてきたわけですね」

「はい。開始時刻になる前、一升瓶を開けて皆で気合を入れてから訓練を開始しました」

赤石は開き直ったのか、不貞腐《ふてくさ》れたかのように語り始めた。

それによると、処刑場所は予定通り後部飛行甲板となった。「久慈」には六機の水上機が搭載されていて、後部甲板には発艦のための広いスペースがある。

「それで午前零時になり、作業なるものを開始したのですね。それを説明して下さい」

「まず捕虜たちが収容されている兵員室に近い右舷後方のハッチから、一人ずつ捕虜を連れ出します。その時に間近から探照灯を照射し、捕虜がふらついたところで、柔道を得意とする者が当て身をくらわせて捕虜を気絶させます。その後、二名で手足を持って処刑台まで運びます」

法廷内は水を打ったように静まり返っていた。

七

赤石の証言は、いよいよ核心に近づいていった。

「では、実際の処刑状況についてお話し下さい」

バレットの言葉に一瞬、身を固くした赤石だったが、意を決したように語り始めた。

「午前零時、捕虜が引き出されてくるのを待つべく、私は処刑台の近くに立っていました。すると突然、探照灯が点灯しました。続いて人影が動き、『What the hell's going on?（いったい、何が始まるんだ?）』という声が聞こえました。次の瞬間、捕虜が倒れるのが見えました。段取り通り当て身をくらわせたのだと思いました。続いて兵曹二人が倒れた捕虜の両腕を摑み、引きずるようにして処刑台の上に鎮座させました」

通訳が鎮座を「Enshrined」と翻訳する。

「鎮座とは――」

「胡坐《あぐら》のことです。続いて捕虜を背後から抱え、活を入れて蘇生させます」

「待って下さい。つまり柔道テクニックで蘇生させるんですね。なぜそんなことをするんですか」

「武士道では、気を失った者の首を打てないからです」

傍聴席から悲鳴とどよめきが巻き起こる。その意味が分からないらしく、赤石は意外な顔をしている。

「Silence!」

裁判長が苛立ったようにガベルを叩く一方、バレットは怒りをあらわにして問うた。

「蘇生させるということは、死の恐怖に直面させるということですね」

「は、はい」

ようやくどよめきの意味が分かったのか、赤石は顔を真っ赤にして俯《うつむ》いた。

「彼らは何か言いましたか」

「最初の捕虜は、ただ茫然と左右を見回していました。何が起こっているかも分からなかったと思います。それで私が合図すると――」

赤石が言葉に詰まる。

「証人は、はっきりと言って下さい！」

「はい。私が合図すると日本刀が振り下ろされ、捕虜の首が――、落とされました」

法廷に怒号が渦巻いたので、裁判長が再びガベルを叩いた。

「証人は続けて下さい」

バレットの口調が厳しいものに変わる。

「その後、一人ずつ捕虜を引き出したのですが、中には、ハッチから引き出されただけで異様な雰囲気を察して激しく抵抗し、大声を出す者もいて、そうした者は当て身をうまく当てられず――」

「気を失わないまま処刑台に連れていかれた人もいたのですね」

「はい。中には、そこにいる者たちが総掛かりで押さえ付けても暴れるので、銃剣で刺し殺したことも――」

赤石の歯切れが悪くなる。

「つまり、めった突きにして殺したのですね」

「そうです」

傍聴席から再び悲鳴とどよめきが上がる。

「ああ、神よ――」

バレットの嘆きが鮫島の席まで聞こえてきた。

「それからはたいへんでした。皆、何をされるのか分かり始めており、大人しいインド人でさえ、泣き喚いて命乞いをしました」

「当たり前じゃないですか！」

バレットの声が険しくなる。

「私だって、そんなことはしたくなかった。だが始めてしまったら、途中でやめることはできません。とにかく一刻も早く終わらせることだけを考えていました」

泣き声になった赤石に、バレットの冷酷な言葉が浴びせられる。

「どのような言い訳をしようと、あなたは人殺しだ。この事実は変えられません！」

「私は一介の学生です。無理に召集されて、こんなことをさせられたんだ！」

「何を言っているんですか。あなたは六十九人もの命を残虐な手段で奪ったんですよ」

「私は検分しただけです」

「つまり首打ちを下士官や兵にやらせたんですね。それでは、もっと卑劣ではありませんか！」

「私はただ軍務を終えて内地に戻り、学業に専念したかったのです。だから命令に忠実に従っただけです」

赤石がその場に泣き崩れる。

——誰も捕虜など殺したくなかったんだ。

赤石も乾同様、捕虜を殺したくはなかった。だがその場では、そうするしかなかったのだ。そこに戦争というものの矛盾が内包されていた。

裁判長の冷徹な声が響く。

「証人は証人としての役割を果たして下さい」

「は、はい」と答えつつ、赤石が証言台の手すりに摑まって体勢を立て直す。

「では、続けます。それで六十九体の遺骸をどうしましたか」

「甲板は血の海でした。その時、すでに三時を回っていましたが、夜明けまでに処理を終わらせねばなりません。それで――、まず一カ所に集められていた首を海に投げ捨てました」

法廷内で悲鳴が発せられる。女性記者が倒れたのか、何人かの男性が女性の体を支えながら外に連れ出していくのが見えた。

「胴体はどうしたのです」

「そのまま捨てると海水を吸って浮かび上がるので、ガス抜きの処理をしました」

「ガス抜きの処理とは何ですか」

「いや、それは――」

裁判長が鋭い眼光を赤石に向けながら言う。

「証人は検事の質問に正直に答えねばなりません。さもないと収監されます。私には、その権限が付与されています」

その言葉に、赤石の顔から血の気が引く。

バレットが畳み掛ける。

「ガス抜きとは何ですか」

「舷側《げんそく》の手すりがない部分にガス抜き台を設置し、首のない遺骸をその上に載せます。そこで――、そこで遺骸の腹を切り裂き、二人が遺骸の両脇と足を持ち、遺骸を傾けて内臓を海に捨てることです」

吐き気が込み上げてくる。本来であれば、誰かが死者の内臓を掻《か》き出さねばならない。だが赤石らは死者の内臓に触れたくなかったのか、ガス抜き台なるものを考案したのだ。

「内臓を――、内臓を抜いた後、遺骸をどうしましたか」

バレットの声も震えている。

「そのまま遺骸を回転させるようにして、海に遺棄しました」

傍聴席をちらりと見ると、満席だった傍聴人が半数ほどに減っている。いくら記者でも、こんな残虐な話を聞きたくはないし、記事にもできないので退席したに違いない。

「それを六十九人分やったのですね」

「はい。数人やるだけで兵が吐いてしまうので、頻繁に交代させました」

「ああ、神よ。なぜ神は、わが同胞にこれほどの苦しみと屈辱を与えたのか」

　バレットが天に向かって十字を切る。だが裁判長は顔色を変えずにたしなめた。

「今は祈りを捧《ささ》げるべき時ではありません。検事は己の職務に忠実であって下さい」

「はい。申し訳ありません」

「結構です。続けて下さい」

　バレットは威儀を正すと赤石に問うた。

「それで、すべての処分が終わったんですね」

「はい。最後に艦長を呼びに行かせ、検分をお願いしました」

「艦長、つまり乾被告は何と言っていましたか」

「艦長は『諸君は極めて困難な仕事をやり遂げた。諸君の働きに感謝したい。こうした仕事は嫌なものだが、諸君の将来にきっと役立つものになる。これからも戦いは続く。いっそう奮励努力してほしい』といった趣旨のことをおっしゃいました」

「それで、乾被告の言う通り、その仕事は後の人生で役に立ちましたか」

「全く役に立ちませんでした」

　傍聴席から「当たり前だ！」という怒声が飛ぶ。

　乾を見ると、憤然として赤石を見つめていた。きっと何か言いたいことがあるのだろう。だが発言を許されないので黙っているしかない。

「その後のことをお話し下さい」

「はい。われわれは夜明け前までに甲板上の血を洗い流し、夜が明けてからは、皆で甲板に磨きを掛けました。そして三月十九日にリンガ湾に仮泊した後、翌二十日にシンガポールのセレター軍港に入りました」

それは乾の口供書の通りだった。

「この残虐な処刑を終えて、あなたは何を思いましたか」

「――――」

赤石は俯いて答えない。

「これも大切な質問です。答えて下さい」

証言台の両脇の手すりに摑まり、何とか立っていた赤石は顔を上げると言った。

「こんなものは戦争ではないと思いました」

「裁判長、以上です」と言いつつ、バレットの長い尋問が終わった。

「赤石証人は、鮫島弁護人からも証人申請が出されています。続いて弁護人、お願いします」

「はい」と言って鮫島が立ち上がる。

赤石は最初に証言台に立った時と違い、怯えた子犬のような目をしていた。

「証人は艦長休憩室に行って命令を受けた時、何を思いましたか」

「Objection!」と河合が声を上げる。

「それは、すでにバレット検事が聞いたと思います」

裁判長は「Wait」と言うや、鮫島に向かって問うた。

「弁護人は質問の前に、尋問の目的を述べて下さい」

——来たな。

裁判長も馬鹿ではない。鮫島の狙いぐらいは推測しているはずだ。そのため河合の異議をきっかけとして、鮫島の真意を確かめようというのだ。

「私の尋問は事実関係や殺害時の詳細な状況を確認すると同時に、実行責任者である赤石氏の、その時々の心中を知り、この殺害が命令の範囲内で忠実に行われたものか、実行責任者に何らかの残忍な意図があり、命令されたこと以上の苦しみや屈辱を捕虜たちに与えたかを確かめるものです」

鮫島は、衝撃度を増すため処分を殺害と言い換えた。

「いいでしょう。尋問を許可します」

裁判長は河合を見つめつつ言った。尋問中に無駄な異議を挟ませないためだろう。

赤石が慌てて言う。

「待って下さい。私は乾元艦長から命令されたことを実行に移しただけです。苦しみや屈辱を捕虜たちに与えるなど、全く考えていませんでした」

「それは、私の質問に正直に答えていただければ、はっきりすることです。では、まず先ほどの問いに答えて下さい」

傍聴席に再び緊張が漂う。

「命令は寝耳に水でした。どうして私がそんなことをせねばならないのか、納得が行きませんでした」

「それでも受命したのですね」

「それ以外、何ができるというのです。とくに乾元艦長は――」

赤石が口ごもる。

「正直に答えて下さい。何だというのですか」

「乾さんは『久慈』の艦長時代、下の者に過度に厳格で、艦内が少しでも汚れていると懲罰を科せられました」

「だから拒否することもできず、受命したと言いたいのですね」

「そうです。抗命などすれば――」

「何をされるというのです」

「陸戦隊か潜水艦部隊に異動させられます。実際にそうなった者もいます」

海軍陸戦隊の死亡率は六割、潜水艦部隊は八割に上る。態度が悪い者や艦長からにらまれた者は、たとえ尉官であっても懲罰的にこうした部隊に回されることがある。

その時、「嘘だ！　俺はそんな男じゃない！」という声が上がった。そちらを見ると、乾が立ち上がって赤石の方を指差している。

次の瞬間、エスコートが駆け付け、乾の肩を押さえて無理に座らせた。続いて背後に手を回させると、後頭部を押さえて乾の顔を机に押し付けた。

裁判長が厳かに言う。

「被告は発言の機会が与えられない限り、黙っていなければなりません。こうした行為は法廷を侮辱することであり、判決に不利になります。速記者は今の被告の言動を記録しておくように」

エスコートから解放された乾は、悄然と頭を垂れた。

「では続けます。処分の前まで、あなたは衛兵司令として、捕虜たちにどう接していましたか」

「どうと言われましても——、虐待などは一切していません」

「Objection!」とバレットが発言を求める。

「赤石氏は被告ではないので、その質問は意味がありません」

「却下します。赤石氏の捕虜に対する責任は、上官の乾被告のものでもあるからです」

「しかし、六十九人の捕虜全員が殺されてしまった今、何の証言価値もないはずです」

「いいえ」と言って、裁判長が首を左右に振る。

「これは仮定の話ですが、今後、赤石氏が被告となる公判が行われた時、証人として

『久慈』の関係者が召喚されれば、嘘はばれてしまいます。この法廷での証言は別の法廷でも有効になります。つまり嘘をついていれば、赤石氏の罪が重くなるのです」

裁判長の言葉にバレットは納得し、赤石は蒼白になっている。

だが、赤石が被告になる可能性は低いと思われた。というのも処刑や虐待の実行者が被告になるのは、それらを命じた上官が戦死したか行方をくらましている場合か、「そんな命令は下していない」と証言したケースだけなのだ。つまりこのケースの場合、乾が赤石に処分を命じたと証言しているので、命令の範疇《はんちゅう》を超えるほど残虐な行為を行っていない限り、赤石が罪に問われることはない。

鮫島が続ける。

「では、捕虜たちの様子を教えて下さい。これは捕虜の虐待にも通じるものなので、重要な証言となります」

「捕虜たちは、とくに食事について不満を持っているようでした」

赤石が捕虜の食事に関する不満を取り次いできたのは、乾の口供書にもあった。

「白米や沢庵を食べられないというのですね」

「そうです。それで乾元艦長の許可を取り、パン、コーヒー、果物などを出したら、喜んで食べました」

「あなたは捕虜たちと親しく接していたのですか」

「いいえ。捕虜たちとは距離を置いていましたが、捕虜たちは私が管理責任者だと知っていたので、よくジョークを飛ばしてきました」

「どのようなジョークですか」

「『ヘイ、ボーイ、バナナがあったら持ってきてくれ。もちろん皮を剝いてね』といった類のものです」

傍聴席から失笑が漏れる。

「それで、あなたは何と答えましたか」

「最初は無視していました。しかし私は英文科だったので、つい英語が——」

「出てしまったのですね」

「はい。それから彼らは頻繁に話し掛けてくるようになりました。もちろん彼らの主たる関心は、自分たちの身がどうなるかでしたが——」

「それで何と答えたのですか」

「その時はまだ作戦中だったので、一切答えませんでした」

その顔色から、鮫島は嘘を言っていると見抜き、一歩踏み込んでみた。

「それは本当ですか」

「いいえ、はい。実は彼らの不安を和らげるために、『シンガポールで収監されるだろう』と推測を告げました」

「それで、彼らは安心したんですね」

「はい。したと思います」

「しかし、それは嘘だった」

「待って下さい。私が捕虜たちを管理している時点では、処分命令が出ているとは知りませんでした。あくまで捕虜たちは収監されるものと信じていました」

先ほどの裁判長の脅しが効いたのか、赤石は素直だった。

「分かりました。それは信じます。では捕虜たちとの交流はそれくらいでしたか」

「は、はい」と赤石が口ごもる。

「何かありますね。些細なことでも結構ですから話して下さい」

赤石は、落ち着きのない目をしばたたかせながら語り始めた。

「彼らの中にカーティスという名の少尉がいました。彼とは親しく話をしました」

「どんな話ですか」

「彼の方から『あんたは学生か。専攻は何だ』と尋ねてきたので、私は正直に英文科だと答えました。彼は目を輝かせ、シェイクスピアやキーツから、画家のターナーの話まででしました」

赤石の声の調子が変わってきた。

「カーティス少尉とあなたは、気が合ったのですね」

「はい。外の空気を吸わせる折などによく雑談をしました。彼はノーフォーク州のノーウィッチという田舎町の生まれで、故郷の美しさや家族の素晴らしさを話してくれました。それに恋人がいて――」

赤石が嗚咽《おえつ》を堪《こら》える。

「早く帰って結婚したいと言っていました。私にも婚約者がいたので、戦争が終わったら、いつの日か――」

「いつの日か、何ですか」

「夫婦どうしで、香港かシンガポールで会おうという約束をしました」

赤石は顔を幾分か上げ、涙を堪えているようだった。

傍聴席からどよめきが起こる。記者たちは、こうした物語を待っていたのだ。

「あなたは、そんな彼をも殺したのですね」

「はい、殺しました！　私は友人となったカーティスを殺したんです！」

赤石は証言台の手すりを摑んで頭を垂れた。

「カーティス少尉の最期を話して下さい」

「は、はい。彼は数少ない尉官だったので、最後の方になってから甲板に引き出されてきました。すでに甲板は血塗られていたので、探照灯を浴びせられた時、彼は『何をするつもりだ！』と私に向かって叫びました」

「それで、あなたは何と答えたのです！」

「何も言いませんでした。彼は『話が違う』と言って怒っていました。しかし私が泣いているのを見て、すべて察したのか静かになりました。それで――、それで――、もう許して下さい」

「赤石さん、すべて語るのです。ここで語らなければ、あなたは生涯このことを引きずっていくことになります！」

赤石が震える声で続ける。

「分かりました。彼は静かにうなずくと、私に向かって『託したいものがある』と言いました。私は彼に歩み寄り、彼から指輪を受け取りました。彼は『これを私の恋人に渡してほしい。そして永遠に愛していると伝えてくれ』と言いました」

傍聴席から泣き声が聞こえる。裁判長も顔の汗を拭くような仕草で目頭を押さえている。

――俺は正しいことをしているのか。

鮫島は疑問を感じたが、それをねじ伏せるようにして続けた。

「それで、あなたは彼の処刑を命じたのですね」

「はい。彼が『君の手で殺してくれ』と言うので、私がこの手で首を刎《は》ねました！」

遂に赤石が泣き崩れた。それを背後からエスコートが支えて立たせる。

「私だって、いつの日か平和が訪れたら彼に会いたかった。本気で香港で会えると思っていました。四人で楽しい食事ができるはずだったんです。それをなぜ、私が彼を殺さなければならなかったのか。乾さん、答えて下さい！」

「Silence!」

裁判長がガベルを何度も叩きつける。

だが赤石は、憎悪の籠もった眼差しを乾に向けて続けた。

「乾さん、あなたは自分だけが司令部にいい顔をしたいから、こんな残酷なことを私にさせたんだ。兵の中には心を病んだ者までいたんですよ。それをあなたは知っているんですか！」

裁判長が声を荒らげる。

「証人は被告に話し掛けてはいけません！」

再び背後からエスコートが赤石の両腕を取ったので、赤石は口をつぐんだ。

「弁護人」と裁判長が鮫島に語り掛ける。

「これでは尋問になりません。もうよろしいですか」

「はい。尋問を終わります」

その言葉と同時に赤石は証言台から下ろされ、両腕を取られたまま法廷の外に連れていかれた。

「今日は、これで閉廷とします」

裁判長のかすれた声が法廷内に響きわたった。

八

――俺のしていることは間違っているのか。

寝室の天井を眺めつつ、鮫島は何度も自問を繰り返した。赤石を追い詰めることで、乾に対する鬱積を爆発させることはできた。これにより、これまで「苦悩する艦長」というイメージを持たれていた乾が、「処刑を命じただけで、自らは立ち会わない卑怯な男」という印象に変わったはずだ。

――だがそれは、乾さんを処刑台に近づけることになっても、五十嵐さんを処刑台から遠ざけることにはならない。

五十嵐の立ち位置は変わらず、乾だけを処刑台に向かって進ませたことになる。

――それが本当の弁護なのか。

閉廷が宣せられた時、乾は顔を真っ赤にして鮫島をにらみつけていた。その鬼のような形相は、「お前は、なぜ俺を死刑にしたいんだ」と問うていた。

一方、五十嵐は鮫島に一瞥もくれず、ただ淡々と法廷を後にした。その冷静で達観したような態度からは、何の感情も読み取れなかった。

――それでも俺は、赤石の証言にすがるしかなかった。ほかにどんな道があるんだ。

鮫島は、「ほかにどんな道があるんだ」という台詞《せりふ》が、誰かの口から発せられた時のことを思い出していた。


母と兄弟を座らせると、父はいつものように厳かな口調で言った。

「もう母さんには話したことだが、父さんは皆とは別のところに住もうと思っている」

「別のところに住むとは、どういう意味ですか」

兄が不思議そうな面持ちで問うたので、母が代弁しようとした。

「父さんはね――」

「うるさい！　私から説明する」

父が母の言葉を制した。これまで幾度となく見てきた光景だ。

「実は、父さんと一緒に住みたいという人がいて、父さんは、その人のめんどうを見なければならないんだ」

そこまで聞けば、父が何を言わんとしているのか鮫島にも分かる。

兄が口を尖らせて言う。

「われわれを置いて出ていくということですね」

「そういうことになる」

「なぜ、そんなことをするのですか」

腕を組んでしばし考えた末、父が言った。

「ほかにどんな道があるんだ」

——それが答えか。

父は父なりに考えたに違いない。だが人は、二つの道を歩むわけにはいかない。

——考えた末、家族を捨てて若い女との生活を選んだというわけか。

ここ数年、父と母は冷え切った関係になっていた。おそらく男女の交わりもなかったのだろう。それでも子供が小さいうちは、父にも幸せを感じる瞬間があったのかもしれない。だが兄は自立し、鮫島が法律学校に通っている今となっては、それも消え失せたに違いない。

「籍はどうするのです」

兄の鋭い質問に父は一瞬たじろいだが、威厳を取り繕いつつ言った。

「残念ながら、母さんに抜いてもらうことになるだろう」

「つまり、離婚なさるわけですね」

深い沈黙が訪れる。母は瞑目して微動だにせず、何の感情も面に出さない。

兄が畳み掛ける。

「父さんは別の方と結婚なさるのですね」

「そういうことになるだろう」

――父さんは、あの女と結婚するのか。

あの時の父のうれしそうな顔を思い出せば、問うまでもないことだ。

――だが、あまりに身勝手ではないか。

捨てられたという無念の思いが、怒りへと転化するのは早かった。

「父さん、あんまりじゃないですか！」

「お前は黙っていろ！」

鮫島を制したのは、父ではなく兄だった。兄は家長を継ぐ者として、父親とさしで渡り合うつもりでいるのだ。

「では、われわれの生活はどうなるのです。私はもう自立していますが、正二郎はまだ学生です。だいいち母さんは働いたことがありません」

その時になって初めて、鮫島は学業を断念せねばならない可能性があることに気づいた。

――俺は法律学校をやめねばならないのか。

鮫島は愕然として言葉もなかった。次の瞬間、道路工事や港湾労働で汗を流す自分の姿が脳裏に浮かんだ。

父は沈黙して何も答えない。それが答えなのは明らかだった。

「お父さん」と母が呼び掛ける。

「何だ」

「正二郎の授業料だけでも家に入れていただけませんか。正二郎はお父さんのような弁護士になりたくて、勉学に励んでいるんですよ」

「それは知っている。だが働きながら学ぶのも人生経験だ」

――何を言っているんだ。

鮫島は、昼は軍需工場で働かされ、夜になってから法律学校に通っていた。

兄が話を替わる。

「私の給料で二人を食べさせることはできても、正二郎に法律学校を続けさせるのは無理です。何とかしていただけませんか」

父は腕を組んで黙っている。

――女に言い含められているのだ。

女が貧相で堅苦しいだけの父に惚《ほ》れる理由はない。

――金以外にはな。

父は弁護士という仕事柄、戦時でも人並み以上の収入があった。

「出ていかれるのは父さんの勝手ですが、何とか家にお金を入れてくれませんか」

「それはできない」

父が首を左右に振ると、母の口調が急に変わった。

「それなら私にも覚悟があります」

「何だと」

父の顔に不安の色が走る。

「兄さん。お願いします」

次の瞬間、襖《ふすま》が開くと、奥の部屋から母の兄、すなわち鮫島兄弟の伯父が姿を現した。

「鮫島君、久しぶりだな」

唖然とする兄弟の間に割り込むように伯父が座る。

「お、お久しぶりです」

父は目を白黒させている。

かつて伯父は、父のことを見込んで母を紹介した。つまり二人が夫婦になったのは、伯父の仲介によってだった。

母が毅然《きぜん》として言う。

「昨夜、別れ話を持ち出されたので、兄さんに電話して来てもらったんです」

「それで奥の部屋に通され、君らの話を一部始終聞かせてもらった」

「お前――」

一瞬、怒りをあらわにした父だが、伯父の前なので口をつぐんだ。

「話は分かった。あまり楽しい話ではなかったがね」

「ああ、はい」

「妹と君の間に隙間風が吹いているのは聞いていた。しょせん夫婦とはそういうものだから、外野がとやかく言うことではない。だから私も黙っていた。しかし君には、妹と子供たちに対しての責任がある」

「は、はい」

「君が妹と別れるのは、仕方がないとしても、責任を放棄することはできないはずだ」

伯父は冷静な物言いをしていたが、その言葉の節々には迫力が感じられた。伯父は港湾労働者を派遣する会社を経営しており、元々、その仕事を通じて父と知り合ったという経緯がある。

「仰せの通りです」

「分かっているならそれでよい。長男の源一郎《げんいちろう》は自立しているからいいとしても、次男の正二郎は自立していない。つまり君の月収を三分割し、そのうちの三分の二を妹に渡すんだ」

「そんな——」

「もちろん正二郎が法律学校を出て働き出せば、半分でよい」

「ちょっと待って下さい。それでは——」

「それでは何だと言うんだ。女が怒るとでも言うのか」

　伯父の口調が突然変わる。

「いや、そういうわけではないのですが——」

「では、いいだろう。お前は俺の眼鏡違いだった。だが妹は『自分も認めた縁談なので仕方がない』と言ってくれた。俺はその一言で救われた。今の俺にできることは、お前が女と暮らし始めても、最低の暮らししかできないようにすることだ。お前の収入くらい、俺には調べがつく。もしもごまかしやがったら、女と住めなくしてやるぞ」

　伯父が畳に平手を叩きつけた。筋張った手の甲が憤怒で赤く充血している。

「ああ、はい、分かりました」

「分かったなら、それでよろしい。だが約束は守れよ」

　伯父がどすの利いた声で言った。

　それからしばらくして、父は家を出ていった。だが一カ月もしないうちに家に戻ってくると、何食わぬ顔をして以前と変わらぬ生活をし始めた。

　母が伯父から聞いた話を教えてくれたが、父が家族に金を渡さなければならないと女に語ると、女は怒り狂い、新居となるはずのアパートから出ていった。しかし父にも意地があり、一月《ひとつき》ばかりはアパートで独り暮らしをしていたが、不便に耐え切れなくなり、アパートを引き払ってきたという。

父が戻ってきた時、母は「お帰りなさい」としか言わなかった。

それ以来、兄と鮫島は父と口を利かなくなった。それでも父は張子の虎のような威厳を取り繕い、これまでと変わらない生活をしようとした。

鮫島は男という生き物の愚かさを父から学んだ。もちろん真面目一方でやってきた父が、若い女と恋愛をしたかったという気持ちも分からないではない。だが威張り腐っているだけの明治生まれの男たちも、一皮むけば女にだらしないただの男だということを、この一件で知った。

――五十嵐さんもそうなのか。いや、そんなことはない。あの人は立派な軍人だ。

鮫島は、いつしか五十嵐を典型的な日本の父親だと思うようになっていた。実父のだらしなさを見てしまったがゆえに、五十嵐の中に理想の父親像を見出《みいだ》したかったのかもしれない。

――だから俺は、五十嵐さんを救うことに、これほど力を入れているのか。

ようやく鮫島は、そのことに思い至った。

――理想の父か。

もしも自分の父が五十嵐の立場だったら、罪を一身にかぶって自分だけが処刑されることを望んだとは思えない。他人の目をはばからず保身に走り、罪を部下になすり付けてでも死から逃れようとしただろう。

——五十嵐さんを救うことは、日本人の父性を救うことなのだ。

たとえそれが幻想であっても、鮫島はやらねばならないと思った。

九

公判は折り返し点に差し掛かっていた。命令の出所がはっきりしないまま公判の前半は終わり、この日からもう一つの論点、すなわち「指揮下を離れた後の処分」の問題に移っていった。

まず鮫島が口頭弁論を行う。

「口供書にある通り、二月二十七日に発動されたインド洋作戦は、作戦報告研究会のあった三月十六日をもって終わりました。これにより作戦部隊は解散され、乾被告は五十嵐被告の指揮下から離れました。しかしながら処刑は三月十九日未明に行われました。つまり乾被告は、五十嵐被告の指揮下から離れた後に処刑を行ったわけです。これで五十嵐被告の罪を問うことはできますか。そもそも当事案は、乾被告が五十嵐被告の命令に従ったと陳述したことによって始まりました。しかし乾被告は、五十嵐被告の命令に従う必要はなかったわけです」

「裁判長」とバレットが発言を求める。

「この件に関しては、証人がいます。元『久慈』副長の柳川孝太郎中佐です」

「いいでしょう。エスコートは柳川氏を連れてきて下さい」

エスコートに背を押されるようにして、柳川が証言台に上がる。

「柳川さん、あなたは『久慈』の副長をしておられた。つまり乾被告と一緒にいることが多かったわけですね」

「はい」と答えた柳川は、何かに怯えるような目つきで法廷内を見回した。

——この雰囲気に怯えているのか。

柳川は、以前に証言台に立った時の様子とは明らかに違っていた。彼ら証人は鮫島ら弁護人ほどではないものの、ある程度の自由を許されている。そのため互いに会話することも多く、そうした中で「場合によっては証人も訴追される」という話が出ているのかもしれない。

「柳川さん、作戦報告研究会の冒頭で、インド洋作戦の終了が発表されましたね」

「はい。その通りです」

「それで、あなたはどう思いましたか」

「『久慈』への帰途、乾艦長、いや乾被告と『これで捕虜の件は、われわれに託された』といった会話を交わしました。それでほっとしました」

「つまり、捕虜を生かすも殺すも乾被告に任されたと解釈したのですね」

「そうです」

「結果的に乾被告は処分するという決断をしました。つまり全責任は、乾被告にあるということですね」

バレットがなじるような口調で言う。

「それが違うんです。その夜、十六戦隊先任参謀の加藤伸三郎氏が『久慈』にやってきたことで、状況は変わりました」

傍聴席がざわつく。記者たちは、新たな証言が得られると色めき立っている。

「加藤氏は何と言ってきたのですか」

「夕食も終わり、『久慈』内の艦長休憩室で乾被告と歓談していると、従兵から加藤氏の来訪が告げられました。端艇《たんてい》に乗って、わざわざいらしたのです。もちろん乾被告は招き入れました」

「あなたはどうしたのです」

「失礼しようかと思いましたが、とくに何も言われなかったので、その場に残りました。すると加藤氏は持参した一升瓶を示して『一杯やろう』とおっしゃいました」

「それで三人で飲み始めたのですね」

「そうです。私は主に聞き役に徹していましたが、話の流れで何となく何をしに来たのか分かりました」

バレットがもどかしげに問う。

「何をしに来たというのです」

「加藤氏は五十嵐被告から懐柔を託されていると分かりました」

「Negotiation ですか」

バレットが首をかしげる。

「そうです。五十嵐被告は作戦報告研究会の席上で、乾被告と険悪な雰囲気になったことを気に掛けていたらしく、一言で言えば『これからも仲よくやっていこう』という意味で、加藤氏を差し向けたのだと思いました」

「上官だった五十嵐被告の方から持ち掛けてきたのですね」

「はい。日本では事を荒立てた場合、喧嘩両成敗とされて双方に失点が付きます。五十嵐被告としては、それを避けたかったのではないかと思います」

鮫島は五十嵐の方を一瞥したが、従前と変わらず、五十嵐は軽く瞑目していた。

「なるほど。それが懐柔なのですね」

「そうです」

「しかし、それだけなら何の問題もありませんが――」

柳川が視線を落とす。

——何かある。

それが五十嵐に不利になることだと、鮫島は直感した。

「加藤さんは捕虜の件にも言及しました。そこで——」

柳川が口ごもる。

「何と言ったのですか。できるだけ正確に再現して下さい」

「はい。捕虜を処分せずに『久慈』がシンガポールの七戦隊へ復帰するのは、『どちらにとってもよくないこと』だと言いました」

傍聴席がどよめく。

「どちらというのは」

「インド洋作戦で行動を共にした第十六戦隊と、元々『久慈』が所属していた第二艦隊第七戦隊という意味です」

「つまり加藤氏は捕虜の処分を促したわけですね」

「Objection!」

鮫島が声を上げる。

「明らかな誘導尋問です」

「認めます。検事は先を急がないように」

「失礼しました」

バレットが鮫島をにらみつける。

「それでは、その言葉を、あなたたちはどう解釈したのですか」

「処分を示唆されたと受け取りました」

――それは受け取り方次第ではないか。

鮫島は再び「Objection!」と声を上げようとしたが、すんでのところで思いとどまった。抗議ばかりしていると、肝心のところで却下されるからだ。

「では、あなた方は、ただそれを聞いていたのですか」

「いいえ。乾被告が、それは『捕虜を処分せよという五十嵐司令官の命令ですか』と確かめました」

「それに対して、加藤氏は何と答えましたか」

法廷が静まり返る。次の言葉次第で、五十嵐の命運が決せられるからだ。

「何も言いませんでした。『まあ、飲め』と言って、茶碗《ちゃわん》に酒を注ぎました。しかし乾被告は『捕虜をどうすべきか』と食い下がりました。すると加藤氏は――」

柳川が言いよどむ。

「何と言ったのです」

「加藤氏は『七戦隊に土産を持っていくことは、篠田中将や五十嵐被告の本意ではない』と言いました」

「それは、加藤氏の個人的な見解ではないのですか」

一瞬、息をのむような仕草をした後、柳川は思い切るように言った。

「いいえ。明らかに命令ないしは要請と感じました」

傍聴席がざわめく。

すでにこの時、乾は五十嵐の指揮下を離れているため、正確には要請になる。

「Objection!」

鮫島が声を上げる。

「それは、あくまで柳川氏が感じたことです。検事は証人を誘導し、印象操作をしようとしています」

「そんなことはない！」

バレットが顔を真っ赤にする。

「二人とも、こちらに来なさい」

裁判長は二人を呼び寄せると小声で言った。

「検事は公正を期すように。弁護人は必要以上に検事の尋問を妨げないように。では席に戻って」

注意は一般的なことだったが、釘を刺されたことには違いない。

「では、加藤氏が帰った後、あなたは乾被告と、どのような会話を交わしましたか」

「乾被告は沈痛な面持ちで、『最終的な責任は私にある。一人にしてくれないか』と言っていました。もちろん交わした会話から、乾被告も私同様、加藤氏の言を命令ないしは要請と受け取ったと察しました」

柳川が頭を垂れる。

「分かりました。これで尋問を終了します」

バレットが鮫島を見ながら言う。

「証人は退廷するように」という裁判長の言葉に対し、柳川が言った。

「裁判長、お許しいただけるなら、ぜひ申し上げたいことがあります」

「発言を許可します」

「ありがとうございます」と答えつつ、柳川は威儀を正すと言った。

「乾被告は部下に対しても慈悲深い方でした。『久慈』艦内における一切の暴力、すなわち鉄拳制裁を禁じ、末端の兵に至るまで、『紳士たれ』と常に言っていました。そのため『久慈』艦内は厳正な規律が保たれ、海戦において『久慈』は、ほかのどの艦にも劣らない活躍を示しました。しかも乾被告は日々、艦長休憩室にあるキリスト像への礼拝を欠かさず、あの戦争が一日も早く終わることを祈っていました。これほどの方が、処分命令を実行に移さなければならなかったのです。その精神的苦痛は想像を絶するものがあります。私は『久慈』の乗組員を代表し、寛大な判決を嘆願させていただきます」

柳川が一礼して、証言台から下りていった。

乾は涙を堪えるように、目を潤ませて拳を握り締めている。よほどうれしかったのだろう。

――だが、赤石とは逆のことを言っている。

柳川の最後の言葉により、赤石の乾に対する批判は、個人的な恨みによるものという印象を抱かせることになった。

柳川が退廷するや、鮫島が手を挙げた。

「裁判長、今の件に関して五十嵐被告に確認したいので、証人として証言台にお呼び下さい」

「分かりました。五十嵐被告は証言台へ」

エスコートに両脇を取られ、五十嵐が証言台に連れていかれた。鮫島の背後を通っていったので、その表情までは分からない。

「五十嵐被告に質問です。まず十六日の夜、加藤氏を『久慈』まで行かせましたか」

「はい」

「何のためです」

「作戦報告研究会での諍いを水に流すためです」

「つまり懐柔ですね」

「そうです。海軍ではよくあることです」

「なぜ水に流す必要があったのですか」

「こうした行き違いは、お互いのためにならないからです」

「それで、加藤氏を介して仲直りしようとしたわけですね」

「Objection!」

今度は河合が声を上げた。

「明らかな誘導尋問です」

「Sustain」

「分かりました。では質問を変えます。加藤氏に命じた、ないしは依頼したことは具体的には何ですか」

「私は――」と言って五十嵐は法廷内を見回した。

「あらゆる責任から逃れるつもりはありません。ただ真実を記録に残すべきだと思っています」

鮫島が制する前に、裁判長がガベルを叩きながら言った。

「被告は証言台に立ったからには、質問に対して端的に答えて下さい」

「失礼しました」

「では、続けて下さい」

五十嵐は一つ咳払《せきばら》いすると答えた。

「捕虜の処分を示唆するようなことを、私から加藤氏に依頼したことはありません」

「分かりました。では加藤氏は、なぜあのようなことを言ったとお思いですか」

「加藤氏の真意は分かりませんが、私の気持ちを忖度したのかもしれません」

鮫島は、五十嵐が「分かりません」とだけ言うものと思っていた。だが「忖度」という言葉を出したことで、さらに質問を重ねなければならなくなった。

「忖度とは、どういう意味ですか」

「他人の気持ちを推し量ることです」

通訳が忖度を「Conjecture」と訳す。

「おそらく加藤氏には、加藤氏なりの考えがあったと思います。それが捕虜の処分です。加藤氏は先任参謀という立場から、乾被告に命令を遵守《じゅんしゅ》させたかったのではないかと思います」

「つまり、あなたの立場を慮ったわけですね」

「はい。おそらく――」

「以上で質問は終わりです」

その時、バレットが立ち上がった。

「裁判長、私にも質問を許可していただけますか」

　裁判長が「どうぞ」と答える。

「では、あなたは捕虜の処分を望んでいたのですか」

「望んではいませんが、命令は命令です。乾被告が命令を守れなかったということは、私が守れなかったのと同じです。それを加藤氏は気に病んでいました」

「つまり加藤氏は、あなたの意を汲み、乾被告に処刑を迫ったことになりませんか」

「私の心中を察するのは勝手ですが、忖度が常に正しいとは限りません」

「では、何かの雑談の折に、加藤氏に何らかの示唆を与えたことはありませんか」

「何らかの示唆、ですか」

「裁判長」と言って鮫島が立ち上がる。

「今の検事の言葉は曖昧にすぎ、質問になっていません」

「支持します。検事は具体性を伴った質問をして下さい」

「分かりました。では何かの雑談の折に、加藤氏に捕虜処分に関する示唆を与えたことはありませんか」

「私は司令官として、作戦行動に関しての内心を吐露し、先任参謀らに忖度の余地を与えるようなことはしません」

「つまり、あなたは加藤氏らと雑談もしなかったというのですか」

「そういうわけではありませんが、とくに作戦に関しては、部下に対して私的な見解を述べることを控えるようにしていました」

「絶対になかったと言い切れますか」

「それは――」

「Objection!」と言って鮫島が立ち上がる。

「却下します。被告は検事の質問に答えて下さい」

「私も人間です。すべてを記憶しているわけではありませんが、司令官たる者、部下に忖度の余地を与えるような私見を述べることは控えていたつもりです」

「艦橋では、いかがですか」

「艦橋にいる時はなおさらです。われわれは海軍兵学校で、士官としての教育を受けています。舌打ち一つしないのも士官としての心得の一つです」

――まずいな。

五十嵐は海軍中将という立場から、バレットのような若者に対し、教えを垂れるような口調になってしまう。それが裁判官たちに好印象を与えているとは言い難い。

「質問は以上です」

「それでは休廷とします」

法廷は昼休みに入った。

——おそらく加藤は、要らぬ気を利かせて乾に捕虜の処分を促したのだ。それを要請と受け取った乾が、処分の決断を下したというわけか。

結果から見れば、何本もの糸がもつれ合い、誰にとっても最悪の結果を招いてしまったことになる。しかも双方の仲立ちをしていた加藤が戦死したことで、この事件を解明する大事なリングの一つがなくなり、真実を闇の中に埋没させてしまった。

——加藤さん、なぜ死んだんだ。

今更それを思っても仕方がないが、ほかの裁判でも、戦死者たちの屍の奥に真実が隠されていることは多い。

すなわち戦犯裁判の問題の一つに、日本軍の死傷者が多く、証人としての資格を有する者が少ないということがあった。

——結局、五里霧中か。

命令の出所が不明のまま、第二の論点の「指揮下を離れた後の処分」というところに公判の焦点は移っていったが、それも加藤の不可解な言動によって強い説得力を持たなくなっていた。このまま判決を下すとなると、「捕虜を救おうとする努力をしたかどうか」だけが判断材料になってしまう。

そうなれば証拠に残る努力をしていない五十嵐は、極めて不利な立場になる。

鮫島は袋小路に追い込まれつつあった。

十

その夜、ベッドで公判資料に目を通していると、けたたましいノックの音が聞こえた。

「鮫島さん、おられますか」

鮫島を呼ぶオーダリーの声がする。時計を見ると二十二時を回ったところだ。致し方なく起き上がった鮫島は、「今行く」と答えつつドアを開けた。

「お休みでしたか。申し訳ありません」

「それはいいが、どうしたんだ」

「内地、いや日本から電話が掛かってきました」

「分かった」

鮫島は電話のある事務所まで足早に行くと、置かれている受話器を取った。

「鮫島です」

「おう、渥美《あつみ》だ。元気そうだな」

電話を掛けてきたのは、大阪弁護士会の先輩の渥美清隆《きよたか》だった。

「渥美さん、急にどうしたんですか」

「そいつはご挨拶だな。こっちはお前の情熱にほだされて、懸命に証人を探していたんだぞ」

　渥美に証人の探索を依頼しておきながら、鮫島はそのことをすっかり忘れていた。召喚されたわけでもないのに、戦犯同然の待遇で香港まで行こうという奇特な証人などいないと、高をくくっていたのだ。

「申し訳ありません。それで証人は見つかったんですか」

「ああ、見つけたぞ。極上の証人をな」

「極上って——、そ、それは誰ですか」

　渥美の口から出た「極上」という言葉に、鮫島の胸が高鳴る。

「白木《しらき》省三《しようぞう》元大尉。軍令部第一部第一課に所属していた。来島哲郎《くるしまてつろう》軍令部総長に近い立場にいた人間だ」

　鮫島は頭の中が真っ白になった。

　——海軍の中枢じゃないか！

　来島哲郎軍令部総長は終戦前にその職を辞したが、終戦と同時に自決していた。

　息せき切って鮫島が問う。

「その白木さんという方は、何と言っているんですか」

「軍令部から捕虜処分の命令が出ていたと証言してくれるそうだ」

「えっ、それは本当ですか！」

受話器を持つ手が震える。

「本当だ。俺が本人から直接聞いた」

「これまでの戦犯裁判で、軍令部関係者はこぞって口をつぐんできました。すべての責任を現場に押し付けようとしているからです。それをなぜ――」

「白木氏は終戦後、僧籍に入ったそうだ。そこで高僧から真実を告げることの大切さを諭されたらしい」

「しかし証拠は――」

「白木氏は軍令部の機密書類に準じるものを持っている。それを見せてもらったが、証拠価値は十分にある」

感激で鮫島に言葉はなかった。

おそらく白木は、機密書類の写しか何かを所持したまま終戦を迎え、それをずっと隠し持っていたのだ。

「で、白木氏はこちらに来ていただけるのですか」

「うん。本人はどこへでも行くと言っている。ちょうど明日、香港行きの船が出るので、それに乗れるよう手続きを済ませておいた」

「ああ、何とお礼を申し上げていいか！」

あまりの喜びに、鮫島はその場に片膝をついてしまった。背後にいる宿直のオーダリーが、驚いた顔でそれを見ている。

——これで五十嵐さんを救える。

喜びが込み上げてくる。白木の証言と証拠書類によって、後に軍令部の誰かが戦犯裁判に掛けられるかもしれない。だが、それは身から出た錆《さび》というもので、鮫島が案ずることではない。

受話器からは、渥美の「どうした。大丈夫か」という声が聞こえてくる。

ようやくわれに返った鮫島が礼を言おうとすると、渥美が先に言った。

「これで何とかなりそうだな。それよりも、白木氏がそちらに着くまで公判を引き延ばせるのか」

「はい。香港までは四日もあれば着きますよね。まだ五十嵐氏と乾氏の抗弁と陳述が残っており、それぞれに三日ほどは費やされるはずなので、十分に間に合います」

「そうか。それはよかった。後は船が予定通り、そちらに着くかだけだな」

台風シーズンは終わり掛けているので、その心配もない。

「鮫島、よかったな」

「はい。ありがとうございました」

鮫島が受話器を置く。

——これで活路が開けてきた。

白木の存在が大きな突破口になるのは、間違いないと思われた。

翌々日は乾の口頭弁論となった。

乾はこの日のために百枚以上に及ぶメモを用意し、それを半ば読むようにして弁明を行った。もちろん英語である。この時、気づいたのだが、河合は「どうとでもなれ」とばかりによそを向いている。さすがの河合も乾を持て余し気味なのだ。

乾は情状酌量を得ようというのか、自らの生い立ちから説き起こし、父母の教育や地域の人々から受けた恩義に対して、とうとうと感謝の意を述べた。

海兵を志望した理由は、当時、海外に最も長期滞在できる手段は海軍軍人になることで、欧米の文物に接し、それを日本のために役立てたかったからだという。

「私は本来、平和主義者であり、戦いを好みません。しかし当時の日本では、十代後半から二十代前半という実り多き時期に海外の文物を学ぶには、海軍に入るしかなかったのです」

乾は自らの言葉に酔うように語る。

とくに「致し方なく軍人になった」というくだりは、軍人でない鮫島にも聞くに堪えないものだった。しかし傍聴席ではうなずく者もおり、イギリス人には日本人と異なる価値観の持ち主もいると分かった。

「私の愛読書はアメリカ海軍の発行する『米国海軍協会雑誌』、通称『アナポリス』でした。アメリカへ留学したこともあり、イェール大学で民主的な教育も受けました」

海軍では軍事面の専門教育だけではなく、海軍士官に教養全般を身に付けさせるべく、一般大学への留学も認めていた。乾はその制度を利用し、イェール大学で国際法を学んだという。

「その時に受けた恩師の言葉は、今でも忘れません。恩師は自由の尊重と法律の遵守こそ民主主義の根幹だと説きました。恩師の言葉に打たれた私は、国際法の専門家を目指しました。そして帰国後、民主主義思想を根底に置いて『軍艦例規』の改正にあたりました」

「軍艦例規」とは軍艦上における乗員の日課や服務要綱を定めたもので、軍艦勤務の基本法に等しいものだ。これを元に各艦の実情に合わせた個別法に等しい「内規」が作られていく。

「私は民主主義に基づき、帝国海軍の『軍艦例規』を国際標準に近づけました」

乾は、旧版と乾が作成に携わった新版を比較するように説明した。むろん法廷にいる誰もが、そんなものに興味はない。記者たちの中には、ランチを取るために出ていく者もいる。

四つ目の事例を乾が語り始めた時、たまらず裁判長が「Too much」と制した。

すると今度は、「ブカ島事件」と呼ばれる一件を持ち出した。

この事件は、乾が飛行艇母艦「八千代」艦長だった頃、ブカ島に寄港した折、スパイ容疑で捕まえたカナダ人宣教師に公正な裁判を受けさせ、無罪放免にしたことだった。

「その時、部下の多くが宣教師を殺すべきだと言いましたが、私は断固として公正な裁判を受けさせ、判決に従うべきだと主張しました」

「質問があります」

バレットが挙手すると、裁判長は「どうぞ」と促した。

「部下の多く、すなわち当時の『八千代』の副長や航海長らは、裁判なしで死刑を主張したのですね」

「はい。そうです」

「ということは、『八千代』における乾被告の民主教育は、実を結んでいなかったのではありませんか」

「それは――」

乾はつい「語るに落ちる」形になってしまった。

バレットの気の利いたジョークに、閑散とした傍聴席から、まばらな笑いが起こる。

「質問は以上ですが、まだ何か自慢できるお話はありますか」

バレットが皮肉を込めて問う。

「私は自慢話をしているつもりはありません。私という人間の実像を知っていただくべく——」

「仰せの通り、ダートマス号の乗員たち六十九名を殺したのも、乾被告の実像ですね」

それだけ言うと、バレットは着席した。

——バレット、やるな。

乾は得意とする英語を駆使し、イギリス人たちの好意を得ることに成功し掛かっていた。だがバレットには、そうした媚《こ》びを売るような態度が許し難かったのだ。

裁判長は軽くうなずきつつ、「それでは、そろそろ昼なので休廷します。午後は十三時から再開します」と言って休廷を宣した。

——乾さんは、日本人でありながら民主主義の本場であるアメリカの教育を受けてきたことを強調し、裁判官たちに親近感を植え付けようとしたのだ。

それが、河合の入れ知恵かどうかは分からない。だが鮫島は、そうした日本の軍人らしからぬ法廷戦術に納得できないものを感じていた。

食堂に赴こうとすると、入口付近でナデラが待っていた。昼食はナデラと共に取ることにしているので、不思議なことではない。

ナデラは常に河合の助言者のエリアスと共に傍聴席の端に座り、公判を聞いている。

その日の公判が終わった後、鮫島に対して助言するのが仕事だが、最近は鮫島もイギリスの軍事法廷に慣れてきたので、とくに助言らしきものはない。

裁判長たちは食事を別室に運ばせるので、公判関係者で食堂に行くのは、検事、弁護人、通訳たちだ。傍聴者は食堂には入れないが、その前で公判関係者を待ち、話を聞くことはできる。

鮫島が流暢な英語を話すことは記者たちも知っており、さかんに話し掛けてくる。それらを「Sorry」と言って振り切り、ようやく席に着いた。

「裁判長たちに、新たな証人の申請はしたのですか」

席に着くや開口一番、ナデラが問うてきた。

すでに白木のことは、ナデラにも伝えてある。

「今朝、書類を提出した」

「それで返答はありましたか」

「受理したと事務官は言っていたが――」

「分かりました。受理されたのなら大丈夫でしょう」

その時、ランチのサンドイッチと紅茶が運ばれてきた。二人はサンドイッチを頬張りながら会話を続けた。

「君が見るところ、判決はどうなる」

ナデラの答えに期待せず、鮫島は問うてみた。

「私の立場では、それを予想することはできません」

「それは分かっている。では一般論として言ってくれ」

「公判内容に触れずに一般論として言うなら、まず欧米の法廷では、毅然とした態度は決して好印象を生みません。あくまで悔い改め、慈悲を乞うという姿勢が大切です」

「五十嵐さんが、そんなことをするわけがないだろう」

「それでは、判決は厳しいものになります」

「日本人は、誇りを守るためだったら死をも厭《いと》わない」

ナデラが、食べかけのサンドイッチを皿の上に投げる。

「そんなものは捨てなさい」

「なぜだ。君らは日本人の誇りまで奪おうというのか！」

「あなたたちは、それだけのことをしてきたでしょう。連合国軍の捕虜のみならず、侵略したアジア諸国の人々の誇りを奪ってきたのは、どこの誰ですか」

ナデラの瞳は憎悪に燃えていた。

「では聞くが、イギリス人は君らの国で何をしてきた。君らを奴隷のように働かせ、搾取してきたんじゃないのか。彼らが君らの国に鉄道を敷いたのか。ダムを造って耕作地を増やしたのか。上水や下水を整備し、誰もが教育を受けられるようにしたのか。独立国となれるよう手助けしたのか。その逆じゃないか。イギリスはインド人同士を対立させ、愚民政策によって、まともな教育さえ受けさせなかった。それがイギリスの植民地政策だ！」

「それについては今、論じるべきではありません」

鮫島が口をつぐむ。英語で話していたため、周囲の視線が注がれている。いつの間にか近くの席に座っていたバレットは憎悪を剝き出しにした視線を向け、一方、河合は呆れたような笑みを浮かべている。

「鮫島さん、ここで日英の植民地政策の違いを論じたところで、何も好転しません」

確かに今更、日本の植民地政策を弁護したところで、世界の誰も支持してくれない。

――勝った者は正しく、負けた者は間違っている。それが戦争というものだ。これからは、敗戦国日本の行ったことがすべて否定される。その前提で、国際社会での存在感を高めていかねばならないのだ。

それがいかに難しいかは、鮫島にも理解できる。過去を肯定できず、誇りにもできない国民が何かを主張しようとしても、それは何の説得力も持たない。だが鮫島は、国際社会に参加する国々が法を信奉する限り、真実を伝えていく方法はあると信じていた。

――これからの俺たちの戦いは、ある意味、実際の戦争よりも過酷なものだ。だが法という武器があれば、どこまでも戦っていける。

敗戦国日本は、国際社会に通用する法だけを頼りに生きていかなければならないのだ。

ナデラが冷静な口調で言う。

「私は、五十嵐被告が有利になるような態度を推奨しただけです。それを受け入れようが受け入れまいが、五十嵐被告の自由です。つまり彼が大日本帝国に殉じようが殉じまいが、私にはかかわりのないことです」

その言葉が、鮫島の誇りを傷つける。

「君は日本を嘲るのか」

「私が嘲るのは大日本帝国です。日本民族には、ほかの民族同様の敬意を払っています」

「それは屁理屈《へりくつ》だ。われわれにとって大日本帝国は民族と同一だ」

「国家体制と民族は違います」

「われわれにとっては同じことなんだ！」

「あなたは、いつまで日本が世界に冠たる国だと思っているのですか。日本は今、主権さえ失い、世界の最下等国に落とされたのです。その事実を受け入れない限り、日本の明日はありません」

「何だと――、君にそこまで言う資格があるのか」

鮫島が腰を浮かし掛けたので、周囲に緊張が走る。

「殴っても構いませんよ。私は無抵抗主義者です。その行為を非難もしませんし、訴えもしません。ただ五十嵐被告の公判に、有利に働くとは思いませんがね」

「君は日本が、このまま終わると思っているのか」

ナデラの顔色が変わる。

「あなたのような態度を取り続けるなら、日本は今のままの最下等国です。国際社会の一員として生きるということは、他国との友好を重んじ、どんな小国に対しても対等の立場で付き合うことです。あなたの言葉の端々には、アジアの人々に対する軽侮が垣間《かいま》見《み》られます。そうした態度が、これからの日本の発展を阻むんです」

そこまで言うと、ナデラはため息をついた。

「それを言いたかったのか」

「私は日本と日本人が今度こそ生まれ変わり、世界に誇るべき国家になることを願ってやみません。インドには、『重荷は背骨が折れるまで背負え』ということわざがあります。日本はむこう百年、いやそれ以上の間、この大戦の重荷を背負わされるでしょう。つまり侵略の被害を受けたアジアの国々は、日本人を苦しめ続けるでしょう。それでも日本人一人ひとりが、そうしたことに耐え、心から謝罪を続けないといけないんです。その果てに真の友好が生まれ、日本人は同じ人間として扱われるのです」

ナデラの言うことは尤もだった。

「君は、われわれ日本人よりも日本のことを考えてくれているんだな」

「私は客観的な状況を述べただけです。実際は、日本人はもっとひどい目に遭わされるかもしれません。それでも父祖の罪を、あなた方は償っていかねばならないのです」

――その通りだ。われわれが背負わされた荷はあまりに重い。しかしそれを背負っていかない限り、日本の明日はない。

「ありがとう」と言って鮫島が手を差し出すと、ナデラはナプキンで手を拭った後、強く握り返してきた。

「インドと日本は仲よくしていかねばなりません。インドには、『木を切った人にも木陰を与えろ』ということわざもあります。つまり、どのような罪をも許す寛容さこそ、インドでは大切なんです」

「ナデラ、何と言っていいか――」

その時、ベルを鳴らしながら食堂に入ってきたボーイが、開廷十分前を告げてきた。

鮫島は無言でナデラと視線を交わすと、法廷へと戻っていった。

十一

続いて五十嵐と乾の抗弁が始まった。だが新たに何かが見つかったということもなく、ただ口供書をトレースするだけとなった。むろんそうでなければ、口供書に嘘が書かれていたことになるので当然でもある。

公判結果を左右する第一の論点の「命令の出所」は結局はっきりせず、第二の論点の「指揮下を離れた後の処分」という点も、加藤の忖度のせいで、五十嵐に有利な状況とはならなかった。

公判は自然、第三の論点の「捕虜を救おうとする努力をしたかどうか」に移っていったが、これについては圧倒的に乾が有利だった。

多くの証人たちから、乾の助命嘆願についての証言は得られたが、五十嵐には捕虜たちを救おうとした形跡はなく、ひたすら命令を遵守しようとしたイメージしかない。

作戦責任者である五十嵐が命令を守らせようとするのは当然のことなのだが、人道主義的観点からすれば言語道断なように感じられる。

ここには戦犯裁判の微妙な問題が内包されていた。例えば、現場の兵たちが裁かれる場合でも、連合国軍側は事後的法解釈として、「違法な命令に対する不服従の義務」なるものを作り上げた。

すなわち不法行為を命じた上官に対して、抗命しない場合は命令を受けた者も罪になるというのだ。これが適用されれば、「上官の命令は絶対」という掟を破ることになり、軍隊の根幹を成すものが否定される。

だが連合国軍側は自国民や現地住民の報復感情に応えるべく、実行者をどうしても裁きたかった。それゆえこうした無理のある解釈を事後に作り上げ、末端の兵士にまで罪を負わせようとしたのだ。

つまり「違法な命令に対する不服従の義務」の観点からすれば、作戦責任者として軍令部の命令に唯々諾々《いいだくだく》と従った五十嵐は、罪を負わねばならないことになる。

一方、抗命の事実がある乾は、たとえ実行したとはいえ、情状酌量の余地が十分にあるのだ。

――この法廷にいる英国人将校は、胸に手を当てて考えてみるがいい。命令が守られなかったら軍隊は崩壊する。

軍隊を成り立たせている根幹は上意下達の命令であり、それを上回る原理はない。それは万国の軍隊に共通していることで、本来なら命令を遵守した五十嵐の姿勢は、褒められこそすれ非難などされないはずだ。

――少なくとも命令の出所さえはっきりすれば、活路が見い出せる。

鮫島は白木という男に望みをかけていた。

拘置所での面会時間は、スタンレー・ジェイルと変わらず一時間以内とされている。

この日の公判が終わった後、鮫島は白木の存在を初めて五十嵐に告げた。

「白木省三大尉。軍令部第一部第一課所属か」

鮫島の渡したメモを見ながら五十嵐が言う。

「ご存じの方ですか」

「いや、知らないな」

少し記憶を探った後、五十嵐が首を左右に振った。

「今、白木氏はこちらに向かっている最中です」

鮫島は、白木が証言台に立つ気になった理由を述べた。

「そういうことか。何もなければ海軍の中枢を歩んでいたはずだが、今は僧籍に身を置いているんだな」

「はい。戦争は大半の日本人の運命を変えました」

「そうだな」と言って、五十嵐は遠い目をした。

「ご長男のことをお考えですね」

「ああ、そうだよ。それ以外、何を考える」

五十嵐の長男は駆逐艦の砲術長を務めていたが、昭和十九年（一九四四）十一月、乗艦がレイテ島オルモック沖で撃沈された際、艦と運命を共にしていた。

「ご長男は成績優秀だったと聞きました」

「ああ、その通りだ。私にはもったいないほどの息子だった。ハンモックナンバーも一桁で、海軍でも将来を嘱望されていた。あの男が死ぬとはな」

五十嵐には、長男がこの世にいないということが、いまだ信じられないらしい。

――きっと二人の間には、語り尽くせない思い出があるのだろう。

他人の鮫島には慰めの言葉もない。

「日本は負け、多くの有望な青年たちが死んだ。それは紛れもない事実であり、時計の針を戻すことはできない。だが――」

五十嵐は一拍置くと、力強く言った。

「その死を無駄にしないためにも、君ら若者には、国際社会に仲間入りできる新しい日本を作っていってほしいんだ」

「五十嵐さん――」

その一言が言えるまで、五十嵐がどれほどの思いをして長男の死を受け容《い》れたか、鮫島には想像もつかない。

だが海軍中将という誇りを剝ぎ取られた今も、五十嵐は敗戦国日本の代表として、勝者である欧米諸国と対峙していこうとしていた。

「五十嵐さんは、日本の先行きを案じていらっしゃるのですね」

五十嵐は苦笑いすると、鮫島からもらった煙草に火をつけた。

「あの戦争は、日本が国際社会の一員になるために必要なもの、いわば通過儀礼のようなものだったんだ。明治日本は、ほかのアジア諸国と違っていち早く産業革命の恩恵を受けて近代国家へと変貌を遂げた。それゆえその後、欧米諸国に伍《ご》していけると勘違いしてしまった。その根拠のない自信が孤立を招いた。今回の大戦で、日本は外交的に孤立しては駄目だということを痛感しただろう。それが分かった今、初めて日本は諸外国の立場を重んじ、痛みを分かち合える国際社会の一員として生まれ変われるはずだ。それを思えば、戦死者たちは無駄に死んだんじゃない。彼らは、これからの日本の礎《いしずえ》を築いたことになる」

自分を納得させるように五十嵐は続ける。

「今回の公判を通じて、君らは、真実を追求する大切さや法の正義への信頼を国際社会に知らしめることになる。つまり君らこそ、日本が次の戦いに勝つための尖兵《せんぺい》なんだ」

そこまで言うと、五十嵐は疲れたように天を仰いだ。

「次の戦いも厳しいものになりそうですね」

「ああ、実際の戦争以上に厳しいものになるだろう。だが日本は、もう負けるわけにはいかない」

――その戦いに勝つことが、敗戦に打ちひしがれた日本人を再起させるのだ。

鮫島は、自分に課された使命が極めて重いものだと覚った。

「五十嵐さん、何があろうと私は戦い抜きます」

「その意気だ。真実がはっきりするなら、私は絞首台の露と消えても構わない」

「いや、五十嵐さんを絞首台には上らせません。白木さんが証言台に立てば、不利な状況も覆ります」

「だと、いいんだがね」

半ばあきらめているかのように、五十嵐が苦笑いする。

「しかし白木君が証言台に上れるかどうかは、まだ分からないぞ」

「それは心配要りません。証人申請は受理されました」

「そうか」

五十嵐は、それを喜ぶ風もなく煙草をもみ消した。

「明日は土曜だが公判は休みだったな」

「はい。午前も休廷すると聞いていますので、白木さんを港に出迎えに行きます」

「それがいい。長旅で疲れているだろうからな。せいぜいねぎらってやってくれ」

五十嵐が立ち上がると、エスコートが左右から腕を取った。

「では、また」と言って五十嵐は去っていった。

十二

香港は、香港島を中心に九龍半島と大小二百三十五余りの島から成っている。その表玄関がコーズウェイ・ベイ（銅鑼湾）だ。

この日、鮫島は気分転換も兼ねて早めに港に向かった。歩いていると背後から人力車《ヤンリッチェー》に呼び止められたので、それに乗った。人力車の作り出す爽快な風が嫌な思いを吹き飛ばしてくれる。

宿舎から港までは徒歩だと優に三十分はかかるが、人力車だと十分ほどで着く。久しぶりに吸う海の空気は、鬱屈した心に清涼な風を吹き込んでくれた。

――だが五十嵐さんら戦犯容疑者には、こんな自由さえないのだ。

それを思うと、こうして気分転換を図っていることすら後ろめたく思えてくる。

――だが、いい仕事をするためには、こうしたリフレッシュも必要だ。

そう自分に言い聞かせた鮫島は、人々の行き交う港町を散歩した。

港の朝は早い。魚介類や野菜を積んだ荷車や、どこに向かうのか、膨大な数の自転車が走り回り、それらが鳴らす警音器の音が耳を圧するほどだ。

路上には露店や新聞売りが店を出し始めていた。腹も減ってきたので、新聞売りから新聞を買い、「氷室《ピンサツ》」と書かれた店に入った。「氷室」とは軽食も取れる喫茶店のことで、「茶食《チャシ》」と呼ばれる朝食が食べられる。

飲み物は小豆ミルクを、食べ物はハムとねぎの卵とじにトーストが付いたものを注文すると、鮫島は買ったばかりの新聞を開いた。

一面は日本軍の退去に伴い、内陸部から香港島へと押し寄せてくる人々の数が尋常ではないという記事だった。いまだ中国大陸は混乱しており、今のうちに香港に渡ろうという人々が多くいることが、この記事から分かった。

——すべては元に戻り始めているのだな。

日本軍統治時代の残滓《ざんし》が次第に淘汰《とうた》されていくのは当然としても、そこにあった良質な日本人の足跡も消されていくことに、鮫島は寂しさを覚えた。

日本の香港統治期間は四年弱でしかなく、台湾や朝鮮の植民地統治のように、インフラを整えるまでには至らなかった。つまり、統治の成果が出る前に日本は退場を強いられたのだ。また日本から移ってきた商人たちも、中長期的な信用を売り物にする日本の商習慣を定着させる前に引き揚げねばならなかった。

——そして残ったのは、日本人への恨みだけか。

何の気なしにページをめくっていくと、自分の写真があった。法廷内の撮影は禁じられているので、ちょうど法廷から出てきたところのようだ。

そこには「Japanese young lawyer Samejima, means Shark Island, starts to shark attack」という小見出しと、鮫のような潜水艦に乗る鮫島らしき人物が、法廷を魚雷攻撃する風刺画まで描かれていた。

その記事の趣旨はこうだ。

「日本の若き弁護士・鮫島氏は、『ダートマス・ケース』に熱い闘志を燃やしており、自分が弁護する五十嵐元中将の命を救うべく奔走している。だが事件は事実であり、誰かが責任を取らねばならない。鮫島氏は詭弁に近い法解釈で残虐な五十嵐被告を救おうとしているが、厳然たる事実の前にその頑張りは空回りしつつあり、鮫島氏の攻撃が成功する余地は極めて少ない」

――全く分かっていない。

鮫島はため息を漏らしたが、ふと、その記事もある面では正しいという気もした。

――そうか。俺が頑張ることは、イギリス人たちにとって「日本人の抵抗」を意味し、よい印象を持たれないということか。

だが当たり障りのない弁護をし、イギリス人に慈悲を乞うたところで、五十嵐は死刑に処されるだろう。

――戦勝国の大衆は、敗戦国には徹底的な平伏と服従を強いたいのだ。

裁判官たちは、そうした報復意識を満足させねばならない立場にある。

とくにイギリスは開戦劈頭《へきとう》、海軍の誇る最新鋭戦艦の「プリンス・オブ・ウェールズ」と「レパルス」をマレー半島東方沖で撃沈され、海軍国の威信を著しく傷つけられた。その時の屈辱は大きく、ナチス・ドイツに対する以上に、日本に対しての憎しみを募らせてきた。それだけならまだしも、アメリカ合衆国のように今後、共産主義国家から太平洋を守る防波堤として日本を考えているわけではないので、その主宰する法廷の大半は、報復裁判の様相を呈していた。

シンガポールのチャンギー刑務所などでは、軍の首脳部も法廷も、刑務所内で行われている拷問や私刑を見て見ぬふりをしているという有様で、何の罪もない日本人軍属や商人までもが、激しいリンチの末に次々と命を絶たれていた。

——今の日本人には、そうした無法に抵抗する武器は何もない。

イギリスは戦犯の疑いのある者を連れてきて、取り調べの上、裁判を受けさせるかどうか決めるというアメリカの方式を踏襲せず、一つの地域に残っていた日本人全員を逮捕し、一人ひとりを尋問し、戦犯の疑いがある者を片っ端から裁判に掛けていた。その過程で拷問が行われるのは言うまでもなく、シンガポールでは残っていた軍人のほぼすべてが裁判に掛けられ、大半が死刑を宣告されていた。それでも、オランダやオーストラリアの法廷に比べれば死刑率が低いというのだから驚く。

——オランダやオーストラリアは連合国軍の一員、すなわち自分たちが勝者だったということを国民に印象付けたいがために、ずさんな調査で日本人を戦犯に仕立て上げ、次々と絞首台に送り込んでいる。

たいした戦いもできず連戦連敗だった両国にとって、自らの名誉と自信を回復することが必要だった。それが国民の勤労意欲を高め、経済発展へとつながっていくからだ。

——そのために日本人の命は利用されているのだ。

そこに根強い人種差別意識が横たわっているのは、紛れもない事実だった。

アジア四十九カ所で行われている戦犯裁判の状況は、鮫島の耳にも入ってきていた。

むろんどの裁判にも弁護人が付けられるが、オランダやオーストラリア、そしてイギリスの裁判では、ほとんど無意味な存在と化していた。

——それでも俺は戦う。

鮫島は法という武器を駆使して五十嵐を救うことで、新生日本が国際社会に印す第一歩としたかった。それは空しい戦いになるかもしれない。だが五十嵐が言ったように、日本の未来のためにやり抜かねばならない仕事でもあるのだ。

その時、「Excuse me」と声を掛けられたので、鮫島は驚いて新聞から顔を上げた。目の前に恰幅のいい英国人紳士が立っていた。

「新聞を見ました」

「えっ、どの記事ですか」

ちょうど開いていた鮫島の記事を紳士が示す。

「若い日本人の弁護士が、一人で戦いを続けているという記事です」

鮫島が戸惑っていると、紳士は「よろしいですか」と言って、隣の空いている椅子を指差した。

「もちろんです。どうぞ」

「そこに書かれている young lawyer とは、あなたのことですね」

「はい。そうだと思いますが――」

「私も、日本軍にはひどい目に遭わされました」

――またその話か。

そう思いつつ謝ろうとした鮫島を制すると、紳士は言った。

「あなたは、まだ戦っているんですね」

「いけませんか」

「いいえ」と言って、紳士は両手を前に広げた。

「私は、こうした形であなた方が戦うことを肯定しています。私もイギリス人です。イギリス国民であることに誇りを持って生きてきました。大きな犠牲を払いましたが、今回の戦争で勝つこともできました。しかし不公正な裁判で、日本人を死刑に追いやるイギリスの姿勢には納得できません。それこそ戦争の勝利に泥を塗る行為です」

自らの戦いを批判されると思っていた鮫島は、自分の耳を疑った。

「どうして、そうお考えなのですか」

「復讐や報復は何も生み出しません。確かに日本軍の中には非人道的行為をした者もいるでしょう。もちろん死んでいった同胞の中には、自分の死に報いてほしいと思う人もいるはずです。しかし——」

紳士は一拍置くと、決然とした声音で言った。

「生きている者も、死んでいった者も、そういう考えばかりではないことを忘れないでいただきたいのです」

「なぜ、そんなことを——」

「私は今回の戦争で末弟を失いました。『プリンス・オブ・ウェールズ』に乗っていたんです。彼は『兄さん、戦争など起こらないから心配は要らない』と言っていました。しかし戦争は起こりました。私は可愛《かわい》がっていた弟を殺した日本人が憎かった。民族を根絶やしにしてやりたいとさえ思いました。しかし教会に通い、牧師さんの話を聞いているうちに気づいたのです。復讐や報復は何も生み出さないと。何かを生み出すのは寛容の精神です」

「Tolerance と仰せですか」

「そうです。寛容の心を持つことで未来は開けてきます。これからの時代、世界の国々は急速に接近します。一方が一方を搾取するのではなく、それぞれが共に栄え、共に豊かになる世界が来るのです。私は商人だから、それがよく分かる。つまり、われわれは何事にも Future oriented（未来志向）な考え方を持たねばならないのです」

紳士の言葉が鮫島の心を打った。

「ありがとうございます。何と言っていいか分かりません」

鮫島は立ち上がり、深く頭を下げた。

「いや、私は私の意見を述べただけです。おそらくこの地でビジネスをしている者でないと、こうした考えは理解してもらえないでしょう」

紳士が呆れたように首を左右に振る。おそらくイギリス本国から来たばかりの者と香港に長くいる者との間には、考え方に大きな隔たりがあるのだろう。

「あなたの戦いが、いかなる結果になるかは分かりません。しかし意に染まないものになったとしても、法を盾にして戦ったという事実は残ります。それが、これからの両国には大切なのです」

鮫島は感無量で言葉もなかった。無言で差し出した鮫島の手を、紳士が強く握り返す。

「ご健闘をお祈りしています。あなたの頑張りは、わが母国イギリスのためでもあるのです。それでは失礼します」

その場を後にする紳士の背に、鮫島が声を掛ける。

「せめて、お名前だけでも教えていただけませんか」

「私は名乗るほどの者ではありません。法と正義を愛する一人のイギリス人と思っていただければ、それで結構です」

紳士は片手を軽く挙げると、氷室から去っていった。その後ろ姿に、鮫島は直立不動の姿勢を取った後、深々と頭を下げた。

――世界は捨てたもんじゃない。

孤立無援とばかり思っていた鮫島だが、沈黙していても応援してくれる人々がいることを知った。

――俺は一人じゃない。法の正義を信じる限り、孤立することはないんだ。

その時、港の方から大きな汽笛の音がした。

――来たか！

鮫島は急いで朝飯を平らげると、桟橋を目指した。

十三

桟橋に横付けされた船から乗客たちが下りてくる。その中にいるはずの僧形《そうぎょう》の人物を探したが、鮫島は見つけられなかった。

――まさか乗っていなかったのか。

この船に乗っていなければ、万事休すとなる。

鮫島がどうすべきか途方に暮れていると、背後から「あの」という声がした。

「あっ、あなたは――」

「白木です」

男は、薄汚れた背広にくたびれたネクタイを着けていた。頭は坊主刈りにしていたが、日本人の多くがそうなので、それだけで僧侶の特徴にはならない。

「お坊さんの姿とばかり思っていました」

「僧侶の姿は、クリスチャンに悪い印象を抱かせるのではないかと思いました」

「ここまでお考えいただき、ありがとうございます。ここまでの船旅はいかがでしたか」

「快適とは言えませんよ」

白木が白い歯を見せて笑う。その顔には、軍令部に勤めていたということを微塵《みじん》も感じさせない屈託のなさがある。

「それは申し訳ありませんでした。しかし、よくぞご決断いただきました」

「当然のことです」

鮫島が口ごもりつつ問う。

「日本で圧力が掛かりませんでしたか」

「私が香港に行くことを知る戦友――、いや、元軍令部の人間はいませんから、とくにそうしたものはありませんでした」

「やはり、箝口令《かんこうれい》は敷かれていたのですか」

「はい。私にも連絡はありました」

「どういう形で――」

「それはホテルで話します」

――そうか。白木氏はホテルに宿泊すると思っているのだな。

戸惑いつつも、鮫島は告げた。

「証人に用意されているのは、ホテルではありません」

それですべてを察した白木は黙ってうなずくと、入国手続きを行うべく入管のある建物に入っていった。

これにより白木は、イギリス軍戦犯部起訴係の管理下に置かれることになる。

白木は自主的な証人だが、証人の大半は強制的に連れてこられる。つまり半ば囚人のような扱いをしないと逃亡される恐れがあると、イギリス側は思っているのだ。

手続きを済ませて出てきた白木は早速、起訴係に所属する兵士たちによって、法廷に隣接する宿舎に連れていかれた。

白木が解放されたのは、起訴係による人定確認などが行われた後になってからだった。

人定確認終了との一報を受けた鮫島は起訴係に申し入れ、白木の話を聞く時間を取ってもらった。

すでに日は暮れ、周囲は静かになってきていた。

イギリス人のエスコートが現れ、「部屋を用意したので来い」と告げてきた。鮫島はそのエスコートの後に付いて、白木の待つ部屋に入った。

白木も心細かったのか、笑みを浮かべて鮫島を迎え入れると、自らのことを語り始めた。

白木は出身地である高知県内の中学を卒業後、兵学校に入り、艦船勤務を経た後、海軍水雷学校に入学した。そこで水雷のプロとしてキャリアを築こうとしたが、郷里の先輩の来島哲郎に呼ばれて軍令部第一部第一課に所属し、終戦の前年に海軍大学校に入ったという。

「それで、先ほどの話の続きですが」

「箝口令ですね」

鮫島がうなずく。

「あれは米軍が進駐してくる前のことでした。終戦となってもどうしていいか分からず、私ら学生は教師たちと共に大学校にとどまっていました。そこに軍令部総長の使者と称する少将が現れ、軍令部出身将校だけを集めました。そこで少将は、連合国軍が進駐してきても軍令部から出たすべての命令には『知らぬ、存ぜぬ』を通すよう命じてきました。その理由は天皇陛下を守るということでしたが、実際は自分たちの保身のためだと思いました」

軍令部が保身に走ったという噂は、やはり本当だったのだ。

「それからどうしました」

「とくに進駐軍からの呼び出しもなかったので、私は汽車や船を乗り継いで故郷へ戻りました。そこで農作業をしながら考えたのです。私は前線に出ることもなく命を長らえましたが、多くの方が戦場で命を失いました。働けないほどの重傷を負った方もいます。そうした中、私は軍令部総長の補佐として命令書を確認し、同胞や敵国の兵を死に追いやってきたのです。その罪の重さは言葉では言い表せません。日々、それに思い悩み、衝動的に出家得度《とくど》しました」

白木が悄然と頭を垂れる。

「それであなたは、インド洋作戦の命令書作成にも携わっていたのですね」

「はい。私は第一部の作戦記録掛で来島軍令部総長に近い立場でしたから、上がってくる命令書を吟味した上で、来島総長に届けていました。通常は作戦を担当する第一部第一課から作成の要請が届くのですが、あの時だけは、特務班という部署から起案書が上がってきました」

「そうした前例はあるのですか」

「私が携わったものではありませんでした。特務班というのは軍令部内では通信課報と暗号解読を主にやっている部署でしたが、次第に政治目的が絡んだ作戦とか、同盟国からの要請を受けて何らかの作戦を立案するとか、そういったところまでかかわるようになっていきました」

——同盟国からの要請か。つまりUボートの技術情報をドイツから提供してもらい、共同作戦を展開する見返りとして、ドイツが要請する「敵の人的資源の殲滅」を作戦に盛り込んだというわけか。

それは、五十嵐らが言っていたドイツとの取引に関することと一致していた。

「それで、佐々木《ささき》大佐が説明のためにやってきたんです」

「佐々木大佐とは——」

「特務班の一人で、インド洋作戦を起案した人物です。残念ながら佐々木大佐はその後、厦門《アモイ》駐在武官となり、大陸で消息を絶ちました」

「つまり、すでに戦死していると——」

「厦門は混乱していたと聞きますから、おそらく中国人の手で殺されたのでしょう」

戦犯裁判の常で、ようやく見つけた糸の端を手繰《たぐ》ろうとしても、必ず死亡や行方不明で途切れてしまう。鮫島は今更ながら戦犯裁判の難しさを痛感した。

「つまりインド洋作戦の申請は、特務班から出されていたのですね」

「そういうことになります。ただ作戦命令には、来島さんの許可が要ります。つまり私は総長に許可をもらうために、内容について詳細まで知らねばなりません」

「詳細というと、『口達覚書』のことまで含んでいたのですか」

「いや、それは――」

白木が口ごもる。

「もう軍令部は存在しません」

「そうでしたね。つい帝国海軍が今でもあるような気になってしまって。なんせ、あれだけ大きな組織でしたから」

白木のように、頭では陸海軍の組織が解体されたことを分かっていても、長年染み付いた習慣からか、どうしても軍部の存在が気になってしまう元軍人は多い。

「それで佐々木大佐は、捕虜の処分についてどう答えたのですか」

「私がそのことについて問うと、捕虜は連れて帰らず処分すると言っていました」

白木の顔が強張《こわば》る。自分にも責任の一端があると思っているのだ。

「それであなたは――」

「直属の上官の一部長には上申しましたが、反対意見を述べました。ところが、それを一部長から聞いた佐々木大佐は激怒し、『貴様には大局が分かっていない。この戦争は、五年後には潜水艦の戦いになる。早いうちからドイツの技術を導入しておかないと、致命的なことになる』と言っていました」

確かに戦争を勝ち抜くことだけを考えれば、佐々木の言うことは正しい。ドイツ軍のUボートの技術情報を早期に吸収し、来るべき潜水艦戦に備えるのは、軍人として正しい認識でもある。

――だがその日が来る前に、日本は原爆を落とされて降伏したというわけか。

長期戦に移行しつつあった軍部にとって、米軍の原子力爆弾は衝撃だった。それにより、三年後や五年後を見据えた軍事技術の開発や導入は、一気に雲散霧消してしまった。

「大局に立てば日本を利することであろうと、私は『人道的にそんなことはできない』と言いました。しかもその命令の核心部分を、『口達覚書』にするというのですから、卑怯この上ないことです。『口達覚書』は現物が残っていても誰が出したか分からず、軍令部の責任は問われません。つまり現場に責任を押し付けることです。しかし、それに現場の責任者が不服を唱えれば即解任です。これほど不条理なことはないと思いました。ところが――」

白木の顔に苦渋の色が浮かぶ。

「どうしたのです」

「極めて異例ですが、佐々木大佐は来島さんに直談判《じかだんぱん》に行きました。そんなことをしても、来島さんが佐々木大佐を叱りつけるだけだと、私は思っていました」

「ところが違ったのですね」

「はい。来島さんは佐々木大佐の説得に応じたのです」

「どうしてですか」

「私も不思議に思いました。そこで私は、来島さんのお考えを聞きに行きました。しかし――」

白木が無念そうに言う。

「来島さんは『動き始めた石は、誰にも止められない』と仰せでした」

「そんな――」

太平洋戦争そのものが、誰が強く主張したものでもなく開戦の決断がなされた。それを思えば、来島の発言はさもありなんという気もする。

「それで致し方なく、指示されるままに作戦命令書を作成しました。ところが中長期的な作戦となるはずだったインド洋作戦は、一度だけの出撃で中止になったのです。あれだけ苦しんだ末に命令を承認したにもかかわらず、何ということかと思いました。しかし胸を撫で下ろしたことも事実です」

「ダートマス号事件のことを知ったのは、いつでしたか」

「お恥ずかしいことに、渥美弁護士から話を聞いて知りました。その時、私は無念でなりませんでした。もしも私が強く反対し、個人的な関係を使って来島さんを諌《いさ》めていたら、あの作戦はなかったかもしれないのです」

日本軍の衰勢はまさに坂道を転げ落ちる石のようだった。とくに艦船の燃料不足は深刻で、Uボートの技術情報どころではなくなっていた。ドイツも欧州戦線で後退が始まり、インド洋で潜水艦による通商破壊戦を行う余裕もなくなり、技術情報の伝授も共同作戦も、どちらが切り出すでもなく立ち消えになった。

——何と愚かなことか。

殺された英国人やインド人たちにとっては、これほど気の毒なことはないだろうし、事件にかかわってしまった五十嵐たちの不運も残念でならない。

「そういうことだったんですね」

鮫島が大きなため息をつく。

「今の私にできることは、真実を語ることだけです」

「おそらく白木さんの言葉には説得力があるはずです。それで証拠品ですが——」

「もちろん持ってきました」

白木が腹巻から油紙に包まれたものを大切そうに取り出す。

「これです」

それはインド洋作戦の「作戦命令」だった。

「どうして、これを——」

「これは、私が隠し持っていた軍令部保管用の写しです。おそらく五十嵐さんが提出した『作戦命令』と筆跡は同じでしょう。私以外にあれを書いた者はいないからです。『口達覚書』はすでに破棄されたはずですが、これに私の証言があれば、十分ではないでしょうか」

「おそらくそうでしょう」

そこまで言って、鮫島は口ごもった。

――しかし裁判官たちが、最初から死刑者を出すつもりなら、このような些細な点にこだわるかもしれない。

――ここは香港のイギリス軍事法廷だ。

それを思えば、確実なことなど何一つないのだ。

――それでも、この一本の糸にすがるしかない。

鮫島はこの文書と白木の証言で、最後の戦いに臨む決意をした。

第四章

裁決の時

一

十月も下旬になり、香港の街も晩秋への衣替えが始まっていた。暑かった夏が嘘のように涼しくなり、空気は澄んで湿気はなくなり、晴れの日も多くなった。ビクトリア・ピークの草木も幾分か色あせ、冬支度を始めているようだ。

鮫島の心は浮き立っていた。いよいよ白木を証言台に立たせる日が来たからだ。シャワーを浴びて気合を入れると、鮫島は半地下の法廷へと向かった。白木はイギリス軍戦犯部起訴係の管理下に入ったので、彼らが法廷まで連れてくるはずだ。

書類を抱えて法廷に入ったのは、普段と同じ開廷の十分前だ。

新証人の登場を前もって知らされているバレットは緊張気味だが、新証人が乾に不利益をもたらさないと見切っている河合は、余裕の笑みを浮かべている。

時計の針が十時を指すと、「Court!」という執行官の声が法廷内に響きわたり、傍聴人も含めた全員が起立して三人の判事を迎える。

公判はいつものように始まったが、冒頭の裁判長の言葉に、鮫島は耳を疑った。

「本日は五十嵐被告の弁護人である鮫島氏から証人の申請があり、その証言を聞く予定でしたが、事前に提出された書類を精査した結果、当法廷では証人を不適格と見なし、召喚を見合わせることにしました」

——何だと！

鮫島は愕然とした。

「なお、弁護人に不服がある場合、本日中に証人の召致に必要な新たな書類を提出して下さい。それによって明日の召喚の可否を決定します」

——新たな書類だと。そんなものがあるわけないだろう。

今更、白木について追加する情報はない。

——何とかしなければ。だが、どうすればいいんだ！

鮫島は動転していたが、とにかく「裁判長！」と言って立ち上がった。

「本日証言予定の証人については、すでにイギリス軍東南アジア司令部の戦争犯罪法律部に証人申請を受理されています」

鮫島が法廷の上部機関の正式名称を持ち出したので、裁判長が少し色をなした。

「受理と承認は違います。当法廷への証人召致の是非は私たち判事の権限下にあり、当法廷の上部機関の管轄するところではありません」

その通りなので鮫島に反論の余地はない。

現在、裁判は弁護側証人の証言段階に入っており、いよいよ大詰めになってきている。だが白木を証言台に上げることは、軍令部まで調査を進めねばならないことを意味し、「ダートマス・ケース」の審理も長引くことになる。

裁判所の権限を盾に、判事たちが結審を早めようとしているのは明らかだった。というのもイギリスの戦犯裁判は「迅速な裁判が肝要」とされ、長引くと判事たちの失点になりかねないからだ。

――だが、このまま引き下がるわけにはいかない。

鮫島が再び発言を求める。

「被告には弁護される権利があり、弁護の過程において証人を喚問する権利も付与されています。被告の権利は『軍令八十一条』に謳《うた》われている通りです」

「軍令八十一条」とはイギリス軍事法廷の規定の一つで、「裁判の手続きは正規の手順に則《のっと》って行われるべきである」というもので、それに付随して、高位の法務官から「（被告に）弁護の機会が与えられないような方法は認められない」というガイダンスが付いている。

鮫島は、この曖昧な規定とガイダンスを指摘したのだ。

だが裁判長は受け付けない。

「裁判所の管轄権について異議を差し挟むことは、裁判を妨害することにつながるため、一切の申し立てを認めません」

「そうではなく、被告の権利として証人を喚問する要求をしているのです」

「それは違います。証人が証人たる資格を有していない場合、当法廷は、その人物を証人として認めるわけにはいきません」

「ではお聞きしますが、本日、私が証人として召致したのは白木省三元大尉で、軍令部第一部第一課に所属し、来島哲郎軍令部総長に近い立場にいました。これでも証人たる資格を有していないと仰せですか」

傍聴席からどよめきが起こる。それは、命令の出所がはっきりするであろうことを期待しているだけでなく、旧日本海軍の軍令部という中核に迫ることにもつながるからだ。

だが裁判長は頑なだった。

「鮫島弁護人、当法廷はイギリスの正義の伝統に則って行われています。その正義の伝統を最もよく知り、最も正しい判断を下せるのは、私と二人の判事なのです」

「お待ち下さい。貴国の正義の伝統は分かりますが、それは法の正義とは別のものではありませんか」

傍聴席がさらにどよめく。そこには、「よくぞ言った」という感慨も含まれているはずだ。

「それでは、あなた方の正義はどうだというのです。日本の正義は正しいのですか。国際社会に認められているのですか」

裁判長も苛立ちを隠せない。

「私は日本の正義ではなく、法の正義を問うているのです。イギリスが培ってきた正義の伝統には敬意を表しますが、それは長年にわたる慣習によって培われたものであり、当法廷で信奉すべき法の正義ではありません」

「ここはイギリスの軍事法廷です。その正義の伝統を踏みにじるような発言は許しません」

裁判長の顔が紅潮する。

だが鮫島は一歩も引くつもりはなかった。ここで引けば五十嵐の死刑は確定したも同じであり、判事たちの感情を害しても構わないと思った。

「裁判長が仰せの通り、ここはイギリスの軍事法廷です。しかし法の正義は不変です。法の正義を守るためにも、証人喚問をご許可下さい」

裁判長は渋い顔をすると、左右の判事と小声で何事かやり取りしている。

――傍聴席を気にしているな。

裁判長がため息をつきつつ言った。

「この件について、三人でもう一度、話し合います。よって当法廷は一時間の休廷とします」

裁判長はガベルを強く叩いてから退廷した。それを見届けた鮫島は、口惜しさに唇を噛みつつ法廷を後にした。

休廷となったので食堂に向かっていると、ナデラが追い付いてきた。

「やりすぎです」

「そんなことはない」

「判事たちの感情を害するのは、得策ではありません」

「それは分かっている。では白木氏の証言がなくても、五十嵐さんは死刑から免れられると言うのか」

「それは――」

ナデラが口ごもる。

二人が食堂に入って椅子に座ると、ボーイが紅茶を運んできた。

「何としても白木氏を証言台に立たせる。そうすれば事態を打開できるはずだ」

「果たしてそうかな」

振り向くと背後に河合がいた。

「何か用か」

「用などないが、判事たちの感情を害されるのは、こちらも迷惑なんでね。もうやめにしてもらえないか」

「なぜだ。白木氏が証言すれば、乾さんも無罪になるかもしれないんだぞ」

鮫島が立ち上がる。テーブルの反対側から駆け付けたナデラが、慌てて二人の間に入った。

「ここで諍いを起こす方が、よほど判決には不利になります」

「分かっている」と言うや河合は空いている椅子に腰を下ろした。

「鮫島、自分のしていることが分かっているのか」

「もちろんだ。白木さんを証言台に上げてしまえば、捕虜の虐殺が軍令部の命令だったことが明らかになる。この命令の出所が軍令部特務班の佐々木大佐だということを、白日の下に晒せるんだ。つまり調査が軍令部まで及ぶ。白木さんはその足掛かりとなる。イギリスのみならず連合国軍側が、このことを見逃すはずがないだろう」

「その命令は、来島哲郎軍令部総長の名で出されているんだな」

「そうだ。連合国軍側は軍令部の責任を問いたいはずだ。証言さえ聞いてもらえれば、連中は色めき立つに違いない」

ため息をつきつつ、河合が葉巻に火をつけた。

「確か来島さんは、終戦と同時に自決していたな」

「ああ、そうだ」

「それでは、佐々木とかいう大佐はどうなった」

「厦門駐在武官として終戦を迎え、その後の行方は杳《よう》として知れない」

「そういうことか」と言って、河合が煙を吐き出す。

「鮫島、お前の言っていることは分かる。確かに連合国軍の法務関係者は、軍令部につながる情報を探している。だがな――」

河合が口惜しげな声で言う。

「来島さんも佐々木さんも法廷に呼び出せないとなると、そこで行き止まりだ。白木氏の証言にいかに信憑性《しんぴょうせい》があろうと、軍令部の罪を問えないんだ」

それは鮫島も分かっていた。白木は事務官にすぎず、白木が何を証言しようが、来島と佐々木の尋問ができない限り、そこから先には進めないことになる。

「だが、これが軍令部をこじ開けるきっかけになるじゃないか。そこから突破口がどう開けるかは、やってみなければ分からないはずだ」

「それは違う。やつらは、あらゆる公判をクリスマス前に終わらせようとしている。しかもアメリカは日本に進駐し、天皇制を残した方が日本を治めていくのに楽だと思い始めている。つまり軍令部から天皇陛下まで責任を問うことの価値が、急速に低下しているんだ」

河合の言う通りだった。新聞各紙にはそこまで書かれていなくても、何となくそういう雰囲気は伝わってくる。

——クリスマスのために五十嵐さんは殺されるのか！

やり場のない怒りがわいてくる。

「鮫島よ、お前さんの怒りは分かる。だが、もうどうにもならないんだ」

「そんなことはない！」

鮫島は頑なになっている自分に気づいた。しかし、ここで引くわけにはいかない。

「おそらく五十嵐さんは死刑になるだろう。傍聴人も含めて、それを受け入れていないのはお前だけだ」

憐《あわ》れみを込めた視線を投げると、河合は行ってしまった。

「鮫島さん」とナデラが声を掛けてきた。

「もう何をやっても無駄なのは分かっている。白木さんは証言台に上がれず、俺は五十嵐さんを救えない！」

——これでおしまいなのか。

どん底に突き落とされたような徒労感がわき上がってくる。

「鮫島さん。私の話を聞く余裕がありますか」

「話だと」

鮫島が顔を上げると、ナデラが険しい表情をしていた。

「私の立場で、こんなアドバイスをするのは職務を逸脱した行為です。しかし私も人間です。たとえ無駄と分かっていても、最後まであなたと一緒に戦うつもりです」

「ナデラ――」

「これから公判は再開されます。おそらく白木さんは証言台に立てないでしょう。しかし鮫島さんが素直にそれを受け入れれば、裁判長は形式的に『ほかに証人はいますか』と尋ねてくるはずです。その時は――」

ナデラのアドバイスは、鮫島の考えもつかないものだった。

二

開廷が告げられるや、傍聴人も含めた全員が、先ほどと同じように起立して三人の判事を迎えた。

着席した裁判長は法廷を見回した後、おもむろに口を開いた。

「鮫島弁護人の要請に基づき、判事二人と一時間にわたり協議した結果、鮫島弁護人の要請する証人は不適格と見なし、証人として召喚することを却下します」

――Disqualify、か。

不適格という言葉が胸に突き刺さる。半ば予期していた結果ではあるが、いざそれが現実になると、いよいよ追い込まれたという思いが実感として迫ってくる。

ちらりと五十嵐を見たが、瞑目して微動だにしない。

鮫島が無言でいるのを見た裁判長は、不審に思ったらしい。

「弁護人はよろしいですね」

――来たな。

鮫島は大きく息を吸うと答えた。

「要請をご検討いただき、深く感謝いたします」

裁判長が軽くうなずく。そこには面目を保てたことへの安堵が漂っている。

「では弁護人、ほかに証人がいないのなら判決の協議に入ります」

「お待ち下さい。まだ証人はいます」

腰を浮かせ掛けた裁判長が、意外な顔をして再び座る。

「事前の報告書には、白木氏を除き、新たに日本国内から召喚した証人はいないはずですが」

「いえ、喚問したい証人は、この法廷内にいます」

その発言に傍聴席がざわつく。

「鮫島弁護人は、五十嵐被告の無罪を証明できる証人が当法廷内にいると言うのです

「無罪を証明できるとは申しません。しかし証言によっては、情状酌量の余地が出てくると思われます」

——五十嵐さん、申し訳ありません。これしか方法はないのです。

五十嵐は端然と座り、一切の感情を面に表さない。

「分かりました。弁護人は、その者の名と理由を述べて下さい」

「はい」と言って鮫島は法廷内を見回した後、弁論を開始した。

「皆さん、この世に罪のない人間などいるでしょうか。聖人であれ、生きている限り罪を犯しています。五十嵐被告の場合、命令を遵守せねばならない立場にあったため、捕虜たちを救う手立てを講じなかった。人としてよりも軍人であるという道を選んだことが、彼の罪なのです」

傍聴席が静まり返る。弁論が予想もつかない方向に進み始めたからだ。

「鮫島弁護人、簡潔に述べて下さい」

「承知しました。五十嵐被告の罪は大日本帝国の罪でもあります」

「弁護人——」

「分かっています。罪を国家体制に転嫁するつもりはありません。ただ大日本帝国という存在が、その下で生きてきた多くの人々の罪を生んだことも確かなのです」

「それは承知しています。だからといって――」

裁判長の言葉を手で制し、鮫島は続けた。

「大日本帝国軍人という頸木《くびき》から逃れられなかった点で、五十嵐被告は罪に問われています。しかし、その頸木がなかったら彼はどのような人間なのか。最後にその一点について証人に問い質《ただ》したいのです」

「弁護人の気持ちは分かりますが、藤堂氏をはじめとしたかつての部下を呼び出したところで、五十嵐被告の人柄を称賛することの繰り返しになります」

「その通りです。ですから私はそうした人を求めません」

「では誰を――」

「乾被告です」

法廷内がざわつく。これまで敵対関係にあった乾を証言台に立たせたところで、何ら五十嵐に有利な発言など得られないと思っているのだ。

「裁判長！」と言って河合が発言を求める。

「鮫島弁護人の要請は受け入れ難いことです。乾被告を証人とする目的には納得できません」

しばしの間、河合を見つめて何かを考えていた裁判長が、おもむろに言った。

「Dismiss」

「なぜですか」

「乾被告から五十嵐被告の人間性を語らせるのは、日本の軍人というものの根本的な理解につながるからです」

「それは当法廷の目的とは異なります」

「いいえ。大日本帝国の軍人精神を理解することは、当事案の本質部分を理解することにつながります」

そこまで言われては、河合も言い返せない。

「エスコート!」

裁判長の合図によって乾が立たされた。乾は戸惑ったように周囲を見回している。

「裁判長、ありがとうございます」

「礼は要りません。弁護人として当然の権利を行使し、それが理に適《かな》っていたため、当法廷は認めただけです」

いったん裁判長を怒らせてから妥協したことで、その感情が好転したのは明らかだった。そこには、頑なに白木を証言台に立たせなかった後ろめたさもあるのだろう。

乾が証言台に連れてこられた。予想もしなかった事態に、明らかに動揺している。

乾はキリスト教徒なので、証言台に立たされた時は聖書に片手を置きながら宣誓する。

「嘘偽りないことを申し述べると誓います」

乾が俯き加減で言う。

次の瞬間、「乾被告」と鮫島が呼び掛けると、乾はびくんとした。

「それでは質問を開始します」

裁判長に軽く頭を下げると、鮫島は最初の質問をした。

「乾被告はクリスチャンですね」

「はい。十四歳の時に洗礼を受けて以来、敬虔《けいけん》なキリスト教徒です」

この法廷で、乾は一貫してクリスチャンであることを強調してきた。鮫島は最初の質問をその確認にすることで、乾の気持ちを少しでも解きほぐそうとした。

「では、キリスト教の信条に反しないように生きてきたわけですね」

乾の顔に不安の色が浮かぶ。先ほどの「罪のない人間などいない」という鮫島の言葉を覚えているのだ。

「そのつもりですが」

「全く罪のない生き方をしてきたと言い切れますか」

乾が沈黙で答える。

「Objection!」と言って河合が立ち上がる。

「先ほど鮫島弁護人は、『どのような聖人であれ、生きている限り罪を犯しています』と言ったはずです。その発言と矛盾するようなことを、乾被告に問うています」

「裁判長」と鮫島が発言する。

「私は乾被告の過去をほじくり返し、その非をなじるつもりはありません」

「分かりました。続けなさい」

河合の焦りが手に取るように分かる。一方のバレットは、緊張の面持ちで乾を注視している。

「乾被告、いかがですか」

「私も若い頃は教えに反することもしました。しかし――」

「答えは端的にお願いします」

「私も些細なことでは罪を犯しましたが、神に懺悔《ざんげ》するほどのことはしていません」

「それは、どのような罪ですか」

しばし考えた末、乾が答える。

「私は目がいいので、優秀な奴の答案を盗み見しました」

傍聴席から失笑が漏れる。

――よし、これならいける。

乾が何と答えるか一抹の不安はあったが、これで鮫島に論理の展開が見えてきた。

「分かりました。罪を犯したことは誰にでもあるはずです。それをあげつらっていては、きりがありません。乾さんはその時、学生で成績をよくしたかったわけですね」

「その通りです。学科には得意不得意がありましたから」

乾は典型的な理工系人間だ。しかも自分の興味のない学問については、普通の人以上にやる気がなかったようだ。それが兵学校の成績は平凡だが、専門分野では顕著な業績を挙げていることにつながっていた。

「学生というお立場でなかったら、他人の答案を見ることもなかったはずですね」

「そうなります」

「人には立場があります。立場なくして過ちを犯すことはありません」

「Objection!」と言ってバレットが立ち上がる。

「鮫島弁護人は論点をすり替えようとしています。軍令部から命令されたという事実を証明できない限り、立場云々は意味を成しません」

「検事の発言を支持します」

裁判長が厳然とした面持ちで言う。

「仰せの通りです。ただ一般論として、人は立場によって物事を判断し、自らの行動を決めていく傾向があるということを言いたかったのです」

「分かりました。続けなさい」

「ありがとうございます。では、そうした立場を取り去ったら、五十嵐被告はいかなる人物だったのか、お答えいただけますか」

乾は「えっ」という顔をしたが、すぐに態勢を立て直した。

「五十嵐被告とはインド洋作戦でご一緒した際にお会いしたのが初めてだったので、その人柄などは存じ上げていません」

「そうでしたね。でもあなたのことだ。きっと事前に調べていたでしょう」

「どういうことですか」

「あなたは周到な方です。上官と良好な人間関係を築くことが、高評価につながることを知っていたはずです」

乾が口をつぐむ。それは図星だと言っているに等しいことだった。

「あなたは同期や親しい人に、五十嵐被告の評判を尋ねたはずです。それはどのような話でしたか」

「それは――、五十嵐被告は部下に厳格な方だと聞きました」

――やはり、そう来たな。

鮫島とナデラは、乾は防衛本能から、当初は五十嵐に有利なことを言わないと予測していた。

「ほかには何かありませんでしたか」

「謹厳実直な方だと聞きました」

「謹厳実直というのは職務に忠実で正直という意味ですか」

「私はそう聞いただけで、そう言った者の真意までは測りかねます」

「分かりました。では否定的なものは、それくらいですか」

「否定的なもの――」

乾が首をかしげる。

「はい。部下に厳格で職務に忠実という五十嵐被告の否定的な実像が見えてきました」

覚悟していた「Objection!」の言葉は、バレットからも河合からも聞こえてこない。

――戸惑っているのだ。

鮫島の狙いが分からず、「Objection!」を連発することを避けているに違いない。

「では、よい評判は聞きませんでしたか」

「よい評判――」

「五十嵐被告に肯定的な評価を下している方は、いらっしゃいませんでしたか」

乾の顔が曇る。どう答えていいか分からないのだ。

しばらくの沈黙の後、鮫島が問う。

「肯定的な評価は聞かなかったんですね」

傍聴席がざわつく。鮫島の問いは、乾でなく五十嵐を追い込んでいるとしか思えないからだ。

鮫島が落胆をあらわにしつつ言う。

「分かりました。五十嵐被告のよい評判は聞かなかったというのですね。裁判長、以上です」

　鮫島が着席しようとしたその時だった。

「待って下さい」

　乾が小さな声で言う。

「そんなことはありません。五十嵐中将、いや五十嵐被告については——」

　乾が口ごもる。

　裁判長がため息をつきつつ促す。

「証人は、証言台に上ったからには真実を証言せねばなりません」

「は、はい」

　乾は大きく息を吸うと言った。

「五十嵐被告は、部下思いの理想的な指揮官だと聞きました」

　鮫島がすかさず問う。

「五十嵐被告に対して、複数の方がそのようなことを言っていましたか」

「は、はい。『五十嵐被告の下に就くのは、士官としていい勉強になる』と言っている者もいました」

「ほかには」

「清廉潔白で曲がったことは大嫌い。理想的な帝国軍人だと」

「それだけですか」

「いえ、上に対しても言うべきことは言う。下に対しては慈悲深く――」

乾が証言台に片手をつく。

「これ以上、優れた指揮官はいないと言っている者もいました。後になってから聞いた話ですが、レイテ島のオルモックへの輸送作戦の折、駆逐艦『風波』に乗っていた友人がいました。『風波』沈没後、彼は何かに摑まり漂流していましたが、助けは来ないと覚悟しました。ところがそこに『釧路』が現れ、彼らを救っていったそうです。そのために『釧路』は大破沈没してしまうのですが、後に五十嵐被告に会った時、自分たちのために船が沈められたことを詫びたところ――」

乾の声が震える。

「五十嵐被告は、『たかが船じゃないか。お前ら一人の命ほどの価値もない』と言ったそうです」

傍聴席がどよめく。日本の将官は兵たちの命を毛ほども尊重しないというのが、彼らの通念だからだ。

「つまり五十嵐被告は、旧帝国海軍内でも部下思いの人格者として認知されていたわけですね」

「その通りです」

「それほどの方が、イギリス軍憎しの感情から自ら命令を捏造したと、あなたはお思いですか」

乾の顔色が変わる。

「私は——」

乾が言葉に詰まる。だが河合はじっと前を見据えて何も言わない。勝負を乾本人に預けているのだ。一方の五十嵐は、一切の表情を変えずに瞑目している。

「私は捏造したとは思いません」

その一言で法廷内は騒然となった。

「Silence!」

裁判長の叩くガベルの音が響く。

「それではあなたは、あの命令は軍令部から出ていたと思いますか」

「はい。そうでなければ五十嵐被告が、あれほど命令の遵守を訴えるはずがありません」

乾が胸を張る。

——開き直ったのだ。

これまで保身しか考えてこなかった乾が、クリスチャンとしての自覚を取り戻し、真実だけを述べることで、神を味方に付けていると信じるようになったのだ。

——ナデラの言う通りになった。

鮫島はナデラの賢さに感服した。

「五十嵐被告と接した時間は少ないものの、私も五十嵐被告は立派な人物だと思います」

乾が堂々とした態度で言った。

「ありがとうございます。以上ですので、お掛け下さい」

乾が安堵したように証言台の椅子に腰を下ろす。

「裁判長、今お聞きになったように、五十嵐被告は人格者で清廉潔白な方です。いかに証拠がなかろうとも、それだけの人物が命令を捏造して残虐行為を行うでしょうか」

裁判長が鮫島を見据える。

二人の視線が真っ向からぶつかった。

——ここで引いたら日本は二等国のままだ。俺たちは戦争とは別の手段で、もう一度、日本を一等国に引き上げて見せる！

沈黙が重く垂れ込める。これまでざわつくことの多かった傍聴席も、黙って裁判長の次の言葉を待っている。

「鮫島弁護人、証人への尋問はこれで終わりですか」

「はい」

「では、本日はこれで閉廷とします。明日は——」

裁判長の声に緊張感が漂う。

「判決の申し渡しとなります。以上！」

判事たちが立ち上がると、傍聴席の人々も何事か話し合いながら去っていく。

——これでよかったのか。俺はベストを尽くせたのか。

エスコートに両腕を取られ、五十嵐が立たされている。その瞳が一瞬、鮫島を捉えたが、また達観したように瞑目した。


法廷を出ると、ロビーにバレットが待っていた。

——俺は、クリスチャンの乾さんを使って五十嵐さんを救おうとしたのだ。同じクリスチャンとして、バレットは怒っているはずだ。

バレットの射るような視線が痛い。

視線を外して立ち去ろうとする鮫島の背に、バレットの声が掛かる。

「鮫島さん、これで満足ですか」

鮫島が歩みを止める。

「あなたが弁護人だったことが、五十嵐さんにとって最大の不幸でした。もちろん誰が弁護人だろうと、判決は変わらないでしょうが」

「バレット、それでは、ほかにどんな手があるというんだ」

「あなたは五十嵐さんの名誉まで奪おうとした」

「それは違う」

「では今日のことは、五十嵐さんに前もって相談しましたか」

鮫島が口をつぐむ。

相談する時間がなかったのは確かだが、それがあったとしても、相談したかどうかは分からない。

その時だった。鮫島の背後から「バレット少佐」という声がした。

「ナデラか。何の用だ」

「今回のことは——」

鮫島がナデラを制する。

「ナデラ、君は黙っていてくれ」

「いいえ、黙りません。バレット少佐、この方法を発案したのは私です」

「何だと——。君がこんなことを考えたのか。助言者の立場を逸脱しているではないか！」

バレットがナデラの胸倉を摑む。

「よせ、すべての責任は私にある」

今度は、鮫島がバレットの手首を摑んだ。

「君らは異教徒だ。だからクリスチャンを追い込むことができたんだ」

バレットがナデラを軽く突き飛ばした。

「そうじゃない。乾さんの良心に訴えたかっただけだ。乾さんはクリスチャンだが、日本人でもある。それを忘れるな」

「あなたは、まだそんなことに誇りを持っているのか！」

「ああ、持っている。日本人であること、日本人を守る盾となった軍人たちに敬意を払うことのどこが悪い」

「侵略者の手先め。日本の軍人がアジアでどれだけひどいことをしてきたか、弁護人なら知っているだろう」

「それは知っている。だが大半の軍人は誇りを持って戦い、死んでいった。そうした軍人に敬意を払うことの、どこが悪いんだ」

バレットの瞳が怒りに燃える。

「あなたは間違っている。日本人にひどい目に遭わされた者でないと、それは分からない！」

「君らは、正々堂々と戦って死んでいった者たちの誇りさえも奪おうというのか」

「われわれの誇りを奪ったのは日本人じゃないか！」

「もういいです！」

ナデラが二人の間に割って入る。

「バレット少佐、この法廷が終わったら、私を懲罰委員会にかけて下さい」

バレットが首を左右に振る。

「その必要はない。明日には、何もかも無駄な努力だったと分かるからな」

そう言い残すと、バレットは靴音も高らかに去っていった。

――俺はバレットに嘘をついた。乾さんがクリスチャンであることを利用したのは、事実じゃないか。

鮫島は自己嫌悪に陥った。

「鮫島さん、もう終わったのです。すべては神に委ねましょう」

「神だと」

「はい。天にまします神に、すべての運命を委ねるのです」

「おい、待てよ。君はヒンドゥー教徒じゃないのか」

「かつてはそうでした」

「何だと――」

「イギリスに留学した時に洗礼を受けました」

鮫島は唖然とした。

「つまり君はクリスチャンだというのか」

「はい」

「なぜバレットに黙っていた」

「ここで私がクリスチャンだと明かせば、火に油を注ぐだけです。つまりクリスチャンがクリスチャンの弱みを突いたのですから」

――そういうことか。

鮫島はナデラの苦渋の決断を知った。

――それでも、五十嵐さんを救おうとしてくれたのか。

「なぜ同じクリスチャンでありながら、君は――」

「それ以外、五十嵐さんを救う手立てがありますか」

ナデラの瞳は潤んでいた。

「ナデラ、君は同胞を殺した日本の軍人を救おうというのか」

「もういいんです。何も言わないで下さい」

それだけ言うと、ナデラはその場を後にした。

閑散としたロビーに、鮫島は一人、茫然と立ち尽くしていた。

その夜、白木の許を訪れた鮫島は、すべてを正直に語った。それを黙って聞いていた白木は一言、「致し方ないことです。日本は戦争に負けたのですから」とだけ言った。すぐに帰国の船を手配すると伝えたところ、白木はうなずき、「そうしていただけますか。日本に戻れば、また別の件でお役に立てるかもしれませんから」と応じた。

三

十月二十九日の朝が来た。もはや鮫島にできることはないので、昨夜はぐっすりと眠った。だが五十嵐の心中を思うと、深い眠りに就いていたことさえ後ろめたい気持ちになる。

――ここまで来たら、なるようにしかならない。

ベッドから起き上がると、鮫島は熱いシャワーを浴びた。

――五十嵐さんは帝国軍人としての誇りを持っていた。それは今も変わらない。誇りを捨てるくらいなら死んだほうがましだろう。薩摩隼人《はやと》であり帝国軍人だった五十嵐さんにとって、それだけが最後の寄る辺なのだ。それを奪うことは誰にもできない。

鮫島は、どのような判決が出ようと淡々と受け入れる五十嵐の姿を思い描いた。

――戦犯裁判に上告はない。だとしたら弁護人も、それを堂々と受け入れるしかない。

頭から湯を浴びながら突然、鮫島は父のことを思い出した。

——父は弱い人間だった。しかし最後は男として生きようとした。

父は「医者は傷病兵のためにいる」と言い張り、病院に行かなかった。手術を受けなければ余命いくばくもないことを鮫島が告げても、父は行かなかっただろう。その理由を鮫島はずっと考えてきた。だが今なら分かる。父は自分の弱さを自覚していた。そして五十嵐のような軍人に対して、後ろめたい気持ちを持って生きてきた。それは戦場に出ない民間人であることの後ろめたさ以上に、男としての憧憬《しょうけい》に近いものだったのだろう。

そして父は、各地の戦線から傷病兵が内地に送られてくるのを目の当たりにし、「きっと日本は敗れる」と思ったはずだ。その時、父にできることは、戦場で戦ってきた傷病兵のために自分を犠牲にすることだけだった。

——自分が痩せ我慢し、医師に貴重な時間を使わせないことが、父さんの戦いだったんだ。

それによって一人の兵士の命が救われるかもしれないと、父は思っていたに違いない。それで死を覚悟し、痛みや苦しみに耐えることで、戦場で散っていった同胞への贖罪としたのだ。

——父さん、あんたは弱い人間だった。だが十分に戦った。五十嵐さんたちと同じ日本の男として。

鮫島は初めて父の気持ちを理解できた。

――玉音放送を聞いた時、父は日本が戦争に負けたことに泣いたのではない。あれは、父たちが大切にしてきた「日本人の魂」が失われていくことに対しての涙だったのだ。鮫島は五十嵐を救うことで、それを守ろうとした。だが五十嵐の生命は失われても、その精神を受け継いでいけばいいのだと思うようになった。

――父さん、日本は変わっていくだろう。しかし戦勝国がどれだけ圧力を掛けてこようが、どれだけ彼らの価値観を押し付けてこようが、われわれが日本人であることに変わりはない。父さんや五十嵐さんたちが大切にしてきた「日本人の魂」は、ずっと受け継がれていく。

判決の日のために、新たにテーラーで仕立てたシャツを着た鮫島は、購入したばかりの貝素材のカフスボタンを留めて法廷へと向かった。

法廷は常にない緊張に包まれていた。このところ空席が目立ち始めていた傍聴席も、今日は満席どころか立錐《りっすい》の余地もない。本国から派遣されてきた記者たちが、判決をいち早く伝えようというのだろう。

――それだけ、この裁判は英国、いや世界に注目されているのだ。

午前十時、鮫島が着席すると、五十嵐と乾が連れてこられた。二人は紺色とグレーのジャケットを着て、折り目の付いたズボンをはかされている。五十嵐は相変わらず泰然としているが、乾は明らかに緊張している。

やがて軍服姿の判事たちが現れた。ざわついていた傍聴席が、水を打ったように静まり返る。

裁判長は開廷を告げると判決文を読み始めた。

「五十嵐被告から乾被告への命令伝達は明らかであり、五十嵐被告もそれを認めています。しかしながら、軍令部から五十嵐被告にあったという命令の伝達については、証言・証拠共に不十分であり、それがあったと立証できませんでした」

裁判長が鮫島に視線を据える。

「弁護人からは証人の申請があり、それを受理した東南アジア司令部戦争犯罪法律部では、証人を日本からこちらへ連れてくることを認めました。しかしながら当法廷では、事前に提出された書類から、その証人が証言者たる資格を満たしていないと判断し、証人として認めませんでした」

——それは詭弁にすぎない。

ほかの戦犯裁判では、明らかに嘘と分かる現地人の話などを証拠として取り上げているのだ。

「続いて、抗命行為並びに助命活動に関してです。東南アジア司令部戦争犯罪法律部では、上官の命令であるという申し立てについては、命令実行者が、その行為が戦争犯罪ないしは違法行為であることを認識していたのかどうか、自由裁量の余地がどれだけあったのか、または命令に異議申し立てを行ったのかどうかを重視します。軍隊である以上、上官の命令は絶対です。しかし個々の事案には、それぞれ固有の事情があります。それを探り出すのが裁判なのです」

——この裁判の公正さを訴えるために、まず前提を思い出させたのだな。

確かに、これらの基準には公正さがある。法に携わる者として納得はできる。だが戦争中の証拠など焼き捨てられてしまっているし、証言できる人々の多くは、すでにこの世にいない。本来なら戦争という特異な状況をもっと酌量しないと、戦犯裁判など成立しないのだ。

「諸事情を勘案してもなお、二人の被告共に今回の件が違法であるという認識は明らかだったと思われます。また人命最優先という観点からすれば、自由裁量の余地は十分にあったはずです。ただし命令に対する異議申し立てについては、乾被告の場合は多くの証言や記録から明らかにされていますが、五十嵐被告の場合は明らかではありません」

その一点において、五十嵐と乾には大きな隔たりがあった。しかし五十嵐本人の陳述によれば、五十嵐も助命に奔走したことは間違いなく、不幸にもそれを知る者が戦死してしまっているだけなのだ。

鮫島は五十嵐の不運を嘆くしかなかった。

裁判長が厳かに言う。

「イギリスの軍事法廷では、判決を聞く前に刑罰の軽減を請願することが許されています。まだ言っておくことがあれば、手短に述べて下さい。まずは乾被告——」

乾が「待ってました」とばかりに立ち上がる。

「請願の機会を与えていただき心から感謝いたします。私は、純潔を旨とするキリスト教徒として生きてきました。これまでの四十八年にわたる人生でも、二十九年にわたる海軍軍人としての生活においても、慈愛の心を忘れませんでした。ただし、いかに命令とはいえ助命嘆願の努力及ばず、今回の残虐行為を指揮したことは事実です。それを深く反省し、これからの人生を世界平和のために捧げる所存です。また犠牲となった方々のご遺族に何ができるかを考えていきたいと思っております。それゆえ何卒《なにとぞ》、寛典《かんてん》を賜りますようお願いいたします」

くどくもなく哀願調でもなく、自らの罪を認めた上で、世界平和という大局的観点に着地させるという論述の組み立て方は見事だった。

裁判長が左右の判事に小声で語り掛ける。軽く首を振っていることから、判決に影響はないようだ。

鮫島は、判決前の請願なるものが形式的に行われていることを知っていた。事ここに至れば、新たな事実の告白でもしない限り、すでに決定した判決は覆らない。

「続いて五十嵐被告」

五十嵐がぶっきらぼうに答える。

「とくになし」

裁判長が険しい顔で言う。

「自らの罪を悔い、刑罰の軽減を法廷に請願することは、決して恥ずかしい行為ではありません。当裁判における最後の発言の機会でもあります。せめて犠牲になった方々に哀悼の意を捧げるべきではありませんか」

「分かりました。犠牲になった方々には心から哀悼の意を捧げます。しかし――」

五十嵐は法廷内を見回すと言った。

「請願はいたしません」

――五十嵐さん、見事でした。

イギリスの軍事法廷は最後に請願の機会を与えることで、被告の生への執着や無様な哀願を傍聴者に見せようとする。それによって犯罪者の醜さを際立たせ、その罪がいかに重いかを傍聴者に知らしめようというのだ。

「その手に乗るか」と言わんばかりの五十嵐の態度に、鮫島は快哉《かいさい》を叫びたかった。

——五十嵐さんは自分と日本の名誉を最後まで守り抜いた。お疲れ様でした。

鮫島は視線を合わせて軽くうなずくことで、五十嵐の態度を讃《たた》えた。

左右の判事と二言、三言話し合った裁判長は、一つ咳払いすると威儀を正した。

「それでは判決を申し渡します」

法廷内に緊張が走る。

——いよいよだな。

運命の瞬間がやってきた。鮫島の脳裏に、香港に来てからのことが次々と思い出された。半年と経っていないにもかかわらず、それは遠い昔のことのように思われる。

「乾孝典被告には重労働七カ年を宣告する」

その判決に乾は突っ伏した後、天を見上げて何事か唱えている。神に感謝しているのだろう。

「続いて——」

裁判長が主文のページをめくる。

絶望的とは分かっていても、鮫島は一縷《いちる》の望みにすがりたかった。

——何とかしてくれ。お願いだ！

鮫島は神仏に祈った。

次の瞬間、裁判長の顔が紅潮すると、厳しい声音で言った。

「五十嵐俊樹被告には、絞首刑を宣告する」

裁判長の「Death by hanging」という言葉が法廷内に響く。

次の瞬間、傍聴席がどよめきに包まれた。傍聴者にとっても意外な結果ではなかったのだろうが、死刑宣告というのは、それだけ重大な意味を持つのだ。

――やはりだめだったか。

歓喜の嗚咽を繰り返す乾の横で、五十嵐は全く動じず端然と座していた。

「エスコート、被告たちを退廷させなさい」という裁判長の指示で、エスコート四人が被告二人の背後に回ると、それぞれ腕を持って立たせた。

――五十嵐さん、力及ばず申し訳ありませんでした。

鮫島が視線でそう言うと、五十嵐は少し微笑み、軽くうなずいた。

五十嵐がエスコートに腕を取られて去っていく。判決が出たことで、これまで以上にエスコートの態度は荒々しい。

――法廷によって有罪とされた者は、人としての権利も誇りも剝奪されるのだ。

判決後の接見は一度だけ許されている。その時に鮫島は、あらためて詫びようと思っていた。

被告二人が退廷するのを確認した裁判長と二人の判事も立ち上がる。三人は何事もなかったかのように法廷を後にした。裁判長は鮫島に一瞥もくれなかった。

——つまり判決は出て、これですべて終わったということだ。

彼らには温かい食事と休息が待っているのだろう。その後、次の事案を担当するのか、帰国するのかは分からない。だが彼らの人生は続いていく。

——それは俺も同じだ。

五十嵐の判決如何にかかわらず、鮫島は帰国し、人生を続けていくことができる。

——だが、五十嵐さんの人生はここで行き止まりだ。

その後ろめたさに鮫島は苛まれていた。

——俺のやったことは何だったのか。

鮫島は立ち上がれないほどの徒労感に襲われていた。

気づくと法廷内は閑散としていた。隣に座っていた河合も立ち上がると、視線で鮫島に退廷を促すようにして去っていく。

鮫島が立ち上がった時だった。一人だけ席を立たない男がいることに気づいた。

——バレットか。

バレットは唇を嚙み、誰もいない判事席を見つめていた。

——人を死刑に追い込む重みを味わっているのだな。

バレットはバレットなりに職務を全うした。だが一人の人間を死に追いやってしまった事実は変わらない。

――バレット、君に慰めの言葉は不要だろう。俺たち法に携わる者は、自分の力でその重みと戦い、折り合いをつけていかねばならないのだ。

判事たちのいた席に向かって深く一礼すると、鮫島は「方形の戦場」を後にした。

四

鉄の扉の軋《きし》むような音が神経を逆撫でする。裁判所内の拘置所とはいえ、未決囚だけでなく判決の出た死刑囚も収監しているためか、警備は厳重だ。

死刑判決が出たことで、五十嵐は手首には手錠を、足には足鎖をはめられていた。しかも体にも鎖を巻き付けられており、その姿は直視できないほどだ。

拘置者と接見者の間はアクリル板で仕切られ、下方にわずかな隙間があるだけだ。その上、接見室は狭く、背後でエスコートが小銃を肩に掛けたまま控えている。

「五十嵐さん――」

鮫島の顔を見て、五十嵐の顔がほころぶ。

「鮫島君、ありがとう」

「何を仰せですか。私は何のお役にも立てませんでした」

「判決のことかい」

「はい。これでは何もしなかったのと同じです」

鮫島が肩を落とす。五十嵐を前にして、あらためて口惜しさが込み上げてくる。

「判決など、どうでもいいじゃないか」

「えっ――」

「それよりも煙草を持っていないか」

鮫島は胸ポケットから煙草の箱を取り出すと、わずかに開いた隙間から、それをねじ込んだ。

「ありがとう」

五十嵐が、手錠を引き上げるようにして煙草に火をつける。

「五十嵐さん、力が足らず申し訳ありませんでした」

「何を言うんだ。君はよくやった。結果は初めから分かっていたんだ」

「だとしたら、私は五十嵐さんの心を乱してしまっただけでしょうか」

五十嵐がうまそうに煙を吐き出す。

「そんなことはない。この作戦の責任者として、私は死刑を覚悟していた。六十九人の犠牲者に対して、誰かが罪を償わねばならないんだ。それができるのは、私しかいないだろう」

「しかし五十嵐さんは、罪など犯していません」

「そのことについては、もう何も言うまい。それよりも、乾君が死刑にならなかっただけでもよかったじゃないか」

「乾さんは――」

「それは言うな。彼は立派に職務を全うしたんだ。きっと彼は、残る人生を日本の発展のために捧げてくれる」

――五十嵐さん、最後まであなたは帝国軍人、いや日本人でありたいのですね。

鮫島が声を絞り出す。

「私のやったことは、徒労ではないのですね」

「当たり前じゃないか。多くの弁護人たちが初めから勝負をあきらめ、おざなりに仕事をする中、君だけは法の正義を武器に真実を追求しようとした。その姿勢は、イギリス人たちにも感銘を与えたに違いない。それはまた、これからの日本が国際社会の一員に復帰する上で、どれだけ大切なことか。欧米諸国は日本を蔑視し、対等な国家として扱わないつもりでいただろう。だが一人の若者が敢然と立ち向かったことで、認識を改めるに違いない。この戦いは――」

五十嵐の瞳が光る。

「われわれが戦った戦争よりも大きなものだったんだ」

「五十嵐さん――」

鮫島の瞳から止め処《とど》なく涙がこぼれる。

「それでも私は、あなたを救いたかった」

「もう救えたじゃないか」

「えっ」

「私の命は救えずとも、君の戦いは世界に向けて発信された。一人の日本の若者の戦いは世界を驚かせ日本人に勇気を与えた。これで日本は敗戦から立ち直る最初のきっかけが摑めたはずだ。それこそが、私の命が無駄にならなかったことの証《あか》しだ」

「そこまで言っていただけるのですね」

五十嵐が強くうなずく。

「これからの日本はたいへんだろう。だが君のような若者がいる限り、世界に伍していける。焼け野原からの再出発だろうといいじゃないか。他国人の何倍も努力すれば、日本は再び『日出《い》づる国』になれる」

鮫島に言葉はなかった。ただ脳裏には、「この人を救いたかった」という思いだけが渦巻いていた。

「君は私の件が終わったら、すぐに日本に帰り、新生日本の法整備に邁進したまえ」

鮫島はハンケチで涙を拭くと、背筋を伸ばして言った。

「分かりました。私は私の使命を全うします！」

「その意気だ」

そこまで言ったところで接見室の扉が開き、「Time is up!」という声が響いた。

「さて、時間のようだ。元気でな」

「五十嵐さん――」

「もういい。何も言うな。ただ一つだけお願いしたいのは――」

五十嵐の顔に、初めて感情らしきものが表れた。

「女房には『私のことは心配せず、元気で長生きしろ』と伝えてくれ。息子には――」

五十嵐が言葉に詰まる。だが大きく息を吸うと、胸を張って言った。

「『日本を背負って立てるような男になれ』と伝えてくれ」

「分かりました」

五十嵐がエスコートに腕を取られる。

「五十嵐さん、ありがとうございました」

「鮫島君、日本のために頑張れよ」

五十嵐が肩越しに振り向く。その時の微笑みが、鮫島の心に深く刻み付けられた。

五十嵐が接見室から出ていき、鉄の扉が大きな音を立てて閉められた。

――五十嵐さん、あなたの言葉を忘れません。明日の日本のためにも。

扉に向かって鮫島は深く頭を下げた。

五

亜熱帯気候なので、日本のような四季がないとされる香港だが、それでも冬は来る。屋台の店先には「粥《チョッ》」や「煲仔飯《ポウチャイファン》」などと書かれた幟《のぼり》が掲げられ、大きな鍋から立ち上る白い湯気が目立つようになった。風の強い日も多くなり、夜になると肌寒く感じることもある。

椅子から立ち上がり、窓際に近寄った鮫島は外の風景を眺めた。すでに日は落ち、列を成した屋台から放たれる光が、裁判所のフェンス越しに眩《まぶ》しく瞬いている。

――ここに来て、もう半年か。

六月に日本を発ってから、鮫島の香港滞在は半年に及んでいた。

「ダートマス・ケース」が結審してから約一週間後、大阪弁護士会から帰国命令が届いた。香港での戦犯裁判も数が減ってきており、残っていても新たな仕事は割り振られないと判断したらしい。鮫島と河合の乗る船は一週間後になるので、それまでは自由に過ごしていいという。

――その間、観光でもしろというのか。

五十嵐の死が間近に迫っている今、そんなのんきな気分にはなれない。

――この無念を、俺はずっと引きずっていくことになる。

そんなことを思っていると、ノックの音が聞こえた。オーダリーが夕食をどうするか聞きに来たと思った鮫島は、何も考えずにドアを開けた。

そこに立っていたのはバレットだった。

「鮫島さん、よろしいですか」

バレットは、公判終盤の姿勢とは一変した控えめな態度で目を伏せていた。

「何の話だ」

「お別れを言いに来ました」

――そういうことか。

戦犯裁判が減るに従い、イギリス軍も香港に滞在する法務関係者の帰国を早めようとしていた。風の噂では、「ダートマス・ケース」の裁判長を務めたアンディ・ロバートソン中佐も、すでに帰国の途に就いたという。

「分かった。入れ」

鮫島はバレットを導き入れると、執務机を挟んだ位置にある椅子を勧めた。

「鮫島さん、今回のことは――」

「もういい。終わったことだ」

話を遮られたバレットは黙ってしまった。その長身が逆に所在なげに見える。

「紅茶でも飲むか」

「はい。いただきます」

「飯は食ってないな」

「ええ――」

鮫島は内線でオーダリーに紅茶とサンドイッチを頼んだ。

「香港はいいところだな」

「はい。私も気に入りました」

「いつの日か、また来るかい」

バレットが弱々しく首を振る。

「帰国すれば、もう来ることはないでしょう」

それは鮫島も同じだった。

「私も来ることはないと思う」

二人の間に沈黙が広がる。それを破るように鮫島が問うた。

「それでバレット、別れの挨拶だけを言いに来たわけではないだろう」

「もちろんです」

バレットが眉間に皺を寄せて言う。

「帰国したら、私は別の仕事に就こうと思っています」

──そういう話か。

今回の公判が、バレットの決意を揺るがしたのは間違いない。

「かつて鮫島さんと河合さんと共に、『法の正義を貫こう』と誓い合ったことを、私は翻してしまうことになります。それをお詫びに来ました」

「自分の信じる道を行くのは悪いことではない。だが、なぜだ」

「法を扱うことが怖くなったのです」

バレットの顔は引きつっていた。

「確かに法は人の運命を変えるものだ。だが法がなければ、この世は力だけが物を言う世界になる」

「もちろんです。今でも法の正義は信じています。ただ、それを自分が行使することに恐れを抱いたのです」

「つまり五十嵐さんを死に追いやったのは、自分だと思っているのか」

「そうです。法の正義を掲げて、五十嵐さんを死刑にしたのは私です」

「そうか」

鮫島の胸内から怒りが沸々とわき上がってきた。

「うぬぼれるのも、いい加減にしろ！」

「えっ」

「いいか。五十嵐さんを裁いたのは君でも判事たちでもない。五十嵐さんは法に裁かれたんだ！」

バレットが息をのむ。

そこにちょうどノックが聞こえ、オーダリーが顔を出した。

「よ、よろしいですか」

「ああ、構わん。ここに置いていってくれ」

オーダリーが怯えた目をして、執務机の上に紅茶とサンドイッチの載った盆を置く。その顔には「イギリス人を叱り飛ばす日本人など見たことがない」と書かれていた。

「失礼します」と言って、オーダリーが去っていった。

「鮫島さん、今回の件で、私は法を扱うことの責任の重さを痛感しました。法は恐ろしい武器です。使い方によっては人を殺すこともできるのです」

「だからこそ正義を信じる者たちが、法を守っていかねばならないんだ」

「では、あなたは自信を持って自分が正義だと言い切れますか」

バレットの舌鋒《ぜっぽう》が突き付けられる。

「私は、そうありたいと思っている」

「誰もが皆、自分は正義だと思っています。日本の民衆は正義の戦争を信じていました。本国のイギリス人たちも今、戦犯裁判で日本人が次から次へと処刑されていくのが正義だと信じています。しかし、果たしてそれが正義でしょうか。私には正義の旗を掲げて、人を死に追いやることなどできません」

「君の気持ちは分かる。それでも誰かが、法の正義を守っていかなければならないんだ。法の世界に生きる者は、それだけ責任が重い。私は君ならその責任を全うできると思っていた」

バレットが机を叩いて首を左右に振る。

「私はちっぽけな人間です。私には、そんな責任を負うことはできません」

「そんなことはない。君は今回、自分の役割をしっかりと果たした」

「私が役割を果たすことで、五十嵐さんは処刑されるのです」

「では、君が手を抜いたらどうなる。君は法の正義を裏切ることになる。だが君は法の正義を貫いた。だからこそ、これからも法律の世界に身を置く資格があるんだ」

「しかし私は――」

バレットが嗚咽を漏らす。

「五十嵐さんも私も君を恨んではいない。君は課せられた任務を果たしただけだ」

「鮫島さん――」

バレットが泣き崩れる。

「もういいんだ。バレット。判決は初めから分かっていた。それでも、われわれは全力で戦った。だからこそ、こうして二人で胸を張って語り合えるんじゃないか」

「そう言っていただけるのですね」

「ああ、これからの時代、われわれ日本人は君たちと対等に付き合っていきたい。そのためにも、この公判は必要だったんだ」

語っているうち、鮫島にもこの公判の意義が分かってきた。

「五十嵐さんは、本当に私を恨んではいないのですね」

「当たり前だ。五十嵐さんは、そんな小さな人間ではない」

「それを聞いて安心しました」

「五十嵐さんは誰よりも職務に忠実だった。それゆえ今回の悲劇を招いてしまった。むろん時間を戻せるなら、五十嵐さんは同じ過ちを犯さないだろう。きっと職務に忠実であるという大前提を崩さず、捕虜たちを救う手立てを講じたはずだ。それだけ自らの職務、すなわち責任を果たすことは大切なんだ。きっと五十嵐さんは、君にも裁判官たちにも敬意を抱いているよ」

「それほど——、それほど立派な方なのですね」

「ああ、五十嵐さんは日本人だからな」

鮫島の口から出た言葉は、自分でも予期しないものだった。

——これからの時代、われわれは日本人という誇りを持って生きていかねばならない。

　ハンケチで目頭を拭うと、バレットが言った。

「鮫島さん、ありがとうございます。私も気持ちの整理がつきました。故郷に帰ってからも、法に携わる仕事を続けていきます」

「そうだ。バレット。私も続けていく。どんなに距離があろうと、信じることは一つ」

「法の正義ですね」

　バレットの顔に笑みが浮かぶ。

「そのために戦っていこう」

「分かりました。ありがとうございました」

　バレットが立ち上がる。その時、二人ともサンドイッチに手を付けていないことに気づいた。

「これを持っていけよ」

「よろしいんですか」

「もちろんだ」

　鮫島はサンドイッチの包みをバレットに押し付けると、肩に手をやってドアまで連れていった。

「鮫島さん、言い忘れました。私は明日の船で帰ります」

「そうだったのか。では、港まで見送りに行く」

「いいえ。公判が終わったとはいえ、検事と弁護人が親しくしているのは、あまりよく思われません。だから、こうして挨拶に来たのです」

「それもそうだ。では、これでお別れだな」

「はい。新しい職場が決まったら便りを出します。大阪弁護士会気付でよろしいですね」

「ああ。今の日本はまともに郵便も届かないが、そこなら間違いなく届く」

「それでは幸運を」

バレットの差し出した手を、鮫島は強く握り返した。

「君こそ、幸運を――」

最後に笑みを浮かべると、バレットはドアを閉めて出ていった。

この時、鮫島はバレットと二度と会うことはないと感じた。イギリスと日本はあまりに遠い上、おそらくこれからの二人は多忙を極める。せいぜい何度か手紙のやり取りがあるだけで、人間関係は途絶える。だが鮫島は、それでもよいと思っていた。

――さらば、友よ。

ドアに向かってそう言うと、鮫島は何かを断ち切るように踵《きびす》を返した。

六

翌日、鮫島が公判資料の片付けをしていると、オーダリーがやってきて、「至急、戦犯部に来るようにとのことです」と告げてきた。

急いでペニンシュラ・ホテルにある戦犯部起訴係に出頭すると、例の大佐が不機嫌そうに書類に目を通していた。

――河合は来ていない。俺にだけ何の用事だ。

「Sit down, there」

鮫島が言われるままに腰掛けると、大佐は顔を上げずに聞いてきた。

「まだ、ここにいるそうだな」

「はい。帰国命令は出ましたが、われわれの乗る船が出るのは一週間ほど先です」

「そうか。では、その船をキャンセルしろ」

「なぜですか。まさか私も逮捕されるのですか」

「ははは、面白いことを言うな。さすがアンディを困らせた男だ」

確かに鮫島は裁判長を困らせた。その話が法廷外にも広まっているのだ。

「逮捕されないのなら、なぜ滞在を延期せねばならないのですか」

「上からのお達しだ。五十嵐死刑囚のたっての希望で、君に処刑に立ち会ってほしいそうだ。死刑囚のくせに厚かましい願いだが、上は承認した。もし嫌なら嫌と言ってくれれば——」

「お受けします」

鮫島は言下に答えた。

「それならよい。五十嵐の処刑がいつになるかは未定だが、おそらくクリスマス前に執行される。つまり君は日本で正月を迎えられるだろう」

「私は迎えられても、五十嵐さんは迎えられません」

「何だと——」

その一言で、大佐の顔が一変した。

「彼に殺された人々は、家族とクリスマスを過ごすことができなかったんだぞ。そのことを忘れるな！」

これ以上、何か言っても意味がないと思った鮫島は、何も言わず出ていこうとした。

だが鮫島の背に、大佐の声が襲ってきた。

「死刑を見るのは辛いぞ。怖気《おじけ》づいて逃げ出すなよ、ジャップ！」

大佐の言葉の最後は、鮫島がドアを閉める音にかき消された。

起訴係からの帰途、五十嵐に「承知した」旨を伝えるべく、スタンレー・ジェイルに電話をして面談を申し入れたが却下された。ただし伝言は取り次いでくれるという。

戦犯は刑が確定した時点で、極めて厳しい扱いを受ける。死刑が確定した場合はなおさらだ。外部とのコンタクトも極度に制限される。その理由は外部と接触することで、生に対する未練が生じ、それまで徐々に醸成されてきた死への覚悟が弱まってしまうからだという。

——日本の軍人をイギリス本国の死刑囚と一緒にするな。

鮫島は口惜しかったが、もう鮫島が何を言おうと、裁判所も刑務所も聞き入れてくれるはずがなかった。五十嵐と鮫島の被告と弁護人という関係は、判決が出た時点で終わっており、今の鮫島は五十嵐の元弁護人でしかないからだ。つまり肉親でもない鮫島は、イギリス政府の所轄機関に対し、何一つ願い出られる立場にはないのだ。

それでも五十嵐の希望を容れたということは、刑務所側が特別の配慮をしてくれていることを意味する。鮫島は、それだけでも感謝せねばならないと思った。

翌日の夕方、今度はナデラがやってきた。

鮫島は裁判所の庭の散歩に誘った。

鮫島たちが来た頃に比べると、裁判所内は閑散としてきていた。かつては多くいたイギリス兵も明らかに減ってきており、日本人に対し、あからさまな敵意を向けることもなくなっていた。

「鮫島さん、お別れを言う時が来ました」

ナデラが唐突に切り出す。

「おそらく、そういう話だと思っていたよ」

鮫島はとくに驚くこともなかった。

「せっかく知り合えたのに残念です」

「私も残念だ。それで、これからどうする」

「インドに戻り、法の整備に取り組むことになりました」

「これまで学んだことを母国のために生かせるんだな」

「はい。今年の八月、インドが独立したのはご存じの通りですが、ヒンドゥー教徒とイスラム教徒の対立が激しく、多くの人々が亡くなっています。その結果、パキスタンが分離独立するという悲劇も生まれました」

「そうか。君の行く道も平坦ではないんだな」

「はい。それが私の使命だと心得ています。まだまだインドは発展途上の国です。これまで法律らしい法律もなかったため、人々は宗教と慣習に縛られていました。こうしたことを急に変えていくのは難しいことですが、法律がなければ平和も平等もありません。

私はイギリス人たちから学んだ法律の知識を駆使して、インドを平和で平等な国にしたいのです」

ナデラの瞳は何かを見ていた。それがインドの未来なのは間違いない。

「君のような青年がいれば、インドは必ず一流の国になる」

「はい。私はインドを、どこよりも素晴らしい国にしていくつもりです。鮫島さんも同じお気持ちですね」

「ああ。日本も新しい国に生まれ変わろうとしている。これからは軍国主義ではなく、民主主義を信奉していく国家になる。そのためには、それに合った法律を作っていかねばならない」

この年の五月、日本国憲法が施行され、日本は新たな国としての道を歩み始めていた。しかし憲法の定める大原則である「国民主権」「基本的人権の尊重」「平和主義」に沿った細かい法律の整備はこれからであり、鮫島ら若い法律家たちの仕事は山積している。

「お互い、たいへんな道を行くのですね」

「だからこそ、やりがいがあるじゃないか」

「その通りです。しかしわれわれの努力だけで、世界は平和になるのでしょうか」

「難しい質問だな」

大戦が終わったとはいえ、今度は自由主義国と共産主義国との対立が始まっていた。

それが再び大規模な戦争に発展するというのが、有識者たちの見方だった。

——政治家たちが今回の戦争で学んでいれば、戦争が起こることはないだろう。だが世界の覇権を確立したいソ連は、今回の大戦で世界を制したに等しい米国との対立を深めている。それがいつ戦争に発展するかは分からない。

鮫島は強い口調で答えた。

「平和になるかどうかではない。われわれが法によって世界を平和にしていくんだ」

「われわれの力で、平和を作っていくのですね」

「そうだ。日本にはいまだ主権もない。それゆえ世界平和を担っていく立場にはない。だがいつの日か、日本も胸を張って国際連合に加盟し、世界平和のために尽くしていくことになるだろう」

「必ずその日はやってきます」

「それを信じて、私は自分の使命を全うするつもりだ」

気づくと二人は、裁判所の広い庭を一周していた。

「鮫島さん、ありがとうございました」

「何を言う。礼を言いたいのは私の方だ」

「いいえ。私は自分の仕事を全うしただけです。それよりも鮫島さんから学んだことは多かった」

「何を学んだ」

ナデラが笑みを浮かべて言う。

「ガンジーはこう言っています。『重要なのはその行為であり、結果ではない。正しいと信じることを行いなさい。結果がどう出るにせよ、何もしなければ、何の結果もないのだ』と」

「そうか。まさに私のことだな」

鮫島が苦笑いする。

「初めからあきらめていては何も始まりません。失礼ですが、今の日本はどん底です。そこから立ち上がった一人の若者が、白人たちが支配する岩盤のような世界に穴を開けたのです」

「そう言ってくれるのはうれしい。だが私は、偉業を成し遂げるために弁護人を引き受けたわけではない。そんなものより五十嵐さんの命が救えたら、どんなによかったか」

鮫島の脳裏に、五十嵐の笑顔が浮かぶ。

「そうですね。しかし五十嵐さんは死刑になっても、きっと満足していると思います」

「どうしてそう思う」

「五十嵐さんは曙光《しょこう》を見たのです」

「曙光、だと」

「はい。五十嵐さんは焼け野原にされた日本にも朝日が昇ることを知り、安心して死出の旅路に就けるのです」

「そうか――」

「つまり鮫島さんは、五十嵐さんに希望の曙光を見せることで、五十嵐さんを救ったのです」

「ナデラ、ありがとう」

鮫島の差し出す手を、ナデラが強く握った。

「鮫島さん、これでお別れです。もう二度と会うことはないでしょう」

「多分、そうなるだろうな」

ナデラは別れというものが、よく分かっていた。

――どれだけ濃密な人間関係を築こうと、それは裁判という一つの場があったからなのだ。それが終われば、他人も同然の希薄な関係に戻るしかない。

「インドの格言にこういうものがあります。『集まった者たちは最後には別れ、上がったものはいつか落ちる。結ばれた紐《ひも》も最後には解け、生は死によって終わる』というものです」

「なるほどな。終わりのないものなどないと言いたいんだな」

「そうです。インドは人口が多い。人の感情には『名残惜しい』というものがありますが、インド人はそれを振り捨てて生きていきます」

ナデラが胸を張る。

「分かったよ。では、見送りも要らないと言いたいんだな」

「はい。軍内の配転は部外者に語ってはいけないことになっています。ですから、お見送りは結構です」

「最後まで、お堅いんだな」

「ええ。私は法律家になるつもりですから」

「そうだったな」

「では、これで失礼します」

ナデラが差し出す手を、今度は鮫島が強く握った。

二人が視線を交わす。

ナデラはうなずくと手を放し、くるりと身を翻して去っていった。その背に鮫島は声を掛けた。

「ナデラ、Go straight to the truth!」

一瞬、驚いたように立ち止まったナデラは、右手を挙げると振り向かずに歩き去った。

ナデラが暗闇の中に消えるまで、鮫島はその小さな背を見送った。

七

五十嵐の死刑執行日は、予想に反して翌昭和二十三年（一九四八）の一月二十三日に決まった。

クリスマス前というのが大方の予想だったが、イギリスの軍事法廷では、「コンファメーション」という制度が取られており、それが年内に行われないことになったからだ。「コンファメーション」とは、判決が下った後、シンガポールのイギリス軍司令部にいる副法務長や確認官が、起訴事実や裁判の手続き面で間違いが起こっていないかどうかを書類上でチェックすることだ。これにより刑が最終的に確定する。むろん、よほどの理由がない限り、判決が覆ったり、公判がやり直されたりすることはない。

いかなる理由から、「コンファメーション」が行われないのかは分からないが、欧米では十二月初旬からクリスマス休暇に入る者がおり、その影響かもしれない。

——年を越せるということが、五十嵐さんにとってよかったのかどうか。

五十嵐にとっては、それが逆に残酷なようにも感じられる。

そう思っているところに、オーダリーがたくさんの手紙を持ってきた。達筆なので、どれも五十嵐の筆になるものだと分かる。その宛名は、妻や息子といった肉親から友人と思われるものまであり、五十嵐は手紙を書くことで、残された時間の中に、生きがいを見つけようとしていると分かった。

オーダリーによると、国際的な郵便が不安定なので、これらの手紙を日本に着いたら出してほしいと、五十嵐が頼んでいるとのことだった。

――手紙を書かせてもらえるくらいなら、酷い仕打ちを受けているわけではないな。

鮫島は安心した。

――五十嵐さん、心安らかな日々をお過ごし下さい。

五十嵐が収監されているスタンレー・ジェイルに向かって、鮫島は頭を下げた。


あっという間に一週間が経ち、河合が帰国する日になった。

ずっと気まずい関係だったので、鮫島は見送りに行くか行くまいか迷っていたが、結局、行くことにした。日本に帰国すれば、否応《いやおう》なく仕事上の付き合いができる。それなら、この地でできたわだかまりは、この地で終わらせる方がよいと思ったのだ。

冬のコーズウェイ・ベイは北風が吹き、湾内でも波が荒れていた。

鮫島が遠慮がちに桟橋を歩いていくと、日本人関係者に囲まれていた河合が歩み寄ってきた。

「やはり来てくれたか」

「ああ、それが礼儀というものだろう」

「君の帰国は来年になると聞いた」

むろん河合は、その理由を知っているはずだ。

「うむ。俺はここで年を越すことになった。君は日本で正月が迎えられるな」

「今、日本に戻っても、ゆっくり正月を過ごすことなどできないだろう」

河合が自嘲気味に答える。もちろん鮫島への慰めなのは言うまでもない。

「俺には急いで帰る理由もない。俺が立ち会うことで、五十嵐さんが少しでも気が休まるなら、それに越したことはない」

「そうだな。五十嵐さんは君を信頼しているようだからな」

「ああ、未熟な俺でも信頼してくれた」

その期待に応えられなかった口惜しさが、再び込み上げてくる。

「死刑という判決は無念だろうが、弁護人は被告から信頼されてのものだ」

「君の方こそ、そうだろう。今、乾さんはどうしている」

「収監されて刑期を過ごしている。もう会うこともないだろう」

河合がため息をつく。

「どういうことだ。乾さんが放免されれば、会うこともできるだろう」

「互いに会いたいとは思えない間柄なんでね」

河合は自嘲すると、こちらで覚えた葉巻に火をつけた。

「やはり乾さんは、扱いが難しかったのか」

「うむ。意見や方針が一致しなくて苦労した。でも死刑にならずに済んだのは幸いだった」

「そうした関係でありながら、君はベストを尽くしたんだな」

「それが弁護人てもんだろう」

「その結果、乾さんは生き続けられる。そのうち特赦も出るだろう。君に感謝していいはずだが」

「感謝だと」

河合が疲れたような顔で煙を吐き出す。

「乾さんが俺の言うことを聞いてくれていたら、刑はもっと軽くなったはずだ」

「そうだったのか。自らの考えを貫いて自らの罪を重くするのも、乾さんらしいな」

「ああ、そうだ。まあ、刑務所の中でゆっくりしてもらうさ」

河合の言葉が腹の底に響く。

——だが、死刑に処された者に減刑はない。

鮫島は、あらためて「人の命を絶つ」ことの重みを考えさせられた。

「いずれにせよ、乾さんだけでも助かってよかった。五十嵐さんもそう言っていた」

「そうか。ではなぜ、あんな戦い方をした」

河合の顔色が変わる。公判のことを思い出したのだ。

「俺は、自分の職務に忠実であろうとしただけだ」

「それが、乾さんを危険な立場に追いやることになってもか」

「それを考えるのは俺の仕事じゃない。そんなことをいちいち考慮していたら、五十嵐

さんの弁護に全力投球できないじゃないか」

「それは身勝手というもんだ。最初から五十嵐さんを救うのは無理だったんだ」

河合が唇を噛む。

「たとえそうだとしても、全力で戦わないわけにはいかない」

「そう言って、日本人は戦争に突入したんじゃないのか」

「これは戦争じゃない。法の正義を問うための戦いだ」

「だが君は敗れた」

「そうだ。判決は思うような結果にはならなかった。だが結果よりも、全力で戦ったことの方が大切なんだ」

「俺には分からない」

河合が吐き捨てるように言う。

「分からなければ、それでよい」

「鮫島、君は常に自分が正しいと思っている。だが世の中はそれだけじゃない」

「俺はそれでよい。どんなに不器用だろうと、自分の信じる道を行くだけだ」

「この頑固者め！」

　そう言う河合の顔には、笑みが浮かんでいた。

「これからの日本には、お前のような強い意志を持った頑固者が必要だ。二度と同じ過ちを犯さないためにもな」

「それには同意する。法律に携わる者は頑固者でなければならない」

　河合は胸ポケットに手を入れると、葉巻を一本取り出した。

「日本で会おう」

　鮫島は快くそれを受け取った。

「次は負けないぞ」

「検事にでもなるつもりか」

「その気はない。あくまで俺は弁護士として食べていくつもりだ」

「それがいい。お前にはそれしかできないからな」

　二人は風に抗うように笑った。

　その時、汽笛が鳴らされると、乗船を呼び掛ける船員の声が聞こえてきた。

「行けよ」

「ああ。最後までしっかりな」

「分かっている。五十嵐さんの門出を汚すわけにはいかないからな」

「その通りだ。気を強く持てよ」

「当たり前だ」

吸いかけの葉巻を海に投げ捨てると、河合は片手を軽く挙げて渡し板を渡っていった。

それを見届けた鮫島は、船が出る前に桟橋を後にした。

八

香港での正月は寂しいものだった。昨年のクリスマス直前、オーダリーたちも帰国し、日本人通訳も残務処理に携わる数人を残して帰っていった。

まだ残っている公判はあるものの、目に見えて戦犯裁判の関係者は減ってきていた。

正月早々、「コンファメーション」が済んだという通知が来た。「コンファメーション」は、まさに判決をコンファーム（確認）しただけで、判決に至るまでの裁判手続きには、何一つミスはなかったようだ。

これで五十嵐の死刑が確定した。

死刑執行日の一週間ほど前、鮫島のところに五十嵐から便りが届いた。

「拝啓　昨年中はお世話になりました。判決は残念なものになってしまいましたが、あなたと真実の航跡を追う旅は素晴らしいものでした。それゆえ私は意気軒昂《けんこう》としています。食事は残さず食べていますし、よく眠れます。待遇も悪くはありません。いよいよ執行の日が迫ってきましたが、私は悲観もせず、煩悶もせず、誰かを恨むこともありません。残る日々を不快に過ごすも、愉快に過ごすも心の持ちようです。それなら私は愉快に過ごしたい。日々、明朗元気を期して過ごしています」

それが本音かどうかは、鮫島にも分からない。

「これまでの五十八年の生涯を振り返ると、山あり谷ありで順風満帆というわけではありませんでした。しかし周囲の人々の好意に恵まれ、幸せで充実した人生が送れたと思います。このまま隠居して生き永らえたとて、それは人生の余禄にすぎず、もはや燃え殻でしかないでしょう。それを思えば、五十八歳という年齢はちょうどよいのではないかと思います。敵味方問わず、多くの若者たちが『もっと生きたい』と思いながら死んでいきました。帝国海軍の中将として申し訳ない気持ちでいっぱいです。償いの形は様々ですが、私のような死を迎えるのも、償いの方法の一つだと思います。私が満足しているのは、私は罪人として死ぬのではなく、責任者として死に臨むことができることです。そこには何ら恥ずべきものはありません。これもひとえに貴君のお陰です」

手紙の中の五十嵐は饒舌《じょうぜつ》だった。普段は寡黙な五十嵐だが、様々な思いが頭の中では渦巻いているのだろう。処刑されるという事実を、懸命に納得しようという気持ちも伝わってくる。

「最近、考えるのは日本の将来です。われわれの世代が日本をこんな姿にしてしまったことは、慚愧《ざんき》に堪えません。だが絶対に捨てねばならないのは、復讐や報復の感情です。戦犯者の中にも、不公正な裁判や刑務所での虐待行為に恨みを抱き、子孫の代には『必ずこの恨みを晴らすべし』などと肉親に向けて手紙に書く輩《やから》がいます。それはとても悲しいことです。報復感情は何も生み出しません。かくのごとき狭い心では、日本人が国際社会に参加することも叶わないでしょう」

五十嵐は同じ処刑予定者に対しても手厳しかった。

――その通りだ。だがそれが分かっていても、そうは思えないのが人ではないか。

五十嵐にも裁判に対する不満はあるだろう。自らが死刑に処されるのは致し方ないとしても、真実が徹底的に追求されたとは言えず、五十嵐の名誉も回復されたとは言い難い。しかも拘置されている時には明らかに虐待を受けており、その屈辱は忘れられないはずだ。

――それでも、あなたは恨みを抱くなと言うのですか。

鮫島は五十嵐の心に、そう問いたかった。

「今は死に臨み、心は雲一つなく清明とし、体からは活力がわいてきます。これは痩せ我慢ではありません。人というのは誰でもいつか死にます。馬齢を重ねて長寿を保つも、精いっぱいやるべきことをやり、若くして命の炎を燃やし尽くして死んでいくのも、同じ人生です。考えてみれば、人は悔いなく生きることを常に念頭に置き、日々の判断や行動を決めていかねばなりません。後ろめたいことをすれば、そのつけは必ず回ってきます。貴君も死に際して堂々たる態度で臨めるよう、日々を過ごしていって下さい」

——五十嵐さん、そのことを肝に銘じます。

五十嵐は、鮫島への感謝の気持ちも書いていた。

「鮫島君、私のために全力を尽くしてくれてありがとう。大切なのはその行為であり、結果ではありません。今は、君への感謝と敬意の念でいっぱいです。もしも死刑にならなかったら、私は贖罪の気持ちを抱いて生涯を送らねばなりませんでした。それに耐えられなくなれば、自死を選ぶことになったでしょう。そう考えれば、この判決は誰にとってもよかったと思います。今は日本人として、胸を張って旅立ちの日に臨むことだけを考えています」

——五十嵐さん、あなたって人は、どこまで立派なんだ。

鮫島に言葉はなかった。

長い五十嵐の手紙も、いよいよ最後の一枚となった。

「思えば長い人生でした。それでも日本国の藩屏《はんぺい》たる軍人として、生涯を全うできたことは何にも増して誇らしく、また幸せでした。今は、これからの日本のことだけを心配しています。しかし、その心配も杞憂《きゆう》に終わるでしょう。われわれの世代が思っている以上に、あなたたち若者はしっかりしている。きっと日本は再生を果たし、今度こそ世界諸国の手本になるような国に生まれ変わるはずです。日本国へのエールも込めて、今の私の気持ちを辞世の句に託したいと思います」

五十嵐の手紙の最後に書かれていたのは、次のような句だった。

転がりて　また起き上がる　小法師《こぼし》かな

五十嵐が詠んだのは、「起き上がり小法師」と呼ばれる東北地方の民芸品のことだ。何度倒しても必ず起き上がることから、「七転び八起き」の精神の象徴とされていた。

——五十嵐さん、あなたの思いは私が引き継ぎます。そして世界に尊敬される新しい日本を作っていきます。

五十嵐のいるスタンレー・ジェイルの方を向き、直立不動の姿勢を取った鮫島は、深々と頭を下げた。

九

その日はこの時季まれに見る豪雨で、スタンレー・ジェイルに至る道路が渋滞するほどだった。

——これだけ多くの記者たちが、五十嵐さんの処刑を見物に行くのか。

彼らが、イギリス本国にいる人々の報復感情を満たす仕事をしているのは分かる。それでも群がるように押し寄せる記者たちの気持ちが、鮫島には理解し難い。

ようやく刑務所に車が着いた。まだ処刑には時間はあるが、鮫島は小走りで刑が執行されるという棟への道を急いだ。

棟の前には十人以上の門衛がおり、イギリス人記者に対しても厳重なボディチェックを行っている。

唯一の日本人である鮫島は取り囲まれ、荒々しく体の隅々まで探られた。それが済むと、囚人さながらに左右から腕を取られて将校の前に連れていかれた。そこで名前を聞かれ、名簿と照合された後、ようやく中に入ることが許された。

外が雨ということもあり、死刑執行室は湿気に包まれていた。多くの者がハンケチで額の汗を拭きながら、生贄《いけにえ》の登場を待っている。

死刑が執行される部屋と記者団や関係者のいる部屋はガラスで隔てられ、ドアもないので執行室の中には入れないようになっている。それでも不安なのか、ガラスの左右には、二人の兵が銃を提げて立っている。

執行室の天井は吹き抜けになっており、十三階段と絞首台が設置されている。その殺伐とした雰囲気に、鮫島はたまらず目をそらした。

記者たちは椅子に座り、思い思いに何事かを語り合いながら死刑執行の時を待っていた。中には本国の政治について語ったり、昨夜の食事についての感想を述べたりする者もいる。鮫島が弁護人だったことを誰もが知っているはずだが、記者たちは鮫島に関心を示さず、自らの会話に夢中になっている。

そうしたことには慣れているつもりの鮫島だが、時折、聞こえる笑い声には耐え難いものを感じた。

――こいつらにとっては他人事なのだ。

アメリカ人に比べても、欧州人たちのアジア人蔑視ははなはだしい。植民地の歴史と密接に結び付いているからだろうが、人を人とも思わない態度が、こうしたところに表れてしまう。

――見ていろよ。これからの日本を。

鮫島は心に期した。

やがて刑務官や兵が隣室に入ってきた。たちまち記者たちは静まり返る。時計を見ると、執行五分前になっていた。

――いよいよだな。

もはや何も起こりようがないのだが、香港総督から執行中止の命令が届くのではないかと、鮫島は思いたかった。むろんそんな権限は総督にない。つまりシンガポールの副法務長や確認官が裁判の正当性を認めた時点で、五十嵐が死刑から逃れる術《すべ》はなくなっているのだ。

やがて隣室の奥で動きがあると、いよいよ五十嵐が連れてこられた。五十嵐の体に巻き付けられていた鎖が外される。

それが伝統か何かは知らないが、逃走の可能性が皆無の者に対しても、こうした過酷な仕打ちをするのがイギリス流だ。

死刑囚のみじめな姿を衆目に晒し、犯罪を防止するのが目的なのだろう。しかし死刑囚が最期の時を迎えても、人としての尊厳を奪おうという厳しさには反発を覚える。

やがて五十嵐は、腕を背に回されて手錠を掛けられた。その顔つきは平静そのものだが、さすがに長い収監生活からか、初めて会った頃より、やつれてきているように感じられる。

続いて将校らしき者が現れて何事かを問うたが、五十嵐は首を左右に振った。おそらく最期の言葉を聞かれたのだろうが、五十嵐は断ったのだ。

それが終わると、刑務官が左右から腕を取り、十三階段を上らせる。

五十嵐は胸を張り、堂々とした態度で階段を上り切った。

続いて刑務官二人が屈《かが》むと、足に縄を掛け始めた。その作業の最中、五十嵐はこちらを見回した。

――五十嵐さん！

ようやく鮫島を見つけた五十嵐は、一つうなずくと口を大きく開いては閉じてを繰り返した。

――えっ、何と言っているんだ。そうか。「転がりて　また起き上がる　小法師かな」と言っているんだ。

鮫島が大きくうなずくと、五十嵐は笑った。だがその笑いは、容赦なく背後からかぶせられた袋によってかき消された。

五十嵐は背を押されて前に出ると、首に縄を掛けられた。

――五十嵐さん、さようなら。

五十嵐と一緒に十三階段を上った刑務官二人が、絞首台から下りていく。

処刑室の動きが止まった。

五十嵐を見ると、胸を張って微動だにしない。

——五十嵐さん、いよいよ旅立ちです。冥府で息子さんに会えることを祈っています。

次の瞬間、床が抜けると五十嵐の姿が絞首台の上から消えた。下に落ちた五十嵐は、振り子のように揺れながら足をもがかせていた。

記者団の間からは、「Oh God」という声も聞こえる。もはや笑う者はおらず、誰もが何事か呟きながら祈っている。

鮫島も慌てて手を合わせて経を唱えた。

——五十嵐さん、成仏して下さい。

記者たちが帰り支度を始めた。顔を上げると、五十嵐はまだ生きていた。どこかに着地したいかのように足を動かしている。

——早く死んでくれ。

鮫島には、そう祈ることしかできない。

やがて足の動きが止まると、兵士たちが取り付き、ようやく五十嵐は下ろされた。駆けつけてきた検死医が脈を診てうなずく。

死が確認されたのだ。

——これで、すべては終わった。

鮫島はそこから立ち上がれなくなっていた。すでに記者たちは去り、その部屋に一人残された鮫島は、運ばれていく五十嵐の遺骸を茫然と見送った。

──五十嵐さん、これは別れではありません。五十嵐さんの思いは私に引き継がれました。五十嵐さんは、新たな日本を生むための礎になったのです。われわれ生き残った日本人は結束し、新しい日本を作っていきます。

鮫島は、自分の中で五十嵐が生きているのを感じていた。

──これからの時代、一つになるのは日本人だけではない。この世界に生きる人々全員が一つになり、世界平和に尽くしていかねばならないのだ。

人気《ひとけ》のなくなった部屋に一人座した鮫島は、これからの世界のために、五十嵐の死を無駄にしてはならないと思った。

──五十嵐さん、一緒に日本に帰りましょう。

鮫島の胸底にあった絶望は、次第に希望へと変わっていった。

執筆にあたって、青山淳平氏から多くの資料をご提供いただきました。歴史・軍事ライターの樋口隆晴氏には監修をお願いしました。お二人には謹んで御礼申し上げます。
また、事前に読書会を開催し、ご参加いただいた方々のご意見をできる限り反映しました。参加者の皆様に御礼申し上げるとともに、公表にご同意いただいた方のお名前を記します。

伊賀直城　石井顕勇　稲田卓　上田永輔　おおたゆき
かみきり仁左衛門　木村晋　佐藤美紗子　正本景造
新田美和　萩原淳司　早見俊　誉田龍一　三輪和音
元井佐代子　渡辺勝彦　渡邉浩一郎（※五十音順／敬称略）

【参考文献】

『世紀の旅路』（私家版）小谷勇雄
『海は語らない　ビハール号事件と戦犯裁判』青山淳平　光人社
「インド洋『サ号作戦』の真実」石丸法明（月刊「丸」二〇〇五年四月号　潮書房）
『裁かれた戦争犯罪　イギリスの対日戦犯裁判』林博史　岩波書店
『「BC級裁判」を読む』半藤一利、秦郁彦、保阪正康、井上亮　日経ビジネス人文庫
『日本海軍400時間の証言　軍令部・参謀たちが語った敗戦』NHKスペシャル取材班　新潮文庫
『私は貝になりたい　あるBC級戦犯の叫び』加藤哲太郎　春秋社
『孤島の土となるとも　BC級戦犯裁判』岩川隆　講談社

『戦犯を救え　BC級「横浜裁判」秘録』清永聡　新潮新書
『戦場の軍法会議　日本兵はなぜ処刑されたのか』NHKスペシャル取材班、北博昭　新潮文庫
『砲術艦長黛治夫』生出寿　光人社NF文庫
『戦闘戦史　最前線の戦術と指揮官の決断』樋口隆晴　作品社
『巡洋艦入門』佐藤和正　光人社NF文庫
『重巡洋艦の栄光と終焉』寺岡正雄他　光人社NF文庫
『地獄の海　レイテ多号作戦の悲劇』岸見勇美　光人社
『香港市民生活見聞』島尾伸三　新潮文庫

各都道府県の自治体史、論文・論説、事典、図録等の記載は省略させていただきます。

解　説——敗戦国の贖罪、そして将来への希望

関　口　高　史

『真実の航跡』は、現代の平和な時代から過去を見つめ直し、戦争と国家の所業、人間の尊厳、そして法の正義という壮大なテーマへ真摯に向き合う意欲的な小説だ。

本作品は、日本海軍に撃沈され、捕虜となった英国商船の乗組員・乗客などの殺害事件「ダートマス・ケース」の裁判を題材としている。太平洋戦争末期にインド洋で起きた「ビハール号事件」を基にしたものだ。しかし本作品は、ただ単に史実を連ねているわけではない。作者の手が加わり、事件の本質が浮き彫りにされているからだ。

戦後、戦争犯罪を裁くための軍事法廷が各地で開かれた。だが、その結果は初めから分かっていた。戦勝国が「善」、敗戦国が「悪」という新たな倫理を世界中の人々に見せつけるものだった。戦争に伴う興奮と激情は未《いま》だ収まる気配を見せず、勝者の過度な増長と敗者の卑屈なまでの屈伏が当時の決まり事だった。

そのような戦勝国が圧倒的に有利な裁判において、法の正義を貫き、失われた日本の誇りを取り戻すために二人の男が立ち上がった。弁護士と被告人、立場は違うが彼らの

戦いを通じ、作者は「敗戦国、日本の贖罪《しょくざい》と将来への希望」という本質的な問いを読者へ投げかける。そこには真実を知ることの大切さが訴えられ、不確かさや妥協などと言った甘えを微塵《みじん》も寄せ付けない。

なお、本作品は「小説すばる」二〇一八年一月号から九月号に連載、二〇一九年三月の単行本化にあたり加筆・修正され、文庫化されたものである。作者に対する読者の愛着がいかに深く、期待がどれほど高いかがうかがえる。

そのような作品の解説を依頼されたのは、『戦争という選択──〈主戦論者たち〉から見た太平洋戦争開戦経緯』を執筆した直後のことである。私は、総力戦時代は勝敗が国家の善悪を決める、また日本が米国との無謀な戦いを選択した要因の一つに曖昧な戦争目的があり、人々へ戦争に対する期待を抱かせたと書いた。それらの言葉が作者の目に留まったのかもしれない。この分野の研究を進める者として、また自衛官としてのキャリアを持つ者として光栄の至りだ。

さて作品の舞台は戦後の混乱期、昭和二十二年の香港だ。主人公は若き弁護士、鮫島正二郎である。鮫島は父親の裏切りと、その死という二つの出来事を通じ、旧弊と父親を重ね、日本に対しても否定的な見方をしていた。

大阪弁護士会から香港へ派遣された鮫島は、同僚の河合雄二とダートマス・ケースの担当を命じられる。河合は、捕虜の殺害を実行した元重巡洋艦「久慈」艦長の乾孝典大佐の弁護だった。乾は事件当時、帝国軍人としての使命とクリスチャンとしての良心の間を彷徨《さまよ》い、結局、曖昧な命令に基づき捕虜の「処分」を実行する。海軍士官には珍しく雄弁であり、クリスチャンでもあることも、裁判官や傍聴者、そして現地メディアなどに好印象を与えた。

それに対し、鮫島が弁護するのは元第十六戦隊司令官五十嵐俊樹中将だった。インド洋作戦における乾の上官だ。五十嵐は上級司令部から伝えられた「口達覚書」の「捕虜の処分」という理不尽な指示に同意するものではなかったが、不明瞭な形のまま、乾たち、艦長に下達した。

五十嵐は寡黙であり、法廷では裁判の成り行きとは別の次元に身を置くが如《ごと》く、多くの時間を瞑目《めいもく》して過ごす。その心の内を見通せないため、「反省していない」との印象を与えることさえあった。

五十嵐は死刑になると初めから諦め、裁判も単純な事務手続きぐらいにしか考えていなかった。そして彼の背負う十字架には日本海軍の存在があった。海軍は死してなお亡霊となり、人々の心を支配していたのだ。

指揮官は上級部隊指揮官の企図を自ら判断し、上級部隊への貢献が求められた。作者は、それを「忖度《そんたく》」という言葉で表現している。それは陸軍より海軍の方が色濃かった。その理由を「陸の長州」に対し、「海の薩摩《さつま》」などと言われ、鹿児島出身者の多くが海軍に身を投じ、多弁を嫌い、実践を尊ぶ風潮になったと指摘する。五十嵐もそんな一人だった。

海軍は「合理性」という美名の下、組織防衛のためとなれば一致団結、協力して戦った。五十嵐の場合、それが二つの足枷《あしかせ》になった。一つは、自分が真実を話すことで、乾にまでも累が及ぶこと。もう一つは、不条理な命令を出した海軍の弾劾である。

しかし五十嵐は、鮫島の必死の慰留により心を動かされる。

「真実は大海原にある」という五十嵐の言葉。鮫島は「五十嵐さんと一緒に真実の航跡を追いたい」と語り、「真実を追おうとする限り、誰も不幸にならない」と説く。一度は黙して死ぬことを覚悟した五十嵐だったが、自分にもできることがあるのでは、と思い直す。

ただし捕虜殺害という厳然とした事実は消えない。二人の被告人を同時に救うこともできない。それは二人の弁護士の対立という構図の中で「勝者なき裁判」が進められることを意味した。

敗戦国の被告、対立の構図、そして裁判には他にも障壁があった。

五十嵐と乾をつなぎ、詳細な経緯を知る元先任参謀の加藤伸三郎少将は既にこの世を去っていた。また上級司令部にも記録や証拠は残されていない。さらに事実を語ろうとする証人が現れても軍事法廷の「都合」から拒絶された。

それは五十嵐を生贄《いけにえ》、あるいは見せしめとして、一歩一歩、確実に死地へと赴かせようとする姿を見るようだ。その迫真のやり取りは読者に息つく暇さえ与えない。

作者はこれまでにも多くの歴史小説を手がけ、多数の受賞歴を持つ。また大衆文学の殿堂である直木賞に幾度もノミネートされるなど、人気・実力の両方を兼ね備えた気鋭の歴史小説家だ。しかし彼の作品は歴史小説だけではない。どの時代でも各主題に対する本質的な問いと答えが存在し、作品に向けた作者の真摯な態度も変わらない。

それは占領下の沖縄で米国に危険人物とみなされ弾圧を受けても、権力や圧力にも屈しなかった男の生き様に焦点を当てた『琉球警察』でも遺憾なく発揮されている。

また作者は詳細かつ鮮やかな表現で読者を舞台の中へと引き込む。気がつけば、事件の目撃者あるいは当事者の一人になっているのだ。それを支えているのは作者の入念な取材と徹底的な調査である。

海軍の思想、海軍士官の感情や主張、裁判の描写などにも一点の曇りは見られない。海軍や法曹の特異な世界におけるリアリティさが欠けると滑稽に映り、作品そのものが陳腐化し、その世界に入り込めないことがある。本作品では、そのような懸念は全く不要だ。

この作品の究極の主題は日本の贖罪と将来への希望と書いた。日本が国際社会の一員として復帰し、平等に遇されるまでは茨の道を歩まなくてはならない。軍事法廷での制約は、その姿そのものだ。

しかし「方形の戦場」での鮫島らの誠実な言動が多くの人々の心を動かした。国家と個人の関係、戦後の日本の認識を変える嚆矢《こうし》になることを期待しているかのようだった。

裁判の結論は必ずしも鮫島が期待したものではなかった。しかし、そのプロセスは決して無為ではなく、将来の日本のために必要な犠牲だったと総括する。また、そこには鮫島の人間としての成長もあった。

裁判を通じ、父と五十嵐が重なって見えた鮫島には、過ちを犯した父を既に許すことができた。そして五十嵐の姿から「日本人としての魂」は、これからもずっと受け継がれていくことを知った。

現代、平和に生きる我々にも、先人たちの過ちと多くの犠牲の上で生きていることを真剣に考えなくてはならないと気付かせる。また贖罪を自虐的歴史観の受け容《う》《い》れに置き換え、思考停止に陥るのではなく、自ら考え、行動すべきと考えさせられる。それでこそ、五十嵐の曙光《しょこう》も見えてくるはずだ。

裁判の結果、生きる者、死んでいく者、そして彼らを見送る者、それぞれの明暗があった。しかし死んでいく者にも大義が生まれた。新しい日本の礎になったという立派な大義である。

ここで主人公に深くかかわる二人の良識者についても触れなくてはならない。インドの若者アマン・ナデラ少尉と英国のジョージ・バレット少佐である。彼らの鮫島との真の友情を育む過程は見逃せない。

ナデラは、英国の裁判制度に不慣れな鮫島の補佐を命じられたが、仕事以外、鮫島に一切手を貸そうとしなかった。不愛想で戦時中の日本軍の傍若無人の行動を赦《ゆる》せず、敵愾心《てきがいしん》すら感じさせた。

しかし次第に鮫島の真摯な姿勢に心を許し、裁判の重要な結節では職務の権限を越えてまでも助言を与えるのだった。それは戦後日本のアジア諸国の人々に対する贖罪と将来の関係を見出《みいだ》すようだ。

またバレットは初めて検事として法廷に立った。鮫島とは法廷では真っ向から対立していたが、心の中ではお互い通じ合っていると信じていた。「法の正義」という名の絆《きずな》で、である。二人の被告人を有罪へと追い込んだバレットも死刑の重さ、いや法が持つ重圧に慄《おのの》き、法曹の世界から身を退《ひ》くことを決めた。しかし鮫島は彼を励まし、この裁判に関わった者として法曹界に残る意義を諭して思い止《とど》まらせる。

現実の世界に目を向ければ、日本を取り巻く環境は決して順風満帆とは言えない。むしろ危険領域に入っているかもしれない。環境の変化は、多くの人が望むように呑気《のんき》ではない。作者は、戦争の狂気に目を逸《そ》らすことなく、戦争について真剣に向き合う時がきたと示唆しているのかもしれない。過ちを繰り返さないためにだ。

最後に一言だけ贅沢《ぜいたく》を言わせてもらえるなら、鮫島、河合、ナデラ、そしてバレットのその後を知りたい。彼らが情熱をかけ、自らの信念に従った道をどのように歩んだのか。また当時と隔世の感がある現代の世界を彼らが見たら、どのように映るのか。しかし、これは作者が読者に残してくれた楽しみの一つなのかもしれない。

（せきぐち・たかし　軍事研究家）

本書は、二〇一九年三月、集英社より刊行されました。

初出
「小説すばる」二〇一八年一月号～九月号

※本作に登場する事件や人物は架空のものであり、作品はフィクションです。

図版／延澤　武
本文デザイン／坂野公一（welle design）

集英社文庫　目録（日本文学）

一田和樹　女子高生ハッカー鈴木沙穂梨と0.02ミリの冒険
一田和樹　内通と破滅と僕の恋人　珈琲店ブラックスノウのサイバー事件簿
一田和樹　原発サイバートラップ
一田和樹　天才ハッカー安部響子と2,048人の犯罪者たち
一田和樹　最新！　世界の常識検定
五木寛之　こころ・と・からだ
五木寛之　雨の日には車をみがいて
五木寛之　不安の力
五木寛之　新版　生きるヒント1　自分を発見するための12のレッスン
五木寛之　新版　生きるヒント2　今日を生きるための12のレッスン
五木寛之　新版　生きるヒント3　癒しの力を得るための12のレッスン
五木寛之　新版　生きるヒント4　ほんとうの自分を探すための12のレッスン
五木寛之　新版　生きるヒント5　人生にときめくための12のレッスン
五木寛之　歌の旅びと　ぶらり歌旅、お国旅　東日本・北陸編
五木寛之　歌の旅びと　ぶらり歌旅、お国旅　西日本・沖縄編
伊東　乾　さよなら、サイレント・ネイビー　地下鉄に乗った同級生

伊藤左千夫　野菊の墓
伊東　潤　真実の航跡
いとうせいこう　鼻に挟み撃ち
いとうせいこう　小説禁止令に賛同する
絲山秋子　ダーティ・ワーク
井戸まさえ　無戸籍の日本人
乾　ルカ　六月の輝き
乾　緑郎　思い出は満たされないまま
犬飼六岐　青藍の峠　幕末疾走録
井上荒野　森のなかのママ
井上荒野　ベーコン
井上荒野　そこへ行くな
井上荒野　夢のなかの魚屋の地図
井上荒野　綴られる愛人
いのうえさきこ　圧縮《ぎゅぎゅっと》！　西郷どん
井上ひさし　ある八重子物語

井上ひさし　不忠臣蔵
井上麻矢　夜中の電話　父・井上ひさし最後の言葉
井上光晴　明日　一九四五年八月八日・長崎
井上夢人　あくむ
井上夢人　パワー・オフ
井上夢人　風が吹いたら桶屋がもうかる
井上夢人　the TEAM　ザ・チーム
井上夢人　the SIX　ザ・シックス
井上理津子　親を送る　その日は必ずやってくる
今邑　彩　よもつひらさか
今邑　彩　いつもの朝に(上)(下)
今邑　彩　鬼
伊与原新　博物館のファントム　箕作博士の事件簿
岩井志麻子　邪悪な花鳥風月
岩井志麻子　瞽女《ごぜ》の啼く家
岩井三四二　清佑《せいゆう》、ただいま在庄《ざいしょう》

集英社文庫　目録（日本文学）

集英社文庫　目録（日本文学）

梅原猛　日常の思想
梅原猛　聖徳太子1・2・3・4
梅原猛　日本の深層　縄文・蝦夷文化を探る
宇山佳佑　ガールズ・ステップ
宇山佳佑　桜のような僕の恋人
宇山佳佑　今夜、ロマンス劇場で
宇山佳佑　この恋は世界でいちばん美しい雨
江川晴　企業病棟
江國香織　都の子
江國香織　なつのひかり
江國香織　いくつもの週末
江國香織　薔薇《ばら》の木 枇杷《びわ》の木 檸檬《れもん》の木
江國香織　ホテル カクタス
江國香織　モンテロッソのピンクの壁
江國香織　泳ぐのに、安全でも適切でもありません
江國香織　とるにたらないものもの

江國香織　日のあたる白い壁
江國香織　すきまのおともだちたち
江國香織　左岸（上）（下）
江國香織　抱擁、あるいはライスには塩を（上）（下）
江國香織・訳　パールストリートのクレイジー女たち
江角マキコ　もう迷わない生活
江戸川乱歩　明智小五郎事件簿Ⅰ～Ⅻ
江戸川乱歩　明智小五郎事件簿　戦後編　Ⅰ
NHKスペシャル取材班　激走！日本アルプス大縦断　密着トランスジャパンアルプスレース　富山～静岡415km
江原啓之　子どもが危ない！　スピリチュアル・カウンセラーからの警鐘
江原啓之　いのちが危ない！　スピリチュアル・カウンセラーからの提言
M　L change the WorLd
ロバート・D・エルドリッヂ　トモダチ作戦　気仙沼大島と米軍海兵隊の奇跡の〝絆〟
遠藤彩見　みんなで一人旅
遠藤周作　勇気ある言葉
遠藤周作　ほんとうの私を求めて

遠藤周作　父親
遠藤周作　ぐうたら社会学
遠藤周作　愛情セミナー
遠藤武文　デッド・リミット
逢坂剛　裏切りの日日
逢坂剛　空白の研究
逢坂剛　情状鑑定人
逢坂剛　よみがえる百舌《もず》
逢坂剛　しのびよる月
逢坂剛　水中眼鏡《ゴーグル》の女
逢坂剛　さまよえる脳髄
逢坂剛　配達される女
逢坂剛　鵟《のすり》の巣
逢坂剛　恩はあだで返せ
逢坂剛　おれたちの街
逢坂剛　百舌《もず》の叫ぶ夜

集英社文庫

真実《しんじつ》の航跡《こうせき》

2021年12月25日　第1刷　　定価はカバーに表示してあります。

著　者　伊東《いとう》　潤《じゅん》

発行者　徳永　真

発行所　株式会社　集英社

東京都千代田区一ツ橋2-5-10　〒101-8050

電話　【編集部】03-3230-6095

【読者係】03-3230-6080

【販売部】03-3230-6393(書店専用)

印　刷　凸版印刷株式会社

製　本　凸版印刷株式会社

フォーマットデザイン　アリヤマデザインストア　　マークデザイン　居山浩二

ISBN978-4-08-744331-8 C0193